經典小說
Classic Novels

經典如飛颺的雪花
讓人沈醉在生命的永恆

霍桑
短篇小說選集

Selected Short Stories of Nathaniel Hawthorne

納旦尼爾・霍桑 Nathaniel Hawthorne 著
賈士蘅 譯

臺灣商務印書館

目次

1

《重講一遍的故事》書評一[1]

朗費羅

當天際出現一顆新星時，人們會先以肉眼凝視它一整季，之後才使用望遠鏡觀察。如同思想流深沈而清晰地緩緩流動，我們在這本書的扉頁中，看到一顆人們日後會欣然以肉眼或批判望遠鏡觀察的靈魂之星。這是顆許多觀星家觀測不久的新起之星，躍居於扶手椅及編輯桌上，將昭告世人他在詩界星空的位置及星等；無論是在大熊座的熊爪、飛馬座的前額、天琴座的琴弦，或天鷹座的翅膀上。以下是我們對他的觀察。

我們對這本小書的評語是：「會永遠流傳的可愛小書」，它出自一個天才之手。書中的一切都如五月的清晨一般清新。這些詩花綠葉還未沾染到公路的塵土，從一顆安祥溫柔之心的祕密基地新鮮採集而來。那兒流著深河，寂靜、安定且沈著。綠樹窺視著它們，還有「神的藍色天堂」，這本書雖然是散文形式，卻由一名詩人寫作而成。他以愛的精神看待一切事物，並且懷有生氣勃勃的同理心。對他而言，外在形式只是內在的表現，每個有生命的事物都有其最終目的。詩人是個友善的人，他也對冰冷無生命的事物敞開雙臂，發自內心的欣喜，像老聖伯納親吻他的白雪新娘一樣。在他眼裡，每件事物都是美麗且神聖的，都是有感情和頌歌的物體。從沈靜如聖人般主宰黑夜的高級星座，到「土地蒼芎之星」的小花。

有些正直人士的心「無法感受自然」，他們沒有結合一般俗世事物和詩詞的想像力。他們就像華茲華斯（Wordsworth）《彼得貝爾》（*Peter Bell*）中所描述的：

對他而言，河畔的報春花
就只是黃色報春花
如此而已

但和大自然共同感受宇宙的同理心，無論物質或性靈，都是詩意心靈的特點之一。以同理心一視同仁對待所有事物，賦予其全新的感覺及詩意生命，不管是人類、飛鳥、野獸、花或星星。對純淨心靈而言，一切都很純淨；而詩意心靈所看到的萬物都很詩意。對這種人來說，沒有任何年代或地點是沈悶平淡的。他們讓自己融入那個時代或地點，居於人類的共通心靈中。本書作者即是這種人。

《重講一遍的故事》的書名來源，我們認為是書中故事曾在不同期刊或雜誌刊登過，現在收集成冊，再一次獨自地述說它們的故事。這是本非常愉悅的書，激發讀者對作者的個人興趣，一張沈著關切的臉龐似乎在書中的每一頁望著你；有時是愉快的微笑，有時又籠罩著悲傷的陰影。雖然不常見，但有時候它狂野地瞪著你，帶著奇怪而痛苦的表情；如同德國浪漫小說中，銅環的圖書管理員林霍斯特對大學生安瑟穆斯的表情一樣。

這些故事最突出的特點之一是主角都有民族性，作者明智地從新英格蘭的傳統中選擇他的主角。舊殖民時代裡，人民活在國王統治下的塵封傳說。這是故事的好題材，從那些凋零的老傳說中編寫故事，就像從古老的尖塔中找到手杖和鼻煙壺，或是偉人種樹一樣的自然。過了一段時間回頭看，那個清教徒時代變得很浪漫。的確，古樸寧靜的習俗、滑稽的場景和奇特的冒險、瘋狂奇妙的事，很適合幽默的故事和柔弱感傷的詩，都在新英格蘭。

作者的另一個特質是他書寫風格極致的美麗，如同活水一般清澈。他僅僅將文字作為墊腳石，自由而青春地一躍，他的精神穿梭於明亮且豐沛的思想流中。當今有些作家在他們的作品裡採用了哥德式建築風格：外在形式的華麗大氣，神祕的光影，教堂管風琴的低鳴，和很多人需要靠翻譯才能讀懂的拉丁文誦唱聖詩。我們並不反對讓牧師依他所願的語言吟誦，只要他能了解他的彌撒書就好。但若他希望世人能傾聽並且接受陶冶，就要慎選普羅大眾能理解的語言。

現在就讓我們提出一些，受到我們高度讚賞，明亮且詩意的詩句範本。

這些精華已足夠這本書美麗簡約的風格，令人愉悅的哲學主幹，以及平靜的幽默。

在一本書上看到這些特質，就像看到一個面帶微笑的人一樣。關於我們提出的高度讚揚，並不只是表達自己的觀感，我們也信任所有《重講一遍的故事》讀者群。我們就像孩子一樣，等不及「再聽多一點故事」。

註：

1. 這篇書評出自朗費羅（Henry Wadsworth Longfellow）之手。刊載於一八三七年《北美評論》（*North American Review*, vol. 45, pages 59-73, July 1837）。本篇譯者為賀婷。

2

《重講一遍的故事》書評一[1]

愛倫・坡

我們通常認為「短篇小說」（以最普遍的定義來說）是最能呈現高超智慧的散文敘事體。它有長篇小說所沒有的特異性，當然也比短文來得細緻的多，甚至有些超越詩歌的優點。這個月因故沒有做例行性的書評，也因此扼殺了我們珍視已久計畫——以霍桑先生的作品做為文本，詳細檢視「短篇小說」這項主題。下個月我們會盡力實現我們的計畫，而目前我們被迫只能簡述。

除了少數例外，例如華盛頓・歐文先生的《旅客談》[2]以及其他一些類似作品，我們尚未看到高超的美國短篇小說，也沒有精巧的作品，能夠被當作藝術品般檢視。我們或許看到太多稱作「短篇故事」的無聊作品。大量華麗的的作品；全然的爭鬧肉搏戰聳人劇情；令人作嘔的過度模擬社會底層生活縮影。這些都是以短篇故事的形式，但價值上連Van Tuyssel的荷蘭鯡魚以及腐壞的起士一半都不如。這些真是夠了！

霍桑先生的作品從兩方面看來，命名不妥。首先，它們不該被稱為《重講一遍的故事》，因為名稱不該帶有重複性。如果它們在第一版時叫做重講一遍，那現在它們就是第三遍了，而在我們有生之年不就要聽到百遍了。第二，這些作品並非全部都是「故事」，絕大部分更適合歸類為短文。作者若能修改書名以便對內容有所指示，會是個明智之舉，而這一點應該是很容易做到的。

不過，儘管我們可能被此書的書名誤導，它還是相當引人入勝作品。我們還沒看到任何美國人的敘事作品可以與之比擬的，不管是好的或不好的方面。同時，作品中沒有任何一篇會讓英國最佳的作家蒙羞的。

《市鎮水泵引出的溪流》一篇，雖然由於故事名稱符合大眾口味，而比霍桑先生任何的其他故事受到大眾關注，但或許卻是其中最沒有價值的作品。而他的最佳故事，簡列幾篇，例如《三山之間的谷地》、《牧師的黑面紗》、《威克菲爾德》、《希金博坦先生的災難》、《Fancy's Show Box》、《海德格爾醫生的實驗》、《David Swan》、《婚禮鐘聲》、以及《白人老女僕》。值得注意的是，除了一篇之外，其他都是出自第一集。

霍桑先生的風格就是純粹簡潔，他的語調非常獨到——猛烈的、抑鬱的、深思的，並且忠於主題。我們唯一可挑剔的就是他的主題或者角色不夠廣泛。他對於事件以及演繹所展現的原創性非常卓越，光這點就值得大力讚賞。在此我們主要指的是他的短篇小說部分，他的短文部分並不是那麼的新奇。整體來說，他可以說是我們國家迄今孕育出來少數毫無疑問的天才之一。這麼說來，我們欣然向他表達敬意；但為了避免一些未經求證及說明的粗略見解會使得對他的褒揚言過其實，我們稍後若有更適當的機會，將再做進一步的評論。

註：

1. 這篇書評出自愛倫・坡（Edgar Allan Poe）之手。刊載於一八三七年《葛拉漢雜誌》（*Graham's Magazine*, April, 1842）。本篇譯者為邱明慧。

2. 華盛頓・歐文——Washington Irving（1783—1859），美國散文大師、美國文學奠基者之一。主要作品有：《紐約外史》（*A History of New York*, 1809）、《旅客談》（*Tales of a Traveller*, 1824）。

3

《重講一遍的故事》書評三[1]

愛倫・坡

我們在上一期的內容匆匆地談論過霍桑先生，這次計畫更全面地評論。版面仍然有限，故必須更簡要且隨性地討論他的作品，而非其所應得的高度讚揚。

這本書聲稱是故事選集，但以兩方面來說名不符實。這些作品是三次出版，所以應當是「重講第三次的故事」。此外，無論就一般或既定對「故事」一詞的了解，這些作品並非全為故事。有些僅僅是短文，例如《尖塔上的觀望》（*Sights from a Steeple*）、《居家週日》（*Sunday at Home*）、《小安妮漫遊記》（*Little Annie's Ramble*）、《鎮上水閥的小溪》（*A Rill from the Town Pump*）、《神魂不安》（*The Haunted Mind*）、《新年舊年》（*The Sister Years*）、《雪花》（*Snow-Flakes*）、《夜間隨筆》（*Night Sketches*）以及《海岸邊的腳印》（*Foot-Prints on the Sea-Shore*），我們主要提出這幾篇，因為它們醒目的差異，及作品本身的傑出性。

以上舉出的這幾篇，我們得簡要論述。它們每篇都很完美，沒有故事裡常見的美化及改編。畫家會立刻注意到它們首要的顯著特質，及其養神的風格。沒有企圖心，一切都很沈靜、周到且溫馴。然而這種安祥可能與極具獨創性的想法同時存在，霍桑便展現了這點。我們動輒見到其與小說的結合，但這種結合並未超越沈靜的界限。閱讀的同時也獲得慰藉，讓我們感到平靜的震撼，如此顯而易見的想法，過去卻從未見過。於此，作者和蘭姆、哈茲里特和胡特等作家有很大的不同。他們使用傳神的獨創性表現手法，新奇度卻少於原本該有的樣子。而他們的獨創性，充其量只是不安而俗氣的離奇事物，充滿本質上毫無根據的驚人效果，促成一連串的沒有完美成果的反思。霍桑的短文和歐文[2]作品的特質相似，獨創性多於雕琢。和《旁觀者》（*The Spectator*）雜誌相比，他們都有豐沛的優勢。《旁觀者》、歐文和霍桑，都有平靜溫馴的風格，我們定名為「養神」。但前兩者的「養神」，若非缺乏與小說的結合，便是強調獨創性勝過一切。主要在於胸無大志的純正撒克遜人身上普遍可見的冷靜、低調和樸素。其中，我們認為少了強烈的影響。我們眼前的短文，明顯缺少效果，建議的暗流在平靜的文體下不停地流動。總而言之，霍桑宣洩而出的文字，是一個富有想像力的智者的產物，拘謹且有一定程度的壓抑，品味挑剔，構成憂鬱和懶散風格。

但我們主要想探討他的故事。這些故事本身毫無疑問地，以大量的散文篇幅提供最崇高的天才盡情揮灑的空間。若問我們，最了不起的天才如何能有利地展現他們的能耐，我們會毫不遲疑地回答，寫作一首能在一小時內細讀完的押韻詩。真正最高級的詩句在這種限制之下才會存在。關於這個主題我們要說的是，幾乎在各種作品形式中，效果或印象的統一性都是最重要的關鍵。更何況很顯然的，無法一口氣細讀完畢的詩句作品，便無法達成這種統一性。但因為散文本身的特性，及某些目的，我們可能會繼續閱讀散文作品，比能持之以恆的時間還久。若後者確切符合詩意的要求，會造成欲掙脫束縛的激昂心靈。所有高昂的興奮感都一定是短暫的。因此長詩是種悖論。少了印象的統一性，就無法造成最深的情感。史詩是不完美藝術感下的產物，它們也不再主宰文壇。太簡短的詩會帶來生動的印象，但不激烈或持久。少了一定的連貫性、長度或複誦主旨，無法深刻地打動人心，要有滴水穿石的毅力。戴貝藍茲（De Béranger）曾寫出鞭辟入裡且撼動人心的卓越作品，但和所有小文體一樣，它們都缺乏盛大的氣勢，因此滿足不了詩意。它們閃耀而刺激，但缺乏連續性，無法深刻地令人驚艷。極度簡潔會退化成警句文體，但過度冗長之罪更不可原諒。過猶不及，猶恐失之。

若要我們點出在之前提過的詩體外，最能滿足天才的要求，讓其盡情發揮的文學形式，我們會毫不遲疑地說出散文故事，可見於霍桑的例子。這裡指的是細讀起來只要半小時到兩小時的短篇敘事散文。一般的小說長度引人反感，原因前文已提過。因為無法一口氣閱讀完畢，它剝奪了自身完整性的巨大力量。俗事在閱讀空檔中介入，或多或少地改變、減少或抵消了文本給人的印象。短暫的停止閱讀就足以摧毀其完整性。然而短篇故事中，無論作者的意念為何，都能完整地貫徹。閱讀過程中，作者能全權掌控讀者的心思，沒有會造成中斷或干擾的外界影響。

一個靈巧的作家架構出一則故事。如果他夠明智，他不會遷就已發生的事件塑造他的想法。而是斟酌地設想，悟出獨特或單一的結果。之後再編造出事件，結合起來建立出這種先入為主的效果。如果文中第一句沒有帶出這種效果，那他的第一步就失敗了。整篇作品中無論如何不應該有任何文字，直接或間接的指出這種預先建立的效果。藉由這種精細的手法，能讓讀者的心中建築出一幅圖畫，聯想到相似的藝術，一種全然的滿足感。因為沒有干擾，故事的概念能完美無瑕地呈現；這是小說難以達到的程度。和詩一樣，過份簡潔會引人非議，但也要避免過長。

我們曾說過故事比詩更具優勢。事實上，後者的韻律是彰顯詩人美妙想法的重要輔助。韻律的矯揉造作都離不開它們想表達的概念或情感真相。但真相在很大程度上，常是故事的目的。有些優秀的故事是推理故事，因此這種文學作品，若非占據心靈山頭的一個高處，在地表也比詩的範圍廣闊的多。它的產量從未過豐，但卻能源源不絕，也更受大眾接納。總之，散文故事的作者，可能會在他的主題中，帶入以各種不同形式或語調表現的情感和想法（例如推理、諷刺或幽默），這不只和詩的本質相抵抗，也被其最獨特及不可或缺的附件——押韻所禁止。附帶一提，純粹為求優美的散文故事作者處於極大的劣勢，因為優美較容易在詩裡呈現。而恐懼、熱情、害怕或大多數的元素則不然。一般評論對那些「有影響的故事」充滿成見，從布萊克・伍德（Black wood）的早期刊物中可看到許多例子。創造出的印象在合法的範圍內，並構成一個有時言過其實的既定興趣。天才作家們對此津津樂道，雖然很多人毫無理由的譴責它們。真正的評論家只會要求最有利地適用，完整表達設計意念。

真正傑出的美國故事只有幾部，甚至可以說沒有，除了華盛頓・歐文的《旅人的故事》以及霍桑的《重講一遍的故事》。約翰・尼爾（John Neal）[3]的某些作品富有活力和獨創性，但他的這些文章過於散漫、鋪張，代表未臻完美的藝術情感。本期刊的某些專欄文章，偶爾會出現能和英國雜誌相匹敵的內容；但整體而言，我們在這個文學領域上尚遠遜先祖。

我們要特別強調霍桑的故事屬於最高藝術範疇——一個屈於崇高天才之下的藝術表現。原本有合理的原因懷疑，他是被某些作亂文壇、厚顏無恥的派系推到現今的位置；意圖盡早揭穿他們自命不凡的豪語。但我們都欣然承認自己的錯誤。除了這些《重講一遍的故事》之外，評論家能誠實讚揚的作品並不多。身為美國人，這本書讓我們很驕傲。

霍桑與眾不同的特質在於發明、創造、想像，以及在小說文學中價值勝過一切的獨創性。但目前為止表現在文字中的獨創性，都無法讓人完全理解。獨創的想法利用新奇的語調，跟新奇的事物一樣常出現。霍桑各方面都很獨創。

要選出這些作品中最好的一篇有些困難。容我們再重述一遍：它們全都很優秀。《韋克菲爾德》（*Wakefield*）精采之處是其探討眾所皆知事件的手法。一個怪男人休掉他的妻子，隱姓埋名地住在她的近鄰二十年。倫敦曾真實發生過這種事，霍桑筆下故事的力量，在於分析一開始促使這位丈夫做出傻事的可能或必然動機，以及可能讓他堅持下去的原因；文章中描繪出這種奇異力量。

《婚禮喪鐘》（*The Wedding Knell*）充滿大膽的想像，充滿品味的大膽奇想。就連最挑剔的評論家也無法在這篇作品中挑出缺陷。

《牧師的黑面紗》（*The Minister's Black Veil*）是篇精湛的作品。其中唯一的缺點是對普羅大眾而言，它細膩的技巧太高不可攀。文章中明顯的意涵會掩蓋它的隱喻。垂死牧師口中說出的寓意，應該傳達了敘事者的真意。還有犯下了十惡不赦的罪行（「年輕女士」說的），只有和作者心靈相投的人才能了解。

《希金博坦先生的災難》（*Mr. Higginbotham's Catastrophe*）具有生動的原型和最精巧的手法。

《海德格爾醫生的試驗》（*Dr. Heidegger's Experimen*）充滿絕頂想像，並以超能力呈現。藝術家在文章的每一行字句中共存。

《白衣老婦》(*The White Old Maid*)中神秘主義的部分，比《牧師的黑色面紗》更引人非議。即使有週到的解析，看透它的全面意義也很困難。

假如我們版面夠大，會全篇引述《三丘谷》(*The Hollow of the Three Hills*)。並不是說它比別篇作品的價值更高，而是提供一個作者特殊能力的好例子。主題數見不鮮，一個能控制送葬者眼中過去和遠方事物的女巫。在這種情形下，一般的手法是描寫一面浮現死者的鏡子，或在一團煙霧中那些人影逐漸現形。霍桑藉由聽覺，耳朵作為傳達幻想的媒介，提升了他的效果。送葬者的頭籠罩在女巫的斗篷下，她開始施法後出現聲音，這非常的高明。全文中藝術家很顯著，優點多於缺點。能做的都做到了，而且更難得的是，毫無不必要的手法。沒有一個字不在述說著故事。

在《豪的假面舞會》(*Howe's Masquerade*)中，我們發現抄襲情形，但那可能是阿諛的巧合概念。以下節錄我們質疑的段落。

「他們見到將軍眉頭浮現憤怒的煞氣。他拔出腰間的長劍，在斗篷人形踏入前朝他走去。」

「『惡人，脫下你的頭巾！』他大叫：『不准靠近！』」

「那名斗篷人形，在劍尖離他胸前不到一根頭髮寬的距離，莊嚴地停步。他拉低臉上的斗篷，旁觀者無法窺到一眼，但威廉豪爵士顯然看夠了。他嚴峻的面容被瘋狂的驚

愕取代，或可說是恐懼；他倒退了幾步，手中的劍掉落在地。」（第二回，第二十頁）

這裡的概念是那個斗篷人影作為威廉豪爵士的幻象或複本。但在《阿拉貝斯克與驚悚故事集》（*Tales of the Grotesque and Arabesque*）的《威廉威爾森》（*William Wilson*）中，不只有同樣的概念，還有相似的呈現手法。以下節錄兩段，讀者可以與上文相比對。標上斜體的部份是直接相似之語句。

「我移開視線的短暫時刻，顯然足以造成這房間上方或深處擺設的重大變動。我看到一面大鏡子，出現在之前沒人注意到的地方。我恐懼地踏上前，那形似我卻蒼白且渾身是血的人，軟弱而顫巍巍朝我走來。」

「因此我說它出現了，但並沒有。那是威爾森，他帶著快死去的痛苦表情站在我面前。那張臉龐的輪廓上，沒有一處不是我擁有的明顯特徵。他脫下的面罩和斗篷掉在地上。」（第二回，第五十七頁）

從這裡可以看出兩篇作品不只是主要概念相似，還有眾多相似點。兩者所看到的人形都是觀看者的幽靈或複本，場景都在假面舞會上，都是斗篷人影，都有雙方的爭吵，觀看者都被激怒，而且斗篷或劍都掉在地上。豪爵士的那句「惡人，脫下你的頭巾」和《威廉威爾森》第五十六頁的片段完全相同。

這本書幾乎找不到缺點，除了可能太普及的憂鬱和神秘主義語調。主題不夠多變，表現不出眾所期待霍桑手法下品質保證的多樣性。但除了這些小例外，真的無可挑剔。風格純粹，力量豐沛，書中每一頁都散發高度想像力。霍桑是貨真價實的天才。只可惜本雜誌篇幅上的限制，無法表達我們對他最大的敬意。不然在其它狀況下，我們極樂意向他致意。

註：

1.這篇書評出自愛倫・坡（Edgar Allan Poe）之手。刊載於一八三七年《葛拉漢雜誌》（*Graham's Magazine*, April, 1842）。再版出自《愛倫坡：短文及書評》（*Edgar Allan Poe: Essays and Reviews*, pages 568-9），一九八四年，美國圖書館發行。本篇譯者為賀婷。

2.參見上篇書評，註2，頁7。

3.約翰・尼爾——John Neal（1793—1876），美國作家、文學評論家。

4

故事書寫[1]

愛倫・坡

在我《*New York Literati*》的引言中，當談到針對一些作者，表面公眾以及實際個人意見之間的大致區別時，我是如此提及Hawthorne先生的：

例如，《重講一遍的故事》的作者霍桑先生，他幾乎不被大眾或出版界所認可，就算被注意到，也只是因為被沒說服力的評價貶抑。現在，我自身對他的評價則是，雖然他的路數有限，說他矯揉造作也不為過，因為他用相似的浮誇諷刺手法處理所有主題，然而在這條路上，他展現驚人的創造力，在美國或其他地方都沒人能與之匹敵。我還沒聽過國內有任何文學之士對我的這番見解持反對意見。然而這番評論是口述而非書面的，是基於兩項事實的。第一，霍桑先生是個窮人；第二，他不是個招搖撞騙的人。

《重講一遍的故事》的作者的確到很近期才被文學界所注意到。而我視他為國內出類拔萃的代表，表面上不受重視私底下卻大受讚揚的天才，似乎也沒有錯。在這最近一兩年內，偶然的有評論家基於真誠的義憤填膺，賦予他非常衷心的肯定。例如，韋伯先生（沒有人比他更熱切喜愛霍桑先生最擅長的那種寫作風格）在後期的《The American

Review》當中，真摯並且盛讚霍桑的天賦。此外，從《古宅青苔》之後，類似的讚美評論也常出現在比較具權威性的期刊中。在《古宅青苔》之前，我所想得到關於霍桑的評論有：一、Matthews和Duyckinck編著的《Arcturrs》（一八四一年五月號）；二、Haffman和Herbert編著的《American Monthly》，一八三八年的三月號；三、《North American Review》第九十六號。然而，這些評論似乎對於大眾口味沒甚麼影響力，起碼如果所謂的大眾口味是參考報紙的反映或作者書籍的銷量來看的話，是這樣沒錯。霍桑在之前從未被列入我們的最佳作家名單中。這種情況，日常評論家會說：「我們不是有Irving和Cooper 以及Bryant和Paulding，或者——Smith？」又或者說：「難道不是Halleck和Dana，以及Longfellow和——Thompson。」再者：「我們不能得意地指出是Sprague、Willis、Channing、Bancroft、Prescott 和——Jenkins嗎？」但這些不知從何答起的疑問，從未以霍桑這名字作結。

　　無疑地，大眾對霍桑的不認同主要源自於我剛剛提到的原因，他不是個有錢人，也不是個江湖郎中。但這也不足以解釋這整個狀況，很大部分可歸因於霍桑先生本人很明顯的個人風格。一方面，要特異就要獨創，真正的原創性才是最高深的文學素養。然而，真正值得讚揚的獨創力並不是強調始終如一，而是一種持續性的特異，來自不停運作的幻想活力，來自無所不在的想像力就更好了，為所有接觸到的事情上色並賦予性格，並且特別自我強迫去接觸每件事情。

人們常說，非常有原創性的作家總是不受歡迎，因為他們太有原創性，以至於大眾無法了解。「太特異」應該可以說是「太個人風格」。事實上，那是一種最能敏銳地感受原創性，容易激動、不按牌理出牌、孩子般的心思。來自保守派、守舊派以及「North American Review」年長神職人員的批評，正好就是譴責這一點。Lork Coke說道：「它變得不神聖了」、「變成火焰般的幽靈」。這些權貴們害怕受到影響，他們的良心要他們不為所動。他們說：「給我們平靜吧。」他們說話小心翼翼，渴求「平靜」這個字，而這也的確是在基督教妥協原則下，他們被允許享受的一件事。

事實上，如果霍桑先生是真的具獨創性，他就不會不被大眾所接受。但實際上，他無論如何都不算具獨創性。那些視他為有獨創性的人，僅僅只是認為他在敘事方式、語調、以及主題的選擇上，和他們所熟悉的作家不同，而這些作家不包含德國的Tieck，因為在他的一些作品中，他的敘事方式和霍桑慣用的方式完全相同。但很清楚的是，新奇性是文學原創性的元素，讀者感受到新奇才會認同它的原創性。任何讓讀者感受到新奇以至於舒服的情感的東西，他視之為有獨創性；而任何能不斷創造這種情感的人，他視之為有獨創性的作家。換句話說，讀者是基於這種情感的累積來決定作者是否具獨創性。然而，我也觀察到，如果我們用設計好的效果來決定獨創與否的話，那麼很顯然，這新奇本身就失去了獨創的效力了：新奇沒有了新奇感，而作者為了維持獨創，終落於陳腔濫調。我認為，很少有人注意到，僅僅因為忽略了這一點，Moore的「Lalla Rookh」相較下是失敗的。或許少數讀者，甚至少數評論家稱讚這首詩有獨創性，但實際上，這首詩並未創造出獨創性，過多的刻意營造以至於最終扼殺了讀者心中讚賞的空間。

這幾點若能充分理解，可預見的是讀了霍桑單一故事或短文的評論家（且不熟悉Tieck的作品），或許會理所當然認為他具獨創性；但是對於語調、敘事方式、以及主題的選擇部分，評論家所感受到的新奇部分，若不是在第二個故事，那至少在第三個故事以及接下來的幾個故事之後，就不只不再有新奇感，甚至會令人反感。在對作者的一部作品集做結論時，或特別是對作者所有的作品作結論時，評論家會摒棄他一開始稱他為「具獨創性」的評論，並且滿意地把他歸類為「特異的」。

如果要我採用一個獨創性的解釋，且出乎我意料的，這解釋已知被許多夠資格稱做評論家的人所採用，我的確同意有獨創性就是不受歡迎的含糊評論，出自對純然文字的喜愛，他們的文學賞析限於抽象的獨創性。他們追求文字的獨創性，只有思想、以及事件等等的結合才是絕對的新奇。然而，很明顯的是，值得考慮的不只是效果的新奇性，還包括這效果是為了所有敘事作品的目標——愉悅，而被精雕細琢的，並且是透過回避，而非透過追求全然的新奇的結合。依此所解釋的獨創性，使得才華之士大傷腦筋，並且過度琢磨，完全不吸引人。以此解釋的獨創性，很容易證明不被大眾接受，因為他們在文學作品中追求樂趣，一定會被指示所觸怒。但是真正的獨創性，在它的目的方面，是要帶出那半成形、頑抗且不明說的人類幻想，或者是要觸動更深邃的內心情感，又或者是要激發出一些共同的情感或萌芽的本能，以致結合顯著的新奇性所帶來的愉悅效果，亦即真正的自我的歡愉。在第一種假設中（絕對的新奇性），讀者會很興奮，但同時會尷尬且心煩的，甚至某種程度上會對自身渴望的認知或自身沒有辦法讓自己了解而感到痛苦。在第二種情況中，讀者的歡愉是雙重的。他內外都充滿喜悅，他感受並強烈享受著這表面新奇的思想，以及作者和他之間全然的獨創性。他幻想著他和作者兩人，在所有人之外，都是這樣想的；他們兩人共同創造了這樣東西。因此，他們倆人之間有情感上的共鳴，這共鳴照耀在這本書每一頁中。

有一種寫作，或許可以被認為是我所謂真正獨創性的一種程度較低的種類。仔細觀察它，我們會說，不是「它有多具獨創性」，也不是「這是一種我和作者共同懷抱的想法」，而是「這是一種令人入迷明顯的幻想」，甚或是「這是一種我不確定是否曾發生在我自身的想法，但卻想當然已經發生在這世界其他人身上過」。這種作品（仍然歸類於高階）通常被視為「自然」。它和真正的獨創性之間僅有少部分的外在相似，但內在卻有緊密的連結，如同我所說的，它不是一種次級的類別。英國作家中，Addison、Irving以及霍桑表現得最好。「自在」常被認為是它最顯著的特徵。要達到這種自然被認為是非常困難的。然而，對於這種概念，必須要有所異議。這種自然的風格，只有對於那些從未與之交涉的非自然派來說是困難的。這種寫作的理念是，不管任何主題，作品中的語調必須是大眾的語調。一脈相傳的北美作家，總是安靜的，而且想當然爾，在大部分的情況下，總顯得愚蠢無知，比起倫敦佬的精品或睡美人蠟像來說，談不上所謂「自在」或「自然」。

霍桑的「特異性」，或者千篇一律，或說單調，僅「特異性」這一點，也不需指出哪一部分特異，就足夠讓他不受大眾歡迎。但是，對於他最無聊糟糕的作品中，和自然最不相關的就是和主流口味最大相逕庭的。我指的是他大量主題中濫用的寓言，而這某種程度上完全妨礙了他的直接處理。

若要為寓言辯護，（或者為所採用的任何主題），幾乎是無話可說。它最佳的感染力來自於發想，也就是說來自我們的對不適當的事的領悟，而非對適當的事，來自虛實之間，沒有比有無之間更清晰的連結了，也沒有比物體和陰影之間更有效的相關性了。最巧妙的寓言在我們心中所喚起最深層的情感是一種非常非常不完整的滿足感，對於作者排除萬難的精雕細琢，我們倒寧願他沒有試圖去克服。認為寓言以任何形式都可用來強化事實，或者比如隱喻可以展現或修飾一個論點，這種謬誤很容易證明：所謂事實的反面或許不費甚麼力氣就可呈現，但是這些主題不是我目前討論的議題。但有一點是清楚的，如果寓言真的可以呈現事實，它是藉著顛覆小說的一擊。當所暗示的意義明顯潛流其中，為了不要在沒有我們自身決斷力之下干擾表面的呈現，也為了不讓它在招喚以外自行呈現，適當的故事敘述，才能呈現寓言。

最好的情況下，它必須總是干擾著整體的效果，這效果對作者來說，值得用上所有的寓言。然而，寓言的致命傷，也是故事中最重要的點，就是真誠和逼真。《天路歷程》（*The Pilgrim's Progress*）是被離譜高估的一本書，它表面上受歡迎是由於批判文學上的一兩個事件，也被充分理解，這件事沒有具思考力的人會反駁。然而它所帶出的樂趣，將視讀者扼殺它真正意圖的能力而定，視讀者對寓言視而不見的能力或領略寓言的無能程度而定。處理得當且明智壓抑的寓言，只會像陰影般或者暗示的一瞥，以一種含蓄且適當的方式貼近真理。De La Motte Fouqué的《Undine》無疑是最佳最卓越的典範。

但是，造成霍桑先生不受歡迎的明顯原因，在某些文學之士眼中並不足夠批判他。這些人不像一般大眾以他整體做了甚麼來評價他，而是極端地以他可以激發出甚麼能力來評斷。由此看來，霍桑之於美國文學界，猶如Coleridge之於英國文學界。同時，這些文學之士，透過某種品味的曲解，長期深思書本所成功帶出的意涵，不會把作者的錯誤整體當作錯誤來看。這些紳士們傾向於認為是大眾誤解，而非受過教育的作者出錯。但一個很簡單的事實是，當作者的目標是令群眾印象深刻，而他又沒辦法迫使群眾接收到印象時，他總會犯錯。至於霍桑到底令群眾吸收了多少，這不是我能決定的。他的作品有種強烈的內在跡象，顯示出他是寫給他自己以及一些特定友人的。

在文學中，長久以來存在著一種注定且毫無根據的偏見——一個作品的主體一定得讓我們評斷它的價值，這是我們這時代所要推翻的偏見。我不認為即使是最弱的季刊評論員會弱到需要去評論它，就算這作品是一本書的大小或質量，抽象地說，或者說有任何特別值得我們評論的地方。一座山，只需透過它外在所傳遞的巨大感就可以令我們感受到壯麗，而這是即便我們對著〈The Columbiad〉這首詩沉思也無法感受到的，季刊它們本身也無法做到。然而，我們到底還要對於他們不斷地嘮叨的所謂「持續的努力」去了解些甚麼？就算這種持續的努力完成了一部史詩鉅作，那麼我們讚賞這種努力（如果這是可以讚賞的話），但絕不是讚賞這作品。接下來，公眾意識或許會以作品所達到的目標，以及它傳達的印象來衡量一件藝術作品，而不是以它所花費的時間或者「持續努力」去營造印象的程度來衡量。事實上，堅持不懈和天賦是兩回事，而這也不是所有先驗論者都明白的道理。

《North American Review》的最後一期充滿了不靈光的想法，並且在對Simms的評論中，「坦率承認它對故事沒有甚麼主張」；而這直率的聲明有事實佐證，那就是這期刊本身據悉還不曾提出任何大見解。

故事提供了散文廣泛領域的最佳的空間，可以揮灑最高超的天賦。如果要我指出這天賦要如何有效利用來展現它的力量，我會毫不猶豫回答：「以押韻詩的形式，然後不要超過一小時內可讀完的長度。」在此限制下，就可以最崇高的詩歌秩序存在。我曾在別的地方討論過這個主題，在此我只需重複一點，即「一首長詩」化身一種矛盾。一首詩必須強烈煽情。興奮刺激是它的本質。它的價值在於提升刺激的能力。但是所有的興奮刺激是瞬間的，是出自心理必需的，而且無法透過大篇幅的詩歌展現。在一小時的閱讀過程中，頂多刺激慢慢衰落變弱，然後這詩效力不再。人們欣賞但也厭倦《失樂園》，因為無可避免的，陳腔濫調規律地出現（一波波刺激與興奮之間的消沈），一直到這長詩（或者看成是許多短詩的連續會比較適當）結束，我們發現過程中產生的愉悅和不快幾乎是一樣多的。基於這些原因，長詩的絕對、終極或者整體的效果，可以說是徒勞無功的。然而《伊利亞德》，以一種長詩的形式，是種想像力的實體。如果要說它是真實的，我只能說它是基於一種原始的藝術感。以現代長詩來說，說它是閉著眼睛模仿一種「偶然的冒險」最好不過了。不久這些論點將被視為不證自明，而同時也不會像真理被概略譴責為謊言一樣破壞本質。

另一方面，一首詩如果太短，它就會產生一種敏銳及生動的印象，但這樣印象絕對不深刻持久。如果沒有一種連續性，或者一種持續或重複的原因，靈魂很難被感動。要像水一滴滴滴在石頭上，或者像是持續按壓蠟上的戳印才會有效果。De Béranger寫出一些很優秀的作品，敏銳又煽動人心，但他們大部分都太粗略而沒氣勢，像片片幻想的羽毛一樣，被吹得很高然後又飄散在風中。簡潔的確有可能會變質為諷刺短詩，但這風險無法避免極端的長度成為一種不可饒恕的罪。

如果要我選出一種文體，之於我剛剛提出的詩歌，最能夠滿足野心勃勃的天才的需求，能夠提供最優揮灑空間，又能提供最佳展現機會的話，我會立刻指出是短篇小說。當然，在此我們不把歷史、哲學以及類似文類列入考慮，也不管那些長者。這些遠大的主題，到最後，會被這歧視的且對單調小冊子嗤之以鼻的社會視之為天才的人好好地詮釋。和那些使長詩令人不喜歡的原因相似，普通的長篇小說也是令人反感的。由於長篇小說不是單一場景，它沒辦法受惠於單一完整性的好處。世俗的興趣，在閱讀的暫停之間介入，會變更、對抗以及抹殺它的預期效果。但閱讀中簡單的停頓就足夠毀掉真正的整體性。反之，在短篇小說中，作者能夠不被打斷地實現他的整體設計。在一小時內的閱讀，讀者的心向是受作者控制的。

一個熟練的作者會安排一個短篇故事。他不會塑造他的想法來迎合他的事件，而是慎重地設想出想要傳達的單一效果，然後虛構事件及結合一些情況，並以最能建立他先入為主的效果的一種語調去討論他們。如果他的第一句話沒有帶出這種效果，那麼他第一步就犯錯了。整體說來，不管是直接或間接的，這種預先的設計不該被寫出來。意思是說，憑著專注與技巧，一幅畫被詳細地描繪，而讓品畫的人心中留下一種同質的藝術，一種最大的滿足。短篇故事的主題，它的論點會被無瑕疵地傳達，因為不受干擾，這是絕對的目標，而這在長篇小說是無法達到的。

關於巧妙安排的短篇故事，美國的典範很少，而在此我不提及其他要點，有些要點還比安排重要。整體來說，我所熟悉的沒有比Simms先生的《Murder Will Out》來得好的，而這也有些明顯的缺點。Irving的《Tales of a Traveler》敘事優雅又令人印象深刻，而其中〈The Young Italian〉又特別出色。不過，這系列中沒有一篇可以被視為是完整的。它們之中很多主題都再細分且失色了，結論也都不夠戲劇化。在更高條件的作品中，約翰·尼爾的雜誌故事表現突出，我指在思想的活力、生動的事件結合方面等等。但是它們過於散漫，而且總是在快到結尾時瓦解，就好像作者突然接到一個無法拒絕的晚餐邀約，然後趕著在出門前把這故事做個收尾一樣。我看過最巧妙最雋永的短篇故事之一是Colton先生的《American Review》的助理編輯Charles W. Webber的《Jack Long; or, The Shot in the Eye》。但以大致上安排的技巧來說，我認為Wills的短篇故事超越所有其他美國作家，除了霍桑先生。

我得稍候更好的機會才能以目前手上的資料，對霍桑先生各別的作品做完整的討論，而現在我只能趕快總結他的優點和缺點，來結束這篇報告。

他是特異而非原創的，除非那些詳細的思路和超脫的想法，對獨創性的渴望讓他不受歡迎，也永遠不受大眾青睞。他太喜歡寓言了，而且如果他堅持寓言的話，永遠別想受歡迎。不過他不會為了寓言而破壞他整體自然的語調，洋洋得意逃離他好人布朗以及白人老女僕的神秘，進入他的威克菲爾德以及小安妮的逍遙的熱心及溫暖陽光中。的確，他這種為隱喻瘋狂的精神很明顯來自一種群居的氣氛，而這是他長久以來的掙扎。他有最純淨的風格，最優雅的品味，最可得的學者風範，最微妙的幽默，最憫人的感傷力，最豐富的想像力，最完美的天賦。憑藉這些多樣化的特質，他是個出色的神祕主義者。然而，在這些特質當中，有沒有任何一個會阻饒他的雙重身分？當他也在追求誠實、率真、明智、及可理解的東西時。就讓他修好他的筆，拿一瓶墨水，走出老宅，避開Alcott先生，吊死《The Dial》的編輯（如果可以的話），然後把《The North American Review》的所有奇數刊號從窗戶丟出去吧。

註：

1.這篇書評出自愛倫・坡（Edgar Allan Poe）之手。刊載於一八四七年《*Godey's Lady's Book*》（November, 1847, no. 35, pp. 252-6）。再版出自《愛倫坡：短文及書評》（*Edgar Allan Poe: Essays and Reviews*, pages 577-988），一九八四年，美國圖書館發行。本篇譯者為邱明慧。

譯序

本書選譯納旦尼爾・霍桑（Nathaniel Hawthorne）著名的短篇小說共十四篇。

霍桑是美國第一位偉大的心理常作家。他是個性格孤僻的人，在當時濃厚的基督教和文藝復興氣氛中，對於宗教沒有興趣，對於社會與世事也沒有興趣；深入研究人性，為之驚駭、也為之悲哀。作品多描寫罪惡與罪行，以及驕傲、自私和隱匿一己罪行的惡果。

霍桑麻薩諸塞州薩勒姆鎮人也，祖先曾任地方行政官，參與聲名狼藉的薩勒姆巫術審判。他四歲喪父，童年狹隘的環境形成他的孤僻和多疑、任性。在社交場合和陌生人中間常局促不安。一八二五年自鮑多因學院畢業以後，曾在母親薩勒姆自宅的閣樓上一住十幾年，日以繼夜的看書、思考和寫作，生活在自己思想與想像中的神祕世界。一生之中雖曾數度短暫擔任公職，但基本上是一位可以寫作謀生的作家。

霍桑著有大部頭小說數部，其中如《紅字》等（*Scarlet Letter*）已是美國著名經典作品。短篇故事也有一百多篇堪稱為經典的作品。泰半的故事均發生於遙遠的時間和地點，霍桑的短篇小說按照題材，可以概分成兩類：新英格傳奇、心之寓言。「新英格蘭傳奇」反映美國殖民時代新英格蘭地區歷史的故事，富有迷信色彩的傳聞軼事，似乎是霍桑在薩勒姆鎮蟄居時所抒發的靈感。

「心之寓言」則如霍桑《重講一遍的故事》第三版前言所述：

它們是在極度蔭涼處綻放的蒼白花朵—那涼意來自沈思默想的積習，浸透每一篇作品的情感與心領神會。取代激情的是感傷……，應該在寧靜沈思的黃昏時刻，閱讀這本書。若在燦爛的陽光下展開書頁，它就可能會神似一部白茫茫的無字天書。

重講一遍的故事

1

婚禮上響起的喪鐘1

我的祖母常津津樂道她少女時代曾參加過的那場離奇婚禮，所以我對於這座教堂始終保持著獨特的興趣。那間教堂座落於紐約，無論今日聳立在同一處地點的教堂是否就是祖母所說的那間教堂，我都無意去探究，因為在研究古文物方面，我還算資淺，而且要我自行修正這個無傷大雅的錯誤，對我而言，也許是不值得一試的；所以，我也無意去查看教堂門首牌子上的日期。今日的這座教堂莊嚴堂皇，周圍環繞著青蔥的樹籬，籬牆顯露出骨灰甕、柱子、方尖碑，和其他紀念形式的大理石刻；這些紀念物是由亡者親人所放置，或是為了追悼歷史上的著名人物而陳設的獻禮。縱然教堂下方市聲喧囂，但此情此景，仍然發人之思古幽情，引人入勝。

在舉行這場婚禮以前，新郎、新娘事實上已經訂婚多年，不過，在訂婚以後的這段期間內，新娘曾兩度嫁給別人，新郎卻獨身四十年之久。此時，艾倫伍先生已是邁入六十五歲之人——有點害羞但並不是那種蟄居、與世隔絕的老紳士；雖然就像那些鬱鬱沈思自己靈魂的人一樣，有點兒自私自利，但偶爾也顯露出厚道待人的一面。雖然他畢生志於鑽研學問，態度卻相當怠惰、好逸惡勞，因為他的學術研究沒有針對明確的目標、不為公眾利益或個人志向而努力；儘管艾倫伍先生是個嚴以律己、受過良好教育的君子，但是偶爾也需要屬於自己的消遣娛樂，暫時遠離世俗的規範。確實，他的性格裡潛藏著許多古怪之處，而這種怪癖似乎決定了他的宿命——雖然因為過份的多愁善感、畏懼世人的眼光而俯仰於塵世，卻仍然成為眾人議論的話題；世人研究他的家族世系，想看看他有沒有遺傳上的精神毛病。但這種舉動完全是多餘的，因為他的怪癖是由於漫無目的思想作祟，在感情上又過份的內斂，如果他還有什麼精神病，那便是漫無生活目標和不健全的生活所導致的後果，決非其他的因素所造成。

他的孀婦新娘除了與他年齡相同之外，一切都正好相反。她在不得不解除第一次婚約以後，嫁給了一個歲數比她大上一倍的男子；對他的第二任丈夫而言，她是個賢慧的妻子，後來在她第二任丈夫過世之後，也繼承了豐厚的遺產。孀居之後，她再嫁的對象年齡比她小很多，是個南方的上流人士。她跟隨著他定居於查爾斯頓，而經歷多年的不幸婚姻生活之後，她又再度成為了寡婦。

孀婦達布尼太太早年優美的情操，已因最初的失望、第一次婚姻的繁苛責任，以及第二任南方丈夫的刻薄寡恩而蕩然無存。以至於在第二任丈夫離世以後，竟然鬆了一口氣，認為自己可以過一點舒服的日子了。總而言之，她是個異常聰明、不討人喜愛的女人，向來秉持逆來順受的人生哲學，對於一己的快樂並不奢求，能夠緊緊抓住一點幸福便盡快享受。這個一向嚴肅的女人，卻因為不曾經歷過生育的折磨而多少可人了一點。儘管在「歲月」的掌控下，她無法保持美貌，但是身為一名女性，她不肯變得又老又醜；她想盡辦法與「歲月」抗爭，緊緊抓住剩餘下來的青春花蕾，一直到那「莊嚴的竊賊」似乎認為費力去腐敗達布尼太太所剩無幾的青春，是不值得一做的事情，竟而鬆開了祂箝制生命軀殼的雙手。

世俗女人達尼太太回到家鄉後不久，便傳出她與超凡脫俗的艾倫伍先生的婚訊。一般認為，是達尼太太積極安排了這件婚事，而她也比他更能權衡到其中的利害；但舊時情侶遲來的結合，顯露出虛浮的情愛幻影，往往似是而非，愚弄在紅塵中已喪失真摯情感的女人。令大家感到困惑的是：為何這麼一個超脫世俗而又畏懼世人非議、奚落的男人，竟然會願意去做這種既世故又可笑的決定。

說著說著，婚期便到來了。婚禮按照聖公會的儀式舉行，地點是在開放式的教堂裡。聞風而來的人群，分別坐入樓上前排、靠近神壇，或寬闊走道兩旁的座位。根據當時的習俗，新郎新娘必須先後分別走進教堂。那天新郎因有事耽擱，延誤了準時進教堂的時間，比新娘和伴娘晚到。經過這樣一段冗長沈悶、無可避免的序言之後，當新郎終於抵達教堂時，我們這個故事的情節也隨之即將展開。

教堂門外傳來舊式大馬車車輪的轆轆聲，而後婚禮上的賓客——紳士和女士們——在燦爛陽光的照射下，愉悅地進入教堂門內。除了主角人物以外，他們都是快樂的年輕人，魚貫走在教堂的走道上時，令左右兩旁的座位與柱子也都熠熠生輝；他們步履輕盈得好像是把教堂當作舞廳，即將攜手婆娑起舞一樣。由於氣氛歡天喜地，很少有人注意到當新娘進入教堂門口時，發生了一個奇異的現象：正當新娘踏入門檻的那一刻，她頭上的那一口樓鐘突然響起了深沈的喪鐘聲；而當新娘走進教堂以後，喪鐘所發出的聲響漸漸平息下來，又是一片沈寂、莊重的氣氛。

有個年輕女子在情人的耳畔輕聲說道：「天啊！竟有這麼不祥的兆頭！」

「我以我的名譽發誓，」這位紳士回答說：「我敢說這個鐘聲一定是自動敲響起來的，因為她早就不該再次結婚了。親愛的茱麗亞，如果是妳走向聖壇，必然會響起歡樂的鐘聲。而這位新娘只能得到喪鐘的樂聲。」

新娘和陪伴她的伴娘一行人，只顧逕直地向前走去，以致於沒有聽到喪鐘最初不祥的一擊，或者至少想想：為什麼竟是如此奇異的鐘聲在聖壇前迎接新娘隊伍。所以她們依然高高興興的繼續向前走去；華麗的時裝、深紅色絲絨外衣、飾有金色花邊的帽子、籐圈撐起來的襯裙、綾羅綢緞、繡花、釦環、手杖和佩劍，這些精緻的衣飾都襯托出他們的身分，讓他們這群人看上去像一幅鮮艷圖畫，似真如幻。但是繪製這幅畫的藝術家的鑒賞力卻很荒謬，竟然把女主角畫成滿臉縐紋的老太婆，還讓她穿著最艷麗華貴的衣服，好像一個標緻的少女突然年老色衰了一樣，給周圍的美女一頓教訓！然而，正當他們光華四射的走過三分之一的走道時，又響起了一聲喪鐘，使整座教堂頓時陰鬱下來，光鮮的新娘、伴娘一行人也為之黯然失色，過了一會兒，才由朦朧中再次現身。

這隊人此刻真是萬分驚訝，大家猶豫不前，圍擠成一團，其中一些女士發出輕聲尖叫的聲音，男士們則交頭接耳，不知道究竟發生了什麼事情。他們彷彿像一束絢爛的鮮花突然被風吹得前後搖擺一樣，眼看風兒快要將一朵年老、枯萎泛黃的玫瑰花上的葉子吹散——這朵乾枯的花和其他兩朵生長在同一株根莖上的嬌嫩欲滴的蓓蕾，正是孀婦新娘子和她左右兩邊年輕美貌伴娘的寫照。

但是，她表現出令人欽佩的勇敢氣概。雖然剛開始時，她也感受到強烈的戰慄，似乎喪鐘直接敲落在她心窩上，而吃了一驚。然而，很快地，她便恢復鎮靜，帶領著兩個驚慌失措的伴娘從容地走向前去。然而鐘擺依舊不斷的擺盪，鐘聲在空氣中飄蕩，像伴隨一具死屍通往墳墓時那般——陰沈而有規律性的節奏。

終於到達神壇前方，她含笑對牧師說道：「我這些年輕朋友著實嚇了一跳。但是許多在歡樂鐘聲中開始的婚姻，日後卻並不幸福。我希望，在不尋常預兆下開始的這樁婚姻會有善果。」

「女士，」牧師大惑不解的說：「這件奇怪的事情令我回想起著名泰勒主教的一篇婚姻布道詞。他說了許多關於死亡與未來災禍的話，用他那豐富、生動的語氣來說，好像是在新房懸掛上黑布，又用柩衣裁製成結婚禮服。而且，許多國家的習俗慣於在婚禮中注入一絲絲的悲哀氣氛，以便在辦妥這件終身大事時，記住『死亡』的陰影。因此，今天響起的喪鐘倒是可以讓我們得到一個不愉快、但有益處的教訓。」

不過，雖然牧師口中的寓意因為喪鐘響起而更加地貼切，他還是派人去查問這樁神祕事件，企圖讓喪鐘靜止——無論憂傷的鐘聲是否適宜於這樣的一樁婚姻。一時間，教堂陷入安靜，只聽見輕輕的耳語和幾聲低低的竊笑。婚禮上的賓客和觀眾在大吃了一驚以後，便想由這件事情中找尋惡意的樂趣；一般而言，年輕人對於老年人所做的荒唐事兒，遠不如老年人對年輕人所做的荒唐事那麼容易寬恕。有人注意到孀婦新娘子的目光遊離，在片刻間瞥向教堂的一扇窗戶，似乎是在尋找當年她奉獻給第一任丈夫的那塊陳舊大理石，然後又向目光下沈，她的思緒不禁飄進另一座墳墓中——兩個埋在地下的男人，異口同聲地從遠方呼喚她去躺在他們身旁。或許她一時動了真感情，但是只要一想到：如果她度過許多年幸福的歲月以後，在自己喪禮的悠揚鐘聲裡，挽著她最早的情人（也就是多年以來的丈夫）的舊情躺進墳墓；那麼，她的命運該會是多麼美好！但是如今，她和艾倫伍先生彼此間已無恩愛可言了，她為何又要重回到那冰冷的懷抱？

可是喪鐘依然淒聲地敲了下去，彷彿哀悼之情已使陽光在空中褪色。站在窗邊的人紛紛耳語，他們說：正當新娘在神壇前等待一個活人到來時，一駕後面跟著若干轎式馬車的靈車正蜿蜒在街道上，準備要把死者送進毗連教堂的墓地。這些話不久便傳遍整間教堂，旋即，門口就傳來新郎等人的步履聲。孀婦新娘的目光朝向門口，一面下意識地用皮包骨似的手緊緊抓住其中一位伴娘的手臂，把這個女孩子嚇得直顫抖。

「夫人，您嚇死我了，」她叫道，「我的老天爺啊，您是怎麼啦？」

「沒什麼，哎，親愛的姑娘，沒什麼。」孀婦新娘一面說，一面又輕聲在伴娘的耳邊說道：「我無法擺脫一個荒唐的念頭——我等待著新郎走進教堂來，而他的伴郎正是我那兩位前任丈夫！」

伴娘尖聲叫道：「看哪！看哪！那是什麼？這是場喪禮啊！」

才剛說完這句話，一列黑色的隊伍便步入了教堂。領頭的哀悼者是一對老男人和老女人；除了蒼白色的面容和斑白的頭髮之外，從頭到腳盛裝著深沈的黑衣。老頭子一面倚杖，一面用虛弱的手臂扶著她老朽的身軀。一對一對的男女跟隨在他們後面，也都像他們一樣——老朽、黑色衣裳、哭喪著淒切的臉龐。等到這列送葬隊伍走近一些，孀婦新娘便認出每張臉孔都酷似她從前的友人。那些她早已遺忘了的友人，現在好像從斑駁的墳墓中匍匐了出來，來警告她趕快預備壽衣；或者，出於某個近乎不吉祥的目的，展示他們的縐紋與殘疾——因為她的衰老就像是一種標記，說明她應該與他們為伍。在她年輕的時候，曾經與他們通宵達旦地酣舞，度過許多歡快的夜晚；然而現在，她是個風燭殘年的老嫗，昔日的某個舞伴應該站出來邀她共舞，大家伴隨著喪鐘的節拍一起跳一場死亡之舞。

當這個年邁的送葬隊伍踏過教堂的走道時，坐在位子上的觀眾認出某個在此之前一直隱藏在人群中的身影，不禁一面敬而生畏，一面嚇得顫抖。許多人把臉轉過去，有的人盯著眼睛看；有個年輕的女子神經質的咯咯笑，隨即帶著笑容昏厥了過去。這隊幽靈行列走近神壇時，一對對年老的男女彼此分開，並緩緩分道而行；於是，那個伴隨著死亡鐘聲與這場哀戚盛典、喪禮——他們迎接進來的那個人，在隊伍中央出現了——這個人竟然是穿著壽衣的新郎！

他一身的裝束是墳墓中亡者的裝束，恰巧匹配這個顯得死氣沈沈的場合。新朗除了雙目像鬼火般閃鑠以外，全身上下都跟棺材中的老年亡者一樣寂靜；這具死屍一動也不動的站在那兒對孀婦新娘說話，他的聲音融入沈重的鐘聲之中。

他張開蒼白的雙唇，說道：「來吧，我的新娘！我已經駕好了柩車，教堂執事正在墓室的門口邊等待我倆。我們快點結婚吧，然後，相擁睡入棺材！」

孀婦新娘嚇得面色慘白，正如同死屍的新娘子模樣。她年輕的朋友們紛紛站開，也被送葬隊伍、身裹屍衣的新郎、新娘本人嚇得直顫抖。整個場面以最強烈的意象，表現出世人徒勞無益地掙扎——愛慕虛榮、對抗萎弱，並且與死亡抗爭。在這個氣氛凝滯的時刻，牧師首先打破肅靜。

他用安撫卻具權威性的口吻說道：「艾倫伍先生，你有點兒不對勁，你的心智被周遭超乎尋常的環境影響了，因而顯得激動、焦躁不安。這場婚禮非得延期舉行不可，你還是回家去吧！」

新郎以同樣空洞的口吻回答道：「好，回家吧！但是我不能不帶著我的新娘子回家。或許你以為這是個笑話或瘋狂之舉，然而，如果我俗不可耐的用緋紅色刺繡裝扮自己老朽、殘敗的軀體，也許，那才算是個瘋癲笑話吧。現在，請在場的諸位評評理，我們之中究竟是誰沒有穿著結婚禮服？新郎？抑或是新娘？」

他快步走向前，在孀婦新娘的旁邊站定；他身上過於樸素的屍衣與她珠光寶氣的華服成為鮮明的對比。旁觀者無不感受到新郎的腦筋雖然不甚清楚，但他所說的話裡含有強烈的寓意。

新娘悲痛欲絕的呻吟：「刻薄！刻薄！刻薄啊！」

「刻薄！」新郎重覆說著這句話，旋即因極端痛苦而失去了鎮靜，又說道：「在我們之中，天知道是誰對誰刻薄殘忍！妳在年輕的時候剝奪了我的幸福、我的希望、我的目標，把我生命中的一切都毀滅了，讓它成為一個不實際的夢境，連悲歎都不值得了。我渾身疲乏，在無邊無際的黑暗中行走，也不管自己會走向何處。但是，四十年以後，當我已修築好自己的墳墓，決心埋骨在裡面時——度過決非當年妳和我一度想像過的人生中長眠時——妳卻又把我召喚到這個神壇前面。今天，我來了，但是其他的丈夫已經享受過妳的青春、妳的美貌、妳出自心靈的溫暖，以及妳生命中其他的一切；除了衰老和死亡之外，剩下來給我的還有什麼呢？所以，我邀請了送葬的朋友們，向教堂執事預約了深沈的喪禮鐘聲，而我也穿上喪禮中的屍衣前來娶妳，以便我們可以在墓室門口結婚，然後一同踏進墳墓。」

令新娘產生變化的不是新郎狂亂的樣子，不僅僅是因為他這個一向冷靜的人如今好像喝醉酒般地情緒強烈。這天，令人害怕的教訓發生了效果，她的世俗欲望消失無蹤，她挽住新郎的手臂，哭著說道：「好！我們就這樣結婚吧，甚至在墳墓的門口結婚也不要緊。我在虛榮中度過了一輩子，但是當生命即將結束的時候，卻有了一點兒真摯的感情；這是造就年輕時代的『我』的那種感情，也是我之所以能夠配得上你的那種感情。『時間』已經與我們無關，我們為了『永恆』而結合吧！」

新郎久久注視著她眼眸的深邃處，自己的眼眶裡也流淌出淚水來。說也奇怪！從一具死屍的冷冰冰胸膛裡，竟然能流瀉出來人類的情感，他用屍衣擦拭眼淚，然後說道：

「我年輕時的摯愛，我是狂野了一點，一輩子的絕望霎時間令我瘋狂。我們原諒彼此吧！不錯，對我們而言，現在只有夜晚伴隨著我們，我們也尚未實現早晨時快樂的美夢。但是讓我們在這座神壇前結婚吧！我們這對情侶一生命運多舛，被乖戾的世事所拆散，又在生命即將告終的時候重逢，然後發現彼此在世俗上的感情已經蛻化為宗教的神聖。對於永恆的婚姻來說，『光陰』又稱得上什麼呢？」

於是，在許多人的淚光和祝福中，這對超越時光的伴侶舉行了婚禮。一行老朽的哀悼行列、身穿屍衣的白髮新郎、垂老新娘的蒼白容顏，以及喪鐘從頭到尾不停歇地深沈的鳴聲——壓倒婚禮上言辭的鐘聲——都代表世俗間希望的幻滅。但是在典禮進行的當兒，風琴似乎被這感人的場面所鼓動，演奏出一曲聖歌；先是與陰沈的喪鐘聲音混合為一，然後昇華到更高的音階上。在這場令人震驚的婚禮結束以後，這對「永恆的夫妻」，牽起對方歷經風霜的手，手牽著手離去；此時，風琴勝利的樂聲壓倒了婚禮上的喪鐘聲。

註：

1. 婚禮上的喪鐘——*The Wedding Knell*，霍桑曾於一八三六、一八三七年，將此篇小說納入短篇小說集《重講一遍的故事》（*Twice-Told Tales*, 1837—1851）。屬於「心之寓言」的短篇小說。

2

牧師的黑面紗——一個寓言1

在米福教會禮拜堂門廊上，教堂執事匆匆忙忙的拉動鐘繩，村中老年人彎腰駝背地從街道上走來，兒童穿著正式的主日衣裳，滿臉笑容的在父母身旁蹦蹦跳跳，或有板有眼的模倣成人的步伐取樂。瀟洒的小夥子們側目偷看美麗的少女。感覺安息日的陽光把她們照耀得比平日更美了。當大部分的會眾湧進前門以後，教堂執事開始敲鐘，一面注視著胡珀牧師現身的門口；按照慣例，牧師一出現，他就該停止敲鐘了。

執事一見牧師便不禁驚聲大叫：「一向循規蹈矩的胡珀牧師，今天臉上戴了什麼東西啊？」

周圍的人聽見這句話都回頭張望，只見有一個貌似胡珀先生的人一面沈思一面緩步走向禮拜堂，因而無不感到驚訝，此時就算看見陌生的牧師前來打掃胡珀先生講壇上椅墊的灰塵，也不至於如此大驚小怪。

「你想這是咱們那位牧師嗎？」格雷先生問執事。

執事回答說：「一點也不錯，就是他。本來今天他預定去跟舒特牧師對調講道地點，轉往西伯利的教堂講道，舒特牧師則來我們這兒講道，但是昨天舒特牧師捎信說他不能過來，他必須替一場喪事做祈禱。」

似乎並沒有充分的理由讓眾人如此大驚小怪。胡珀先生是個文質彬彬的紳士，大約三十歲左右，雖然尚未結婚，但是他平日也穿戴得整整齊齊、適合牧師的身分；彷彿有位細心的妻子替他漿洗過衣領箍，該漿洗的地方漿洗了，該撣一撣的地方也撣淨了，刷淨一週以來落在主日禮服全身上下的灰塵。牧師渾身上下只有一樣東西引人注目、讓人覺得刺眼：他今天臉上戴了一塊黑面紗——箍在他的前額、垂下來罩在他的臉上，隨著呼吸顫動的一塊黑面紗。再拉近些看，這塊面紗似乎是由兩層疊起來的縐紗，掛在他的臉上，除了嘴唇和下巴以外，其他的面容全被遮住了；不過，並沒有影響他的視線，只是眼簾中的一切有生命、無生命的事物都蒙上了一層黑影。帶著眼前這片陰翳的黑影，善良的胡珀先生向前走著，步調緩慢而沈靜；像心不在焉的人平日的習性，微微駝背、雙目注視著地面，一面向在禮拜堂台階上等候的教友們點頭致意。然而，他們看見牧師這副模樣，都瞠目結舌，竟顧不得回禮問候他了。

「我真不敢相信在那塊黑紗後頭的臉就是胡珀先生的臉。」教堂執事說。

「我不喜歡那件鬼玩意兒，」一個老婦一面蹣跚走進教堂，一面嘀嘀咕咕：「他把臉蒙住以後，就變成了怪物，讓人感到害怕啦。」

「我們的牧師發瘋了！」格雷先生邊說邊跟著他跨過門檻。

胡珀先生還沒有進門以前，這件不可思議的怪事就在禮拜堂間傳遍了，教友們紛紛騷動。有幾個人還扭頭朝門口張望，許多人乾脆站起來轉身去看；若干小男孩在椅背上爬上爬下，吵吵鬧鬧；婦女的長裙沙沙作響，男人的腳跟前後擺動。會場一片嘈雜之聲，迥異於平時牧師進場時應有的肅靜。可是胡珀先生好像對於這一場混亂視而不見，他輕聲地走了進來，微微向兩旁座位上的教友低頭致意，經過走道中段時，還對著坐在一張扶手椅上的白髮老人鞠了個躬。奇怪的是，這位可敬的老人反應遲頓，壓根兒感受不到四周對於牧師外表的驚詫反應，直到看見胡珀先生沿著台階走上講壇，戴著那塊黑紗與教友面對面以後，才察覺出有哪兒不對勁。牧師一刻也沒有卸下這片神祕的黑紗。他領唱讚美詩時，它隨著他的呼吸韻律地起伏；他朗頌《聖經》時，它就在《聖經》與他之間投下陰影。他向神祈禱時，它就沈沈地蓋在他仰起的臉上。莫非他想在可畏的上帝面前，隱藏自己的臉孔？

小小一塊黑面紗發生的作用卻不小，是那樣的怵目驚心，害得不止一位膽小、神經脆弱的女人被迫離開教堂。可是，在牧師眼中，面色慘白的教友們或許和他的黑面紗同樣令人害怕呢。

胡珀先生布道有方，遠近馳名，但是他不以雄辯的力量取勝，他總是盡量設法對教友們溫言相勸，引導大家皈依天國，而不靠雷霆般的聖諭驅趕人們奔向那裡。此刻，他講道的格調、風格、方式，一如往常，可是或許由於布道者本身的情緒，或者是出自於聽眾自己的想像，大家覺得這是有史以來，他們所聽過最動人有力的一篇告誡。與往常相比，今日的布道詞更是蒙上了一層胡珀先生性情上的淡淡陰鬱。這次講道的主題涉及隱祕的罪孽——那些我們對最親近的人、對自己的良心都想隱藏的祕密——甚至忘記了全能、無所不知的上帝可以洞悉一切。有一種微妙、難以捉摸的力量注入他的每一句言辭中。不論是最純潔無知的少女，還是飽經世故的男子漢，都感受到躲在黑面紗後面的牧師正在不知不覺中逼近他們，發現他們深藏在思想和行為中的邪惡。許多人雙手交叉緊握，按壓住胸膛。胡珀先生並沒有說出什麼駭人的話，至少沒有粗暴、激烈的字眼，但是，隨著那憂傷聲調中每一個顫音，聽眾感到戰慄不已，莫名的哀傷與畏懼亦隨之而來。他們深深強烈感覺到牧師反常的行徑，甚至盼望一陣清風吹來，掀去那一塊黑面紗。雖然眼前這個人的身形、姿勢和聲音分明屬於胡珀牧師，但是，掀開面紗後，一定會露出一張陌生的臉孔。

禮拜剛剛結束，大家爭先恐後衝出教堂，急切的想找人訴說憋在心裡頭的驚惶，而且，那塊黑面紗不在眼前晃動以後，感覺到心情輕鬆多了。有的人彼此擠成一團，圍成小圈子交頭接耳、竊竊私語；有的人獨自往回家的路走去，一路上默默沈思；還有的人高談闊論、搖頭晃腦，自作聰明，吹噓他們可以揭穿這個祕密；可是也有一兩個人說這件事根本毫無祕密可言，不過是因為胡珀先生看書看到深夜，被燈光刺傷了眼睛，需要個遮擋的東西罷了。

片刻之後，胡珀先生也跟在大家後面走出來了。他蒙戴著面紗的臉從這一群人轉向另一群人，向白髮蒼蒼的老者行禮致意；以朋友和靈修導師的身分，和善莊重地向中年人打招呼；對著年輕人，則顯露出威嚴和愛心的樣子；並把手放在孩童們的頭上，為他們祝福。這些舉動是他在安息日時的老習慣，但是，今天大家只是用奇怪和困惑的眼神回報他的好意。沒有人像往常那樣，走在他身旁、以和他並肩而行深感光榮。老鄉紳桑德的記性無疑也出了毛病，竟然忘了邀請胡珀牧師去他家用膳；自從胡珀先生來到這個教會就職以後，幾乎每個禮拜天都會去他家飯桌旁祝禱啊。今天，牧師只好回到自己的寓所，正要關門的剎那間，又回過頭來看看教友；此時大家也正目不轉睛的盯著他。他的黑面紗下泛起一絲悲哀的苦笑，浮掠在他的嘴角閃爍不定，隨著他一起消失在門後。

「真是怪呀，」一位女士說道，「那塊簡簡單單的黑面紗，跟我們婦人家繫戴在軟帽上的縐紗沒什麼兩樣，可是一掛到胡珀先生的臉上，竟然變得那麼嚇人！」

「胡珀牧師的腦筋一定出了毛病。」這位婦人的丈夫也是村裡的醫生，回答她的話說道，「不過，這件荒唐事怪就怪在它所帶來的震撼，連我這麼頭腦冷靜的人也不免受到影響。那塊黑面紗雖然只遮住了牧師的臉，但是卻影響到他整個人所散發出來的特質，讓他從頭到腳像個幽靈一樣，罩上了一層陰森森的鬼氣。妳說是不是？」

「你說得一點也沒錯！」這名婦人接著說，「我無論如何也不願單獨和他在一起。我不禁納悶起來，不知道他自己怕不怕自己咧！」

「人有時候是會害怕與自己獨處的。」她的丈夫答道。

那天下午的禮拜儀式和上午的情形相似。禮拜儀式結束的時候，喪鐘聲響起——是為了一位年輕的姑娘而敲響的哀樂。她的親友們聚集在屋內，關係較為疏遠的相識者則站在門口，大家都在敘說死者的長處，突然間，他們的談話中斷了；胡珀牧師走了進來，臉上依然罩著那塊黑面紗，此時此刻，這塊標記倒是十分恰當於眼前的情景。牧師走進停屍的房間，低頭俯向棺材，對這位死去的教友做最後的告別。他彎下身來時，面紗從前額直垂、懸浮下來；如果少女不曾永遠瞑目，就能看到他的臉孔。胡珀牧師是否害怕她的目光，才趕緊向後拉住他的黑面紗？有人親眼目睹了這幕逝者與生者的照面，甚至毫不顧忌地說，當牧師露出真面目的那一瞬間，少女的遺體微微一動、顫抖了一下，屍衣和薄紗布帽都窸窣作響，不過，死屍的面容仍然像原來一樣安祥。一位迷信的老婦人是這場奇跡的唯一見證人。

胡珀先生離開棺材以後，便走進哀悼者齊聚的屋子，然後走到樓梯口，踏上台階，為亡者祈禱。祈禱詞是那樣的深情、感人肺腑，充滿哀傷，但是又充滿著天堂的希望；彷彿死者的纖纖手指正在撥動著豎琴，天籟夾雜在牧師哀傷的聲調之間，依稀可辨。在場的人聽見了禱詞，雖然並不太了解其中深切的含意，卻無不嚇得顫抖。牧師禱告說：但願他們和他自己，以及有生老病死的芸芸眾生，可以像這位少女一樣，泰然迎接自己臉上黑紗被掀去的那一刻。抬棺材的人踏著沈重的腳步向前走去，送喪的人群跟在後面，戴著黑面紗的胡珀先生殿後。這一行悼亡隊伍令一整條街道深陷於哀傷之中。

「妳幹嘛回頭看著後面？」送喪隊伍中的一個男子對女伴說。

「我似乎覺得，剛才牧師和那個少女的靈魂一路上手牽著手。」她回答。

「我也有這種幻覺。」另一個人回應道。

那天夜晚，米福村裡最漂亮的一對新人即將要舉行婚禮。雖然胡珀先生在大家心目中是一個生性憂鬱的人，但是在這樣的場合中，他安靜的喜悅之情往往也令人會心微笑；這是他性格中最討人喜愛的一點，也因此贏得教民們的愛戴。

參加婚禮的賓客急切地等待牧師來臨，已經等得有點兒不耐煩了，他們覺得白日裡一整天他那令人恐懼的奇異神情，現在應該煙消雲散了。可惜，事與願違。當牧師終於到來的時候，大家一眼便看到那塊嚇人的黑色面紗。這件東西不僅為下午的喪禮增添幾分的哀傷，對於晚上這場婚禮而言，也是不祥的預兆。賓客之間感覺到一片烏雲從面紗下面飄散出來，立刻使現場的燭光晦暗下來。一對新人照例站在牧師的面前，但是新娘子冰冷的手指卻在新郎顫抖的掌心中戰慄。而她的臉色又像死屍一般蒼白，以至於引起人們一陣耳語，認為幾個小時以前入土下葬的那名少女，從墳墓中爬出來、趕來結婚啦。若是還有比今晚更陰沈的婚禮，也只有那一場眾所周知的「響起喪鐘的婚禮[2]」。

主持完儀式之後，胡珀先生舉杯預祝新婚夫妻幸福，語氣溫和詼諧。他說的話本來應該像是爐火邊閃蹦出來的歡跳火光，令賓客笑逐顏開。但是就在那一瞬間，他瞥見了鏡中自己的形象，而那塊黑面紗也將他卷進了恐懼之中，陷入和周遭人一樣的驚恐漩渦。他渾身顫抖，雙唇慘白，把還沒有嘗過的醇酒濺灑在地毯上，轉身衝進茫茫夜色；因為此時，大地也戴著她的黑色面紗啊。

第二天，米福村的村民紛紛議論著一件事情：那就是胡珀牧師的黑面紗。那塊面紗以及面紗背後所隱藏的祕密，成為街頭巷尾人們熱衷談論的話題，也讓主婦們在敞開的窗邊前，提供嚼舌根的題材。旅館老板把這件事兒當作頭條新聞，大肆向顧客報導，孩子們在上學的途中也七嘴八舌、嘰嘰喳喳說個沒完。還有一個愛模仿的頑童在臉上罩了一塊黑色舊手絹，結果這件惡作劇不僅嚇壞了同伴，也把他自己嚇個半死。

但是奇怪的是，教區裡所有好管閒事和一向莽撞冒失的人之中，竟沒有人膽敢去問胡珀牧師究竟為何戴上這塊黑面紗。發生這件事之前，胡珀牧師若有一點兒小事需要找人商量，替他出主意的人總有一大堆，而他也總是樂於聽從他們的話。如果說他還犯了什麼錯誤的話，那便是由於太缺乏自信，即使是最輕微的指責，也會讓他把一些雞毛蒜皮的小事兒當作是罪過。不過，雖然說他這種過分隨和的毛病人盡皆知，卻沒有一個人願意對他的黑面紗提出友善的忠告。有一種既不明說、又未費心深藏的恐懼感，讓大家互相推諉責任，不肯開口，最後只好想出一條權宜之計，選派一個教會的代表團去面見胡珀牧師，在引起公憤之前，把這件事情弄清楚。

再也沒有這麼軟弱的特使團——他們根本沒有達成任務。牧師客客氣氣的接待了他們，但是當代表團坐下以後，他卻一言不發，等待他們挑明此番的來意，並且把重責大任全部都壓在代表團的肩上。事實上，話題非常的清楚，胡珀先生前額上緊裹的黑色面紗遮住了他的臉，只露出兩片安祥的嘴唇。他們發現牧師嘴角偶爾閃過一絲陰鬱的微笑，而眼前的那塊黑面紗，依照他們自己的想像，簡直垂掛在他的胸前，成為一件可怕祕密的象徵，橫豎在他與他們之間——只要一拉開面紗，他們就能對眼前這件事的問題暢所欲言；但是不甩掉它，他們便不能啟齒。於是他們一言不發的呆坐了好一會兒，心煩意亂、畏畏縮縮地躲避牧師的目光，覺得這看不見的目光好像正盯著他們看一樣。最後，代表們尷尬地無功而返，滿臉羞愧，對推選他們的村民說：這個問題太嚴重，沒有辦法解決，若不召開全體教民大會，至少也要開個教會會議，才能解決問題。

這塊黑面紗令全村的人膽顫心驚，唯有一個人例外。代表們無功而返以後，這個人卻心氣平和、毫不畏懼，決心親自去驅散籠罩胡珀先生身上這片越來越黑的陰影。她是胡珀牧師的未婚妻，有資格去了解黑紗所隱藏的是什麼。所以當她一去見他，便直接了當的說明來意。等牧師坐定以後，她便目不轉睛地盯住那塊黑紗，但是沒有發覺到它有什麼令人駭然的陰鬱啊，只不過是一塊雙層的縐紗，從他的前額下垂到嘴邊，隨著他的呼吸輕微顫動而已。

她含笑高聲說道：「這塊縐紗除了遮住我一向樂於見到的臉以外，實在沒有什麼可怕的。來吧，我的好紳士，讓太陽從烏雲後面閃現亮光吧，先摘下這塊面紗，然後再告訴我，你為什麼要戴著它？」

胡珀牧師微微一笑。

「時機未到。」他說。「總有一天，我們大家都得摘下臉龐上的面紗。親愛的，在那之前，如果我一直戴著它的話，請妳不要見怪。」

「你這些話說得神祕兮兮的，」這位年輕的小姐回答道，「至少也要解釋清楚，摘掉遮住真話的這層面紗。」

「伊麗莎白，我們是訂下婚約的伴侶，我會告訴妳實話。這個面紗是個象徵，我受到了誓言的約束，必須永遠佩戴這副面紗；不論身處光明還是黑暗、在獨處的時候還是在眾目睽睽之下，也不論與陌生人或是親朋好友共處，世人休想見到我摘下這層面紗。它淒涼的陰影必須分隔我與世人，甚至是妳，伊麗莎白，也不能穿透它！」

「是什麼樣沈重的苦難降臨到你身上，害你永遠遮住你的眼睛？」她誠懇地問。

「如果黑面紗象徵哀悼，那麼我便像大多數人一樣，也有足夠深沈的悲傷，必須用它來表示。」他回答說。

「如果世人不相信它代表無罪的哀傷呢？」伊麗莎白勸道，「雖然說，你是這樣受人尊敬、愛戴的一個人，可是一定會有人在背後說一些蜚短流長的話，說你是因為犯下不可告人的罪行，才遮住自己的臉龐。看在你神職的份上，驅趕這些謠言吧！」

敘說起村子中已經傳開的謠言，令她兩頰都漲得紅紅的。但是胡珀先生還是一副平和泰然的樣子。他又微微一笑，悲哀的笑容從黑面紗下微微閃爍。

「如果我是因為悲傷而遮住面容，那我自是有足夠的理由。如果我是為了不可告人的罪惡而遮住我的臉，那麼有哪個凡夫俗子不能這麼做呢？」

他的態度既溫和而又倔強，拒絕了她的一切懇求。她呆坐一會兒，似乎陷入沈思，大概想找出辦法，將心上人從陰暗的胡思亂想中拉回現實，不要再像神經病發作一樣。她雖然是個堅強的人，此刻也流下淚來。不知不覺間，她目不轉睛盯著黑紗看，突然間，有種新的感覺取代了哀傷，彷彿空氣中出現一道微光，黑紗的恐懼攫住了她。她站起身來，對著他全身顫抖。

「妳終於也感覺到了嗎？」牧師口氣悲哀。

她一言不發，雙手掩面，想轉身離開。但是他衝過去，一把拉住她的胳膊。

「對我忍耐些，伊麗莎白！」他感情激動地大叫道，「不要急急忙忙的走，雖然今生今世，這塊面紗必定要隔開我們兩人，但是請不要拋棄我。嫁給我吧，今後我們的靈魂之間不會再有黑暗相隔，來世時，我臉上也不會再有這塊黑面紗。它只不過是塊塵世間的俗物，並不是永恆的啊！噢！妳不知道我有多麼地寂寞、害怕，單獨一人待在這塊黑紗後面。不要把我永遠地丟在痛苦的黑暗之中！」

「那麼就揭開面紗，看著我的臉。」她說。

「不行，辦不到！」胡珀說。

「那就再見吧！」伊麗莎白道。

伊麗莎白從他的手裡掙脫出來，慢慢離去。到了門口，回頭深深地凝望他，犀利的目光似乎穿透了這片黑紗的神祕。儘管心情沮喪，胡珀牧師仍然微笑著；想到把他自己和幸福隔絕開來的屏障，只不過是個物質上的標記罷了；雖然說黑面紗所投射出的恐懼陰影，必定會令情侶之間存在著一種隔閡。

自此以後，再也沒有人想揭開牧師的黑色面紗，或是直率地請求他說出面紗底下所隱藏的祕密。那些自以為比世俗偏見高人一等的人，認為這件事不過是一種怪癖，而這種怪癖經常會與正常人的行為混合在一起，結果使他們的行為看起來都有點瘋瘋癲癲的樣子。但是，在一般人的眼中，胡珀已經無可救藥的成為一個怪物。他無法心安理得地走在街上，擔心善良膽小的人會避開他，而膽子大的人又會蠻橫地攔住他的去路。為了怕遇見蠻橫的人，他放棄了黃昏時分去墓地散步的習慣。因為每當他靠在墓地門口沈思時，便會有些躲在墓碑後面的人探出頭來，窺視他的黑面紗。另外有謠傳四起，說是因為死人的凝望，才招引他去那兒。他感到萬分傷心，仁慈的心深深被刺痛；因為當孩子們遠遠看見他憂傷的身形時，便中斷遊戲，一哄而散。對於他，孩子們直覺地反應出恐懼，使他強烈地感受到一種奇特、不可思議的恐懼，並且，這種恐懼已深深交織在黑色面紗之中。事實上，許多人都知道，對於這張黑色面紗，他自己也極為憎惡；非不得已，牧師從不主動走過鏡子面前，也不願俯身去啜飲靜止的泉水，免得在它寧靜的懷中，看見自己的臉孔映照在瞳孔中，會驚嚇萬分。這個情形發生之後，引發了頗令人相信的流言：胡珀牧師的良心備受煎熬，因為他犯下無可隱瞞、使良心深受折磨的滔天大罪。於是，黑紗下面湧出一團烏雲，擋住了陽光，曖昧的罪惡感與悲傷從頭到腳包圍住了這位牧師，以至於愛心與同情都接觸不到他了。據說，只有幽靈和魔鬼在面紗後面與他作伴。他就這樣繼續走在黑面紗的陰影之下，帶著本身的戰慄和外界的恐懼，在黑暗中摸索自己的靈魂；或透過這塊面紗，注視著陷入滿目淒涼的世界。據說，就連無法無天的風彷彿也敬畏牧師的可怕祕密，從未吹拂起那塊面紗。不過，胡珀先生在遇見熙熙攘攘的人群迎面走來時，仍然對著他們蒼白的面容淒苦地微笑。

雖然黑面紗危害不少，卻產生了一種合乎需要的效果，使胡珀先生更為勝任他的職責。借助於這個神祕的象徵——因為再也沒有其他顯著的原因——他對於那些受罪惡感折磨的人而言，更具有影響力，產生一種特殊的震懾力量。在他感召之下而改過自新的人尤為害怕他，他的皈依者以極具形象的方式斷言，在被他引領到神聖的光明中間以前，他們曾和他一起陷落在那一塊黑紗後面。說實話，黑面紗的陰鬱暗影使他更憐憫一切不光明磊落的感情。臨終的罪人在瀕死前大聲呼喚胡珀先生，他不到場就不肯嚥下最後一口氣。不過，當他彎下腰來，俯身在他們耳邊輕聲安慰他們時，蒙著黑面紗的臉龐一靠近，他們就渾身戰慄。黑面紗是如此的駭人，即使是死神露面的那一刻，也絲毫未減威風！陌生人遠道而來，參加他的教堂禮拜，縱然見不到牧師的真正面目，也要來到這兒，只為了一睹他的身影。但是有許多為了消遣而來的人，在離開以前就已經嚇得膽顫心驚！有一次，在白奇州長任內，胡珀先生受任在選舉會上布道。他戴著黑面紗，站在首席法官、議員和市政會代表面前，給眾人留下深刻印象，以至於那年通過的法案都含有這種陰鬱和虔敬的氣質——那是早期統治美洲的祖先所獨具的特質。

胡珀先生就這樣度過了漫長的一生。他的行為沒有讓人指責的地方，卻籠罩在陰沈的疑雲之中；仁愛慈善，卻得不到眾人的愛戴，反而令人畏懼。他成為孤零零的一個人，可悲地與世隔絕，人們在健康和快樂的時候躲著他，唯有到了臨終前痛苦的時刻，總是把他找來。一年一年的過去，他黑色面紗旁的兩鬢已成霜。他的聲名傳遍新格蘭一帶的教會，人們尊稱他為「胡珀教長」。他初到任這個教區時，已成年的那代人，如今幾乎相繼入墓；他的禮拜堂裡尚有不少教民，但是毗連教堂墓地底下的黃土已占得滿滿了。胡珀教長一直工作到暮年，而且做得很好，現在輪到他長眠了。

在老牧師臨終的床前，燭光黯淡，依稀可辨若干人影。他無親無故，在場的人有莊重沈默的醫生，盡力減輕這位臨終病人的最後痛苦。教會裡的幾位執事和其他虔敬的教友也在場。另外在場的還有西伯利的克拉克牧師，一位虔誠的年輕人，日夜兼程騎馬趕到垂死的胡珀牧師床前，為他做祈禱。守候在他床邊的還有位看護，不是雇來照料病人的女僕，而是伊麗莎白啊！她一直帶著祕密的愛意在漫長歲月裡忍受孤獨，平靜地度過垂暮之年，她對胡珀的感情至死不渝。胡珀教長白髮蒼蒼的頭靠在枕頭上，黑面紗依舊緊縛在額前，遮住他的臉龐，他所呼出的衰弱氣息、每一番掙扎，都使黑面紗微微顫動。這塊縐紗橫隔在他與世人之間整整一生；隔絕了歡樂的人情、女人的愛戀，把他禁錮在悲哀的囹圄之中——他自己的心靈之中。此刻，它依然停駐在他的臉上，使這間悲悽悽的屋子更加地淒涼，擋住了即將在來世時灑落的陽光。

他已有一陣子神智不清了，靈魂在過去和現在之間飄忽不定，有時好像是要盤旋於朦朧的來世一樣。發燒的時候，他輾轉反側，耗盡最後剩餘的一點力氣。但是即使處於最劇烈的掙扎、最狂妄不清的思緒時，其他念頭都已混亂不清，只是仍然提心吊膽，掛念那塊黑面紗，生怕它會由臉龐滑落一旁。然而即使他迷亂的靈魂一時間忘記了，他的枕邊還守候著那一位忠實的女人，會轉過臉去，幫他蓋好那張衰老的臉；那張臉龐，她最後一次見到時，還洋溢著盛年男子的俊美。如今，在死神掌握下的老人靜靜躺在衰竭的麻木之中，終於心力交瘁、失去知覺，脈搏微弱，呼吸越來越無力。但是突然間，有一個深長和不規律的呼吸出現，似是迴光返照，預告著他靈魂的逃逸。

從西伯利來的牧師快步走到床前。

「令人尊敬的胡珀教長，」他說道，「您解脫的時刻就快到了，您是否已經準備好揭開這塊擋住今生與來世的面紗呢？」

胡珀教長輕輕轉動了一下他的頭，以表示回答；接著，也許是擔心意思不夠明確，又掙扎著開口說話。

「是的，」他奄奄一息的說道，「在拿掉黑紗以前，我的靈魂雖疲倦不堪，但是還撐得住。」

「那麼，」克拉克牧師接著說道：「像您這麼一個專心致志於祈禱的人，思想行為都超凡入聖、無懈可擊，按照俗世的判斷而言，堪稱為世人效法的楷模。身為教會長老，怎麼能給人們留下陰暗的記憶，玷污一個如此純潔、值得紀念的生命呢？我懇求您，我敬愛的兄長，千萬不可這麼做！在您得到人生善果的那一刻前，請允許我們一睹您喜悅的容顏吧！在撤掉來世的屏障之前，請先讓我為您揭開這塊黑面紗吧！」

說完這句話，克拉克牧師便彎下腰來，試圖揭開這塊隱藏多年的祕密。但是突然間，胡珀牧師令床邊所有的人都目瞪口呆；他奮力掙扎，以突如其來的氣力，從床單下伸出雙手，緊緊地按住了面紗，如果西伯利的牧師膽敢挑戰一個垂死的人，他會決心拚命到底。

「絕對不行！」戴著面紗的牧師疾聲喊道：「今生今世永不拿掉！」

「邪惡的老頭啊，」克拉克牧師驚呼，「你的靈魂上要帶著什麼樣可怕的罪孽去接受最後的審判呀？」

胡珀苟延殘喘，胸膛因喘息而上下起伏，一口氣鯁在喉頭間嘎嘎作響。但是，他竭力掙扎，雙手向前胡亂抓取著看不見的東西，像是在牢牢抓住那即將棄他而去的生命，想把最後的話語講完。他甚至在床上起身，坐了起來，在死神的懷抱中，瑟縮顫動。而在這最後的時刻，那塊黑紗低垂下來，凝聚了漫長一世的恐怖，顯得更為猙獰。而那時常隱約浮現的一絲悲哀的微笑，此時又彷彿透過黑紗閃爍起來，駐留在胡珀教長的唇邊久久不散。

「為什麼你們唯獨在見到我時，才嚇得發抖？」他轉動戴著面紗的臉龐，環顧面色慘白的圍觀者，叫道：「你們也應該要害怕彼此啊！男人躲避我、女人對我毫不憐惜，孩童們看見我便尖叫逃開，只是因為我臉上的這塊黑面紗嗎？若不是它隱約象徵著神祕，這一塊縐紗，有什麼可怕的？等到有一天，朋友之間坦誠相見；情人之間傾訴衷腸，當世人不再徒然的逃避造物主的目光、可恥地藏匿自己的罪惡時，到那時再視我為惡魔吧！因為我活著時戴著它，死後也離不開它！我現在緊盯著你們，瞧啊！你們每一個人的臉上都戴有一塊黑面紗！」

聽的人彼此畏懼、彼此躲避，紛紛站開的當兒，胡珀教長卻跌回枕頭上，化作一具戴面紗的死屍，嘴角還掛著一絲冷冷的微笑。人們把蒙著面紗的「他」裝殮入棺，再將他埋進墳墓。年復一年，青草在這座墳墓上枯榮，墓碑上青苔滿布。胡珀牧師的臉孔也化作塵土；但是，一想到它是在那塊黑面紗下發霉腐爛，人們仍然膽顫心驚！

註：

1. 牧師的黑面紗——*The Minister's Black Veil*，霍桑於一八三七、一八五一年納入短篇小說集《重講一遍的故事》（*Twice-Told Tales*, 1837—1851）。屬於「心之寓言」的短篇小說。

霍桑注——在新英格蘭緬因州約克縣，有位約瑟夫‧穆迪牧師（Mr. Joseph Moody），大約在八十年前去世。他與這篇小說裡所講述的胡珀牧師（Mr. Hooper）一樣，有著相同的怪癖，引人注目。但是，他所戴的面紗含義有所不同。他曾經在年輕時，失手殺死一位好朋友，於是從那天開始，一直到死去前，他都戴着面紗，不讓人們看到他的臉孔。

2. 意指霍桑的另一篇小說：〈婚禮上響起的喪鐘〉。

3

希金博坦先生的災難[1]

多明尼克斯・派克是位年輕的煙草販子，基本上他經常與莫里斯敦震顫派教徒聚居區的教會執事打交道。這天他從莫里斯敦，前往派克瀑布村行進，這座村莊位於位於鮭魚河上。他的小貨車輕便可愛，車身漆成綠色。貨車兩側木板各畫有一包雪茄煙的圖案，後方則畫有手握著煙斗和金黃色煙草桿子的印第安人酋長，有隻小灰驢在車子的前方拉著貨車前進。

派克品行端正，擅長與人討價還價，雖然，新英格蘭人向來以辦事乾淨俐落而聞名，人們卻還是很喜歡他。他所熟稔的新英格蘭鄉下姑娘會抽煙斗，所以，他常把自己最好的煙絲送給康乃迪克河沿岸的漂亮姑娘，向姑娘們獻殷勤，因此，也甚得這些姑娘們的歡心。在接下來的故事中，我們可以發現，他不只好奇心重、愛管閒事和擅講閒話，也渴望打聽消息，再把消息傳播出去。

早晨時分，他在莫里斯敦享用完早餐之後，默默在一片孤寂的樹林中，獨自走了七哩的路程，沒有說話的對象，只能自言自語或對著小灰驢說話。此時，他瞧瞧天色，才將要早上七點鐘的光景，心裡真盼望有機會與人閒聊一番；也許是正當哪個店主人閱讀晨報的時候。眼前似乎就有個絕佳的機會，派克停下小貨車，並用聚光鏡子點燃了一根雪茄煙，一抬頭，便看見有個人從小山頂走下來。他終於有機會可以與人閒聊了。此人肩上挑著一支桿子，桿子的尖端懸掛了一個包裹，他的模樣看起來有些勞累，但仍然步履穩健，不像黎明即起的人，而是已經步行了一整個夜晚，還想繼續再趕一整天路途的模樣。等到這個人一走近，多明尼克便迎向前去打聲招呼：

「早安，先生。您這一路上，還走得順利吧！派克瀑布村有什麼最新消息嗎？」

那個陌生人把頭頂上灰帽子的寬帽緣向下拉，罩住自己的眼睛，緩慢地說，他並非從派克瀑布村前來此處。

「我並不是對派克瀑布村的消息特別有興趣，請您說點最新的消息，譬如，從您過來的地方談起，或者其他地方的消息，也行。」

此人的容貌凶惡、醜陋，但在孤寂的樹林中可以遇見這樣的人，也算十分不錯。陌生人禁不起派克的催促，他先是遲疑了一下，好像用全副心思在想「有沒有一件新聞可說，或者方不方便說」。終於，他爬上小貨車，即使在空曠無人的樹林中，他還是在派克耳邊悄悄地說：

「我倒是記得一件小道消息。就在昨夜八點鐘的時候，金博爾頓的希金博坦老先生在自己的果園裡被人謀殺了；兇手是一名愛爾蘭人和一名黑人。他們把老先生拴在一棵聖邁可梨樹的樹枝上，以便天亮以前，沒有人會發現他的屍體。」

雖然派克挽留他抽一枝西班牙雪茄煙，以便探得這件謀殺案的細節，陌生人一說完這件消息之後，卻快步離開，頭也不回地走了。派克趕著小驢車往山上前進，一面沈思希金先生不幸的命運。他認識希金老博坦先生，但也僅止於賣過一些煙草給他。這件消息傳播速度之快，著實令他大吃一驚。金博爾頓的直徑大約有六十哩遠，謀殺案不過在前一晚八點鐘時才發生，但是，今天早晨七點鐘，他就聽到這件新聞了。按照常理推測，這個時候，希金博坦先生的家人應該也才剛剛發現他而已——那具被掛在梨樹上的屍體。那個陌生人必須是個飛毛腿，才能夠跑得如此迅速。

「常言道：『壞事傳千里』，但是這件消息傳送得比鐵路還快，那個人一定是受僱用的信差，專門以『特快件』的速度替總統送信。」派克心底暗暗想道。

但是，他接著又想到：那個陌生人大概記錯謀殺案發生的時間，把「前一天夜晚」誤說成「昨天夜晚」了。所以，他一路上在酒管和鄉間店鋪講述這個故事，至少一共有二十個人聽到這個故事，聽故事的人都感到毛骨悚然，派克還特地送給他們一大把西班牙捲煙。顯然，他自己是第一個得知這件消息的人，大家七嘴八舌地問他問題，他不免加油添醋，增添了許多情節，說成一個頗為像樣的故事。聽眾中，有人曾擔任過希金博坦先生的書記。他說，希金博坦先生是個商人，常常在黃昏時分散步回家，路過那座果園，口袋中裝著他店鋪內的現金和一些重要文件，因此，這個細節也替派克口中的謀殺案增加了一個佐證。書記員對於希金博坦先生遇難的消息，絲毫未感到悲傷，認為他是位乖戾的老傢伙，幾乎是個壞蛋；他的財產會遺留給那在金博爾頓教書的漂亮姪女。派克本人與希金博坦先生有過交易上的往來，對他的為人也不太贊同。

派克一邊走，一邊散播這則消息，並且沿途做生意，因而在途中耽擱太多時間，不得不投宿於一間旅店，離目的地派克瀑布村還有五哩遠的距離。用完晚餐以後，他坐在旅店的酒吧間，一面抽上等雪茄，一面敘述謀殺案的故事。故事經過加油添醋，越來越長，此刻，需要將近半小時，才能說完這件謀殺案。

酒吧間共有二十個人，其中十九個完全信以為真，第二十個人是年老的農夫，不久前才騎馬來到這兒，坐在角落上抽煙斗。故事說完以後，他慎重其事地把椅子搬到派克身邊，坐下後，他噴出最難聞的煙草氣味。

他用鄉村法官審訊案子的口吻說道：「你願意寫份口供，證明金博爾頓的希金博坦老鄉紳的確被人謀殺，時間就在前天夜晚，地點則在自家果園。然後，昨天早晨時，有人發現屍體掛在那棵大梨樹上嗎？」

「我只是將聽到的故事說出來罷了，」派克回答，一面把抽了一半的雪茄扔在地上，

「所以，我不能發誓說：希金博坦老先生一定是遭受那樣的毒手而死。」

「但是我卻敢錄口供。如果希金博坦老鄉紳是被人殺死的，兇殺案發生在前天晚上，那麼，今天早晨，我就是和他的鬼魂啜飲了一杯苦艾酒。他是我的鄰居，今天早晨，我騎馬路過店鋪時，他喚我進去，請我喝一杯酒，然後請我順路替他辦點小事。他對於自己被謀殺一事，似乎還不像我知道得這麼多。」

「難道希金博坦老先生被謀殺不是事實嗎?!」派克不由得大喊道。

「如果確有此事，他也不會不對我提起。」老農夫說道，一面便把椅子搬回酒吧間的角落，留下派克一人目瞪口呆。

於是不幸的老希金博坦先生又復活了！他無心再和人談論這件事，喝了一杯杜松子酒和水以後，便上床睡覺，徹夜夢見自己被懸掛在聖邁可梨樹上。他避開與老農碰面的機會，並且恨他入骨，若是他掛在梨樹上，遠比希金博坦先生掛在梨樹上更讓人高興。隔天清晨，天色微明，派克便動身，把小驢鞍在小貨車前頭，快速地馳往派克瀑布鎮。清風徐徐吹來，露珠在道路上閃閃發亮，愉快的夏日黎明使他精神振奮；此刻如果有人醒著，也許他還想再重述一遍那個老故事。一路上，卻沒有遇見一支牛車隊、輕運貨馬車、騎馬的人或徒步旅人。然後，正當他要渡過鮭魚河時，只見一個人走下橋，此人肩膀上挑個桿子，桿端懸掛著一個行囊。

「早安啊，先生，」他勒住小驢子，對那個人說話，「如果您是從金博爾頓那一帶來的，或許可以告訴我老希金博坦先生究竟如何啦？他是否在兩三天以前，被一名愛爾蘭人和一名黑人共同謀殺了？」

他急急忙忙地說話，一時間，沒有注意到此人泛黑的皮膚。

衣索比亞人一聽，膚色由黃轉白，全身顫抖，期期艾艾、口吃地說道：「不！不！不！與黑人無關。昨夜八點時，絞殺他的是個愛爾蘭人。我是在七點鐘的時候離開的，時間那麼早，他的家人還不會去果園找他。」

話剛說完，這個乍看是度假的旅人，快步走了。派克望著他，極為困惑，心想：如果謀殺案到星期二晚上才發生，誰能在星期二早晨就知道這件事呢？如果希金博坦先生的家人尚未發現他的遺體，那麼，三十哩外的這個黑白混血兒又怎麼會知道呢？而且還知道他的遺體掛在果園梨樹上？更何況，此人離開金博爾頓的時候，希金博坦先生根本還沒有死亡。看來，的確發生了謀殺案。這件事可疑的情節和這個陌生人的驚恐，使派克想追捕他，因為他看來的確像是個幫兇。但是，他接著又想，絞殺這個黑人並不能讓希金先生死而復生，更何況，也許還必須負起絞殺的刑責。

於是，他趕著小驢車進入派克瀑布村，這是一座有三家棉織工廠和一家剪布廠的小鎮，因為這兩件工藝而興盛得十分繁榮。他在旅店畜廄前下車的時候，工廠和大半店鋪都尚未開門。第一件要做的事，便是給驢子買四夸爾的燕麥；第二件，當然是把希京博坦先生遇難的事說給旅店的馬車伕。他又想想，最好不要把日期說得太確定，也不要說一定是愛爾蘭人和黑白混血的人，或是愛爾蘭人一個人幹的，或是據他自己得知，或任何一個人得知；只要說是「根據一般的傳聞」就行了。

故事像野火般迅速蔓延，人人都把此事掛在舌頭上，卻誰也說不出此事是從那兒傳出來。希金博坦先生在派克瀑布村是個名人，是剪布廠的業主之一，和棉花廠的一個大股東，居民覺得他的命運與村子的繁榮息息相關。當地的報紙比平日早出版，頭版的大字標題是：「希金博坦先生慘遭謀殺！」報導的細節除了描寫他頸上的繩痕、被搶去多少錢之外；也對他姪女因叔父被搶奪謀殺後的哀痛之情、數度昏厥，描述得十分詳盡。村中的詩人也以一首長達十七節的歌謠，敘述這位小姐的哀痛。行政委員因此舉行會議，以維持希金博坦先生在村中的權益，決議散發傳單並懸賞五百元，以捉拿謀殺犯和找回被搶奪的財物。

為了向死者致敬，村中各行各業的居民，譬如商店店員、宿舍的老闆娘、工廠男女工人和學童皆湧向街頭，縱使織棉機已停止操作，仍然聲浪四起。如果希金博坦先生喜歡身後揚名，那麼，他提早過世的鬼魂一定會十分欣喜。派克被虛榮心所驅使，早就把戒心拋諸於腦後，躍上鎮上的主抽水機，宣稱這則造成轟動的正確消息是從他這兒傳出來的。於是一時之間，他成為村中的大人物。就在他開始要以牧師布道的口吻加油添醋地重新敘述整件事時，郵件驛馬車馳入村裡的街道。這輛驛馬車已經行駛了整整一夜，而且曾在凌晨三點鐘時，在金博爾頓鎮替換馬匹。

「現在可以知道詳細的情形了！」圍觀的群眾大聲嚷嚷。

驛馬車隆隆地馳到旅店的廣場，後面跟著一群人；原本在處理自己事務的村人，都匆匆放下手邊工作，前來聽這件新聞。派克跑在最前面，只見驛馬中的兩名乘客從舒舒服服的小睡中驚醒，發現自己被群眾包圍。眾人爭先恐後的向他們發問，兩人當中，有一名律師及另一名年輕小姐，都因此而目瞪口呆。

「希金博坦先生！希金博坦先生！告訴我們老希金博坦先生的詳細情形吧！驗屍官怎麼說？逮捕到兇手了嗎？希金博坦先生的姪女還在昏厥中嗎？希金博坦先生！希金博坦先生！」眾人喊道。

驛車夫一言不發，只大聲地責罵旅店馬夫，吩咐他快點套上換班的馬匹。車上的律師通常睡著了也能保持警覺。他一知道眾人在吵些什麼事情後，便拿出一個紅色大皮包。此時，一向彬彬有禮的年輕人派克，因為猜想到這位小姐也可以像律師一樣，伶牙俐齒地說故事，伸手把她攙扶下車。她既美麗又聰明，已經完全清醒過來。派克倒是情願由她甜美的口中說出個愛情故事。

律師對店員、工廠男女工人說：「我向你們保證，引起這場騷動的原因只不過是個難以解釋的錯誤，或許是想要傷害希金博坦先生信譽的人所惡意編造出來的謊言。我們今天凌晨三點鐘時，曾經路過金博爾頓，如果真的發生這件謀殺案，一定會有人告訴我。可是，我有反證，像希金博坦先生本人的宣言同樣有力。他曾經親手交給我一件東西，是他在康乃迪克州法庭裡書寫的一件訴訟案的筆記，而上面記錄的日期正好是昨晚十點鐘。」

一說完這些話，律師便指出筆記上的日期和簽名，無庸置疑，這是件有力的證據，然而，這只證明「他寫筆記的時候還活著」，或者證明他對世俗的事務專心致志，死後仍然不肯放棄。有人認為後者的情形可能性較大。可是，令人意想不到的證據隨即出現，那位小姐聽完派克的說明以後，只稍微整理了一下長裙和秀髮，便走到旅店門口，謙和地示意大家聽她說話。

「諸位，我是希金博坦先生的姪女。」她說。

群眾竊竊私語，難以相信這個聰明快樂的女郎竟會是《派克瀑布報》所謂幾度昏厥、瀕死的那個悲傷姪女。但其中有幾個精明的人卻始終懷疑：一位年輕女郎是否會因為老年叔父遭人絞殺，因而悲痛欲絕？

「對我而言，這個故事根本毫無根據。」希金博坦小姐微笑了一下，繼續說道，「我也可證明，就親愛的希金博坦叔叔而言，也是毫無根據。雖然我以教書維生，但他讓我住在他的宅邸。今天早晨，我離開金博爾頓，前去距離派克瀑布大約五哩的地方，與一位朋友共同度過一週的畢業假期。我叔父聽見我走在樓梯上，便把我喚到床邊，慷慨地給我兩塊五毛錢，當作路費，另外，又給我一塊錢當作零用錢。後來，他把皮夾放在枕頭下面，握握我的手，囑咐我在手提袋中放幾塊甜麵包，不要在路上吃早餐。我相信，在我離去的時候，他仍然健健康康，等我回到家時，也會一樣。」

說完這些話以後，漂亮的小姐鞠躬行禮。她的話很有道理，措詞也用得很好，態度又文雅得體。大家都認為她夠資格在康乃迪克州最好的高級學校教書。派克瀑布的居民聽到自己聽信傳聞，以訛傳訛，都感到極為憤怒；一個陌生人或許會以為希金博坦先生在此地受人憎恨、他的被謀殺會讓人謝天謝地。對於在主抽水機頂層宣布消息的派克，工廠的勞工想要表達眾人對他的「款待」，只是不曉得該動用私刑，在他身上塗滿焦油、裹上羽毛[2]，還是該用抽水機的水替他沖澡「提提神」。行政委員接受律師的建議，說派克散布流言，擾亂了康乃迪克州的安寧，理應告發他。替他求情，希望他免於遭受公眾法律或法院處份的人，只有希金小姐一人，她振振有辭地陳情。他對女恩人簡短地表示由衷的謝意以後，登上小貨車，前往村外行進。一路上，學童用附近土坑和泥洞中的泥塊砸他。在轉身用眼神和希金的姪女道別時，一個速食布丁軟硬的泥球正擊中他的嘴巴，使他看來非常可怕。他全身濺滿骯髒的東西，此刻，他想求人讓他回抽水機前，去沖洗一番；當初人家威脅要給他的「洗禮」，現在應該是慈善之舉了。

然而此時，燦爛的陽光照射在派克身上，象徵派克不應得的一切恥辱，彷彿乾燥的污泥，很容易就洗刷乾淨。他是個樂於在興頭上的小伙子，旋即心情開朗，想到自己敘述的故事竟會造成這場轟動，覺得十分好笑。行政委員的議會把康乃迪克州所有的流氓都關進監牢，從緬因州到佛羅里達州，都有人抽印《派克瀑布報》上這則新聞，吝嗇鬼想到希金博坦先生的遭遇，就會開始擔心自己的錢袋和生命。煙草小販凝想希金小姐的迷人美貌，對她一往情深，又認為演說家韋伯斯特也不能說得像她一樣動人，就像她在派克瀑布村憤怒的民眾前，為他抗辯時那般動聽。

此刻，派克已經走在金博爾頓收稅路。他早就想來瞧瞧這個地方，不過為了做生意，一直未能前來。走近所謂的「謀殺現場」時，他把整件案子翻來覆去地想了一遍。如果，後來沒有出現佐證，或許可以說：第一個旅人的故事是欺人之談。但是那個黃黑色皮膚的人，若不是聽聞過這則故事，就是知道事實的真相；對於派克突然向他問話時，那個人也神色驚惶，好像犯過什麼罪過一樣，令人心生疑竇。

除了這些奇怪的事情，謠言又恰巧與希金博坦先生的個性、生活習慣吻合，而他也的確擁有一座果園，黃昏時分也總是走過園中的聖遇克梨樹。這些間接的證據強而有力，使派克懷疑那位律師拿出來的親筆簽名，甚至是那位姪女的直接證詞，這兩件佐證是否無懈可擊呢？他一路上用心探問，又聽說希金博坦先生為了節省錢財，未經人介紹，便僱用了一個品行可疑的愛爾蘭人。他於是大聲喊道：

「如果我沒有親眼看見他或親耳聽見他說話，就相信他仍然活著；那麼，就讓我動手絞殺自己吧！由於他是個斤斤計較的人，我會請牧師或另一個負責的人在旁邊見證。」

金博爾頓收稅路上的收稅站距離金博爾頓村大約四分之一哩，他趕著小驢車，在黃昏時分到站，遇見一個騎馬的人。此人在他前方數丈之遠的距離快步走過站門，向收稅員點頭致禮，接著繼續走向村子去。派克認識這個收稅員，於是與他寒暄了幾句。

煙草小販派克把鞭子向後一扔，問收稅員：「這一兩天內，你看見過希金博坦先生嗎？」

「見過，他才剛剛通過這扇門，如果現在是黃昏時刻，你可以看到前面的路，應該可以看見他的身影。他今天下午會去伍德菲爾德，觀看執法官主持的拍賣會。這位老先生通常會和我握握手，聊上幾句，但今晚只匆匆忙忙的點點頭，好像在說『收稅吧！』就快步離去了，因為他不論去哪兒，一定會在八點鐘以前回到家。」收稅員說道。

「也有人對我說過這樣的一番話。」派克說。

「我從未見過像這位鄉紳一樣面黃肌瘦的人，今晚他不像是個活人，反倒像個鬼魂，或者一具乾屍。」收稅員又補充了一句。

派克拚命地向夜色中望去，只看到已走在遠方郊道上的那個騎士。他似乎看出那是希金博坦先生的背影，但是透過朦朧夜色、馬足揚起的灰塵，他所看到的人形十分模糊，好像這位神祕的老人不過一團黑色和暗淡光線的混合物。此情此景令他不寒而慄，暗想道：希金博坦先生是否從陰間穿過金博爾頓收稅路，返回家了。

於是他策鞭向前走，與那個陰影保持著一定的距離，一直到那個陰影轉過彎道，看不見了為止，此時，他已走到村子的街口，距離教會聚會所周圍的幾家店鋪、兩家旅店不遠處。在他的左手邊，是一道石牆和一扇門，也就是栽培樹木的林地的界限，再過去一點是果園、刈草場和一棟房子。這些是希金博坦先生的房屋和地產。他的宅邸位於老舊公路的一旁。派克認識這個地方，小驢子也直覺地停頓了下來。

「我不能不進去這扇門！我一定要去瞧瞧希金博坦先生究竟是否懸掛在聖邁可梨樹上！否則，我誓不為人。」他顫抖了起來，說道。

於是，他從驢車上一躍而起，把車子轉向栽培樹林的小路，沿著小路快速馳去，彷彿魔鬼撒旦緊跟在後面一樣。就在這個時候，村落中的樓鐘敲了八下，每響一下，他便走得更快一點，終於，隱約在果園的中心點看到那棵梨樹。扭曲傾斜的老樹幹上，有一個大枝幹伸展到小路上方，使這個地點更為陰暗。但是，好像有什麼東西在樹枝下方掙扎。

小販派克像大多數幹他這行的人一樣，是個不擅長勇敢的人，在這緊急的一刻，也說不上能有什麼勇氣。然而他一股作氣，衝向前方，用一支驢鞭的厚重柄端，把一個粗壯的愛爾蘭人擊倒在地。頸上絞有繩索、在樹下不停顫抖的人正是老希金博坦先生本人，老人沒有被掛在聖邁可梨樹上！派克嚇得聲音發抖，問道：

「希金博坦先生，您為人誠實，我可以信任您，您是否被人絞掛在樹枝上？」

如果讀者尚未解開這個謎，只須幾句話，便可說明這個「未來的事件」如何「早有預兆」。三個人共謀搶劫並謀殺希金先生，其中兩人先後膽怯地逃跑了，每走開一個共犯，都把犯罪的時間耽擱了一天。正當第三個人出來犯案的時候，派克這茫然服從命運召喚，像古代英雄故事中的英雄人物般的鬥士，突然出現在謀殺案的結尾。

剩下來要說的事情，當然是希金博坦先生對這個煙草小販鍾愛有加，批准他追求美麗的女教師，准許兩人結婚。並且在遺囑上聲明：將把全部財產贈序給這對小夫妻的子女，財產權歸屬於他們本人。多年以後，老人壽終正寢。在這之後，派克遷離金博爾頓村，在我的故鄉村落創辦了一家大煙草製造廠。

註：

1. 希金博坦先生的災難——*Mr. Higginbotham's Catastrophe*，霍桑於一八三四～一八三七年納入短篇小說集《重講一遍的故事》（*Twice-Told Tales*, 1837—1851）。此篇小說曾被著名評論家Vincent Starrett譽為「非常接近偵探小說的原始型態」，也被愛倫・坡評論「具有十分生動的原型與充滿機巧的設計」。

2. 參見〈我親戚莫利紐克斯少校〉註7，頁三〇六。

4

野心勃勃的來客[1]

九月的一個夜晚，有一家人圍爐夜話。大爐中堆滿山溪澗的漂木、乾松果，和墜落懸崖的大樹散開的殘枝碎塊。火苗往煙囪吹，發出咆哮般的聲音，使滿室生輝。父親、母親面帶欣喜而含蓄的笑容，孩子們縱情大笑。十七歲的大女兒是幸福快樂的化身，上年紀的老祖母坐在離爐火最近的地方織毛線，是老年人快樂的化身。他們在新英格蘭最荒涼的地方，找到了一種香草——「令人神清氣爽的三色堇」，這家人住在名曰「白色丘陵」的大峽谷裡。這裡終年狂風呼嘯，冬天更是凜烈刺骨——狂風暴雨總是襲擊這家人居住的小屋，然後才向下吹卷到薩可山谷。這一帶地方既寒冷又危險，頭頂上高聳著一座高山，山勢陡峭，岩石往往順坡轟隆隆滾落，令人午夜驚魂。

大女兒剛才說了句讓他們開心的小笑話，突然，寒風穿過峽谷而來，似乎正停留在小屋門前，把門吹得嘎嘎作響，夾雜著哀嚎與痛哭的聲音，然後才刮入山谷。一時之間，他們愁容滿面，雖然這道風聲與平日無異，但是，他們旋即又高興起來，因為聽見有一個趕路的旅客在掀開門閂；剛才一陣狂風怒號，吞沒了他的足音。風兒預報他的到來，呼號著送他進來，又咽嗚著吹過大門而去。

這家人雖生活在偏僻的孤寂之中，但仍能天天與外在世界來往。大峽谷的浪漫通道就是一個大動脈，通過它，國內各地的商業生命力源源不絕地跳動；一側連接緬因州與大青山，另一側連接聖勞倫斯河岸。驛車總會在這家人的小屋門前停留一會。徒步旅人除了手裡的枴杖以外，別無同伴，往往在這裡駐足，和他們說幾句話，以便在通過山的隘口、到達山谷裡一戶人家之前，不會過於寂寞。而前往波特蘭市場的趕牲口漢子也往往在此投宿一夜；還有，如果他是個單身漢，可能推遲上床的時間，多蹓躂個把小時，偷偷地取得山間少女的一個香吻以後，再互道晚安。這家人的屋子就是最原始質樸的小旅店，旅客只需付出一點兒食宿費用，就可享受到無價的家庭溫暖。所以，每逢聽到屋子裡與屋門外之間響起的足音，全家人都會站起身來——連老祖母和孩子們也不例外——彷彿是要迎接他們自己的一位家人、一個命運和他們息息相關的人。

開門進來的是一位年輕人，乍看上去，他一臉陰鬱、意氣消沈，約莫是在傍晚時分踽踽獨行，嘗夠了荒涼山路的樣子；但是他一看見這家人熱忱地接待他，立刻又高興起來，心頭間感到歡欣，想與這家人相知相熟；老婦人用圍裙擦了擦椅子，請他坐下，一個小孩向他伸出雙臂，大女兒的一瞥眼神、一抹微笑，更給這個陌生人天真無邪的親切感。

「啊，這爐火來的正是時候！」他不禁大呼，「更何況周圍還有一圈這麼和藹可親的人。我快凍僵了。峽谷就像有一對大風箱的筒子，暴風從巴勒萊特到這兒，一路上猛吹著我的臉。」

男主人幫著把他肩上的背囊卸了下來，一面問道：「那你是要去佛蒙特嘍？」

「對，去白靈頓，還有比白靈頓更遠的地方。」年輕人回答，「我本來打算今夜趕到伊桑・克勞福的店裡過夜，但徒步旅行的人在這樣的路上走不快。一路上磨磨蹭蹭，看到你們快活、高興的面孔，就覺得你們是特地為我而燒旺這盆爐火，在等著我來呢，所以我要和你們坐在一塊兒，舒服舒服地像在自己家裡頭一樣！」

坦率的年輕人剛把椅子拉近爐火邊，外面就傳來沈重的腳步聲，好像是什麼東西從陡峭的山坡上衝了下來，大踏步疾行，又一躍而過這座小屋，撞到了對面的懸崖上。這家人都屏住呼吸，因為他們都熟悉這是什麼聲音，客人則是直覺的屏息而聽，倒抽了一口涼氣。

「大山這個老傢伙怕我們忘記它，又向我們扔石頭啦。」屋主旋即恢復鎮定，說，「它有時會點點頭，嚇唬我們，威脅著要壓倒下來。但我們是老鄰居了，大致上相處得還不錯。而且，如果他真的要下來了，在附近還有個可以躲避的好地方。」

陌生人吃完熊肉晚餐以後，和這個山居人家隨便交談，相處得十分融洽。他是個舉止得體、驕傲卻又文雅的人——與有錢有勢的大人物打交道，他顯得傲慢而含蓄，但卻總是樂意俯身進入矮小的茅屋門，像一家人那樣坐在窮人的爐火邊。他從峽谷裡的這戶人家身上，找到溫暖和樸實的感情，聽到了遍及新英格蘭的智慧，讀到當地土生土長的史詩——這些東西都是他們從山巒上和隙壑獲取的、從他們浪漫而危險的小屋門前，不知不覺間收集到的。他曾經獨自一人走過漫漫天涯路，所以，他如今的全部生命就像一條孤寂的小路；由於天性孤傲謹慎，他總是遠離那些本來可能成為同伴的人，所以沒有結交上什麼親密的朋友。峽谷間的這家人也一樣，雖然既善良又好客，卻只與自家人彼此團結一心、脫離整個世界的思緒；這種思緒，保持一種令任何陌生人都不能隨意進出的一片天地。但是，今夜油然而生的一種不祥預感，卻驅使這個富有教養、溫文爾雅的青年，向這些純樸的山居人敞開心扉，這種推心置腹的舉動，也令這家人回報相同的坦誠，他們因而無所不談。世間上的事情本該如此，難道同舟共濟之情不能更勝於血緣關係嗎？

這位年輕人骨子裡有一種崇高又抽象的抱負——他願意在世時沒沒無聞，度過平淡的一生，卻不願意死後遭人遺忘——這種強烈的「慾望」變成了「希望」，長久懷抱的「希望」又化作無可動搖的「信念」。所以，雖然自己現在只是一名平凡的旅人，將來有一天，榮耀一定會照耀他所踏遍的道路；儘管現在他艱難跋涉之時，還是愁眉不展的一名過客，但是當他的生命灰飛煙滅時，後代子孫會在回顧中，找到他足跡所遺留的光輝；將那些略顯平庸的榮耀褪色之後，這種光輝將益發煜耀如暉。他們將會承認一位天才走完了畢生的道路，在他踏入墳墓前，都未曾得到他應得的聲名。

「到現在為止，」陌生人兩頰通紅、眼睛發亮，激動的說，「我還一事無成。如果明天我就消失在人間，那麼，沒有人會像你們一樣了解我。只知道有一個不知姓名的陌生人，黃昏時候從薩可山谷走來這間屋子，在夜晚時對你們傾訴心底的話，日出時分，又穿過峽谷離開了，從此杳無蹤影。沒有一個人會問『這個流浪漂泊的人是誰？他要走去哪兒？』可是呢，在完成我的使命之前，我絕對不能死去。等到我的信念如願以償後，死神就可以降臨了，因為我已經為自己豎立一塊紀念碑，永垂不朽了！」

他一面沈浸在自己的玄想中，一面不斷流瀉自己的熱情，使這家人都能理解他的情操；雖然這些話的內容與他們的思想毫無關聯。然而，這個小伙子很快就發覺自己的荒唐可笑，為自己剛才一番熱情的話，羞赧地面紅耳赤。

「妳在笑我，」他拉著大女兒的手，自己也笑了，「妳覺得我的抱負是胡說八道，就好像我想爬上華盛頓山的頂峰，在那裡凍死一樣。不過，那樣也可以讓人們從四周圍抬頭注意到我。話說回來，山之顛是個崇高的地方，倒也能讓我立一座名垂不朽的銅像了！」

「還是坐在火爐旁邊最好，」女孩不好意思的說，「舒舒服服又心滿意足，儘管別人是否知道我們的存在。」

「這個年輕人說的話也有點道理。」她的父親沈吟片刻後，開口說道：「如果我的心思也那麼轉，我的感覺大概也會像他一樣。太太，說也奇怪，他的話竟讓我轉起了念頭，想到一些也許永遠也不會發生的事。」

「或許是吧！」男主人的妻子說道，「特別是，當你想到自己喪妻以後應該要怎麼辦吧？」

「不！不！別這麼說！」他親暱地責怪她，趕緊打消她的這種念頭。

「艾絲特，每當我想到妳的死亡，便也會聯想到自己的死亡，但是我剛才一直在想，但願我們會在巴勒、伯利恆、利多頓、或白色丘陵山脈一帶別的小鎮上的某座好農場，而不是待在這個落石墜下、山會倒塌，砸碎我們腦袋的地方。我會跟鄰居們和睦相處，大家都尊稱我為『鄉紳』、被選入州議會[2]當上一兩屆議員；因為誠實純樸的人也能和律師一樣，可以有一番作為。等妳、我一同老去時，為了永不分離，在我壽終正寢的時候，我會心滿意足的等待死亡，讓妳守著我的床哭泣。我看啊，無須用大理石墓碑，一塊石板墓碑也一樣合適，上面只要寫著我的姓名和年齡，再刻上一首讚美詩，或幾句紀念的話，讓人知道我活著的時候是個誠實的君子，死的時候也像個基督徒。」

「就是這句話了！」陌生人大聲說道，「人的天性向來就渴望一座紀念碑，不論是石板、大理石碑，還是一根花崗石柱子，或是在世人心中留下的一個光榮記憶。」

「今天晚上，我們顯得有點兒奇怪。」妻子的眼眶閃爍著淚光，「據說這是一個預兆，就快要發生什麼事情了，人們才會這般胡思亂想。聽聽孩子們在說些什麼吧！」

他們於是傾耳靜聽。年幼的孩子已經被哄到另一個房間上床睡覺，但房門是敞開的，還是聽得見他們正在嘰嘰喳喳，彷彿受到圍坐在火爐邊那群人的感染，異想天開地說著自己長大以後想要實現的願望。最後，有一個小男孩停止和哥哥姊姊說話，而是大聲叫喚母親：

「媽媽，告訴我妳的願望吧，我要妳、爸爸、奶奶，和我們全家人，還有那個陌生的客人，立刻出發，一起到峽溝的小溪邊撈杯水喝！」

大家一聽，都忍不住大笑了起來；瞧，這個孩子的念頭實在是太奇怪了啊，竟然想在夜裡，離開暖和的被窩，把他們都從溫暖、宜人的爐火邊拉到那條小溪邊上去——那是條從懸崖邊落下的流水、遠在薩可峽谷的深處哪！男孩的話才剛剛說完，忽然間傳來一輛在路上嘎嘎行駛、又在他們門前停留片刻的馬車聲。馬車上似乎坐著兩三個人，正在胡亂合唱作樂。歌聲在懸崖峭壁之間來回飄蕩，變成斷斷續續的音符。唱歌的人彷彿還在考慮是繼續上路，還是在這兒投宿一夜呢。

「爸爸，」大女兒叫道，「他們在叫著你的名字呢。」

但是善良的男主人卻懷疑他們是否確實在叫他，不願意顯得一心一意想掙錢而邀請他們光顧自己的家，就沒有趕到門口去打招呼。片刻間，旅人快馬加鞭，奔向薩可峽谷，仍然邊笑邊唱；不過，這些樂聲和歡笑聲迴蕩在山嶺之間，傳送回來的聲音聽起來十分的淒涼。

「噢，媽媽，」小男孩又在嚷嚷，「他們本來可以帶我們一齊去峽溝小溪邊的。」

於是大家又一陣哄笑，對於這個孩子想要在夜間出遊的幻想，覺得十分可笑。可是，此時，大女兒的心頭卻掠過一片輕淡的烏雲。她表情嚴肅地注視火焰，目不轉睛，還深深的呼了一口氣，好像抑止不住歎息；那陰鬱的念頭揮之不住，儘管她試圖驅趕著它。接著，她的思緒停頓下來，滿臉驚慌、面色緋紅地飛快看了看圍在她身邊的人，生怕他們已經看穿她的心事。陌生人問她剛才究竟是在想些什麼？

「沒有什麼，」她兩眼朝下，低頭微微一笑，「我剛才只不過是突然覺得寂寞罷了。」

「喔，我有猜測別人心事的本領，」他半認真半開玩笑地說，「說說妳的祕密好不好？我知道一個少女坐在溫暖的爐火邊顫抖，挨在母親的身邊，還抱怨著寂寞，我捉摸得出她的心底在想些什麼。要不要我說出來妳此刻的感受呢？」

「若是說得出來，便不再是女孩子家的感覺了。」美麗的山間少女笑著回答，卻避開他的目光。

這番對話是在私下傳遞的，也許一對年輕人的心中已萌生出愛情的苗芽；純潔無瑕，或許無法在塵世間生長，但是卻能在天國上綻放花苞。因為女人崇拜的對象就是他這種優雅的高尚風範，而驕傲、愛好深思、心地善良的人也最容易深深著迷於她這種純樸的特質。他們倆細聲交談時，他觀察到少女性格中的快樂隱約夾雜著哀傷、淡淡的憂愁和含羞的渴望時，穿過薩可峽谷的風聲越來越淒厲、深沈。就如同這位富有想像力的陌生人所說：這股勁風像是掌管暴風雨的神祇所合唱的，那些神祇似乎遠在印第安人時代，就居住在這一帶崇山峻嶺間，並且佔據其中最高最深的丘壑，變作祂們進行風宴的聖地。說到這兒，暴風所途經之處仍然發出如哀泣般的聲音，彷彿參加喪禮的送喪隊伍魚貫其中。

為了驅散這種陰鬱的氣氛，這家人開始把松樹枝扔進火中，乾枯的松針劈啪作響、火焰冉冉上升，情景復歸祥和、愉快，火光在他們身旁歡快地盤旋，翩躚撫慰著他們每一個人。那一邊是孩子們離床探頭探腦的小臉蛋，這一邊是父親強壯結實身軀、母親溫柔纖細的神態，又有博學且風度翩翩的年輕人、如蓓蕾般綻放的少女，還有和善慈祥的老祖母，依然坐在最暖和的角落做編織活兒。老人家從毛線堆中抬起頭來，十指間依然不停地忙著，接著說道：

「老年人和年輕人一樣，也有自己的想法。」老祖母說道：「你們又是希望又是計畫，這一會兒想著一件事，另一會兒又想著另一個主意，弄得我也胡思亂想起來。一個距離墳墓不過一、兩步遠的老太婆，還能夠希望些什麼？孩子們，只是有一件事攪亂了我的腦袋，弄得我心神不寧，倘若我不告訴你們，也就放不下這顆心。」

「母親，究竟是什麼事情呢？」夫妻二人異口同聲地問。

由於老太婆神祕兮兮的，使得大伙兒不由自主地挪近火爐邊坐下，更聚攏在一起傾耳靜聽。她緩緩說出多年前已經準備好入葬時要穿的壽衣：一件漂亮的亞麻布屍衣、一頂鑲著細薄縐布邊的帽子，而且所有的東西都比她婚禮那天穿的新娘衣裳更細緻。但是，今天夜裡，忽然間有一個古老的迷信重現心頭；在她年輕的時候，曾聽到說有人說過，如果屍體上缺少了什麼東西、出了差錯，或者帽沿的飾邊不平整、帽子戴得不端正，那麼，泥土下棺材裡的屍體就會竭力伸出冰冷的雙手，把它們一一糾正回來；每當想起這個傳說，就令她怔忡不寧。

「奶奶，不要胡說！」少女顫聲說道。

「現在——」老太婆為自己古怪愚蠢的念頭笑了一笑，但又迫切的說——「孩子們，等我身穿屍衣，躺進棺材以後，你們要手拿一面鏡子對著我的臉照照；誰敢說我就不會睜開眼睛再瞧瞧自己，看看是否一切都穿戴整齊了？」

「無論年輕人，或是老年人，都會聯想到墳墓和紀念碑一類的事情，」陌生年輕人喃喃自語，「真納悶在船隻即將下沈的前一刻，水手們會怎麼想呢——他們是沒沒無聞的凡夫俗子，一起葬身大海——那座遼闊無邊、無名無姓的墳塚。」

一時之間，在場的人只注意到老太婆恐怖的想像，注定的命運悄悄逼近，竟沒有人覺察到外面夜色中的轟然巨響已越來越可怖，隆隆之聲震耳欲聾。房屋內外一片震顫，大地似乎也在搖蕩，這聲音彷彿就是末日的號角。男女老幼相互交換慌張的一瞥，個個面色蒼白驚恐，一言不發，也無力動彈。接著，又不約而同的尖叫：「山崩！山崩！」

兩個最簡單的字雖然未加修飾，卻清楚表達了災禍臨頭時，那股難以形容的恐懼。受害者全部衝出小屋子，奔向他們認為更加安全的避難所——一道為應付這種緊急情況而準備的壕塹，自以為將到達築有安全設施的地帶。可是，哎呀！他們離開了安全地帶，卻衝進毀滅之路。山脈的一側整個垮倒下來，造成毀滅的石流；正當它快接近小屋的時候，石流又兵分兩路——秋毫未犯那兒的一扇窗子，卻淹沒了房子四周圍的一切，堵塞住道路，吞噬了所經之處的一切一切，全都毀滅了。早在大山崩雷鳴般的轟隆聲停息之前，致命的慘事已經發生；受害者已忍受了臨終前的痛苦，一命嗚呼了。他們長眠於地下，再也找不到他們的遺體了。

第二天清晨，一縷輕煙從山邊小屋的煙囪冉冉上升，爐火仍悠悠地燃燒，四周圍猶然擺放著那一圈椅子，彷彿屋裡的主人只是出門去查探山崩所造成的災難，很快就會回來，並且感謝上蒼保佑他們奇跡似的逃脫一劫。他們留下各自的遺物，這些東西會使認識他們的友人流下熱淚。誰沒有聽過他們的姓名呢？這個故事傳為流傳，將永遠成為山脈間的一則傳奇，詩人也會哀歌他們的命運。

一些情況讓某些人猜想：在那一個可怖的夜晚，屋主曾接待了一位陌生旅客，於是，他也分擔了共同的厄運；一些人則認為這番臆測無憑無據。真是可悲呀！這位心靈高尚的年輕人，夢想在塵世間締造不朽的人生！卻無人知曉他的姓名與品格。他的生平事跡、行過的道路，及他的種種抱負，將是一個永遠解不開的謎。連他的生與死都同樣是個疑問！那麼，在死亡那一刻的痛苦又到底屬於誰呢？

註：

1. 野心勃勃的來客——*The Ambitious Guest*，霍桑於一八三五年及一八四二年收入短篇小說集《重講一遍的故事》(*Twice-Told Tales*, 1837—1851)。屬於「新英格蘭傳奇」的短篇小說。

2. 「州議會」——為麻薩諸塞灣殖民地及新罕普夏的立法機構，每年召開四次，其中一次全體自由人皆與會選舉官吏，與一般議會不同。

5

百合花的追尋——幸福廟堂寓言[1]

多年以前，情侶亞當・福瑞斯特和莉莉亞絲・費伊因為即將結婚，計畫在未來共同擁有的一片私人土地上，建造一幢廟堂式的小型古雅的夏季別墅，以便在那兒享受各式娛樂，並與老友歡聚，招待他們吃瓊漿玉液般的水果、聆聽著夾雜哀感動人的樂曲、極為美妙的輕音樂，看小說、吟詩，任憑想像力馳騁，如此歡樂繞樑、生生不息。於是在一個清風徐來的晴朗下午，兩人在這片土地上漫步，想尋覓適合建造這個「幸福廟堂」的地點。他們自己也是一對快活的璧人，適合做這間廟堂中的神仙眷侶。為了使「莉莉亞絲」這個名字更有詩意，亞當常稱她為「百合」[2]，因為她的軀體和百合花一樣嬌弱，而面龐又像百合花一樣潔白。

於是，他們手牽手走過莉莉亞絲父親豪宅門前的通道，在通道旁低垂的榆樹枝的暗影中左顧右盼。但是，卻有一個落落寡歡的老男人與這對年輕人同時走在這條通道上。他身著像是用柩衣製成的黑色絲絨斗篷，頭上的帽子像是弔喪人所戴的樣式，帽沿的寬邊垂在他的濃眉上方。情侶轉頭向後張望，知道跟在後面的老人是誰，心中卻希望他沒有在這個時候出現，因為他與他們歡樂的郊遊格格不入。這位老人名叫華特・加斯科尼，是莉莉亞絲的一位親戚。他是一個抑鬱寡歡的人，有時候，他的舉止真像個瘋子，平日裡，也有一點精神失常。這位不速之客與兩位尋歡作樂的人如同天壤之別！這一對情侶像是天堂的陽光，老人則像是投射在地上的陰影；他們像「希望」與「歡樂」一樣，手牽手度過人生；他黑暗的身軀則緊跟在後面，像是希望生活將會給予他們患難。三個人走了一小段路，優雅的百合便看中一個地點，停下了腳步。

「我們還能找到更美好的地方嗎？這個地方恰巧適合蓋一間屬於我們的廟堂。」她說道。

這兒只不過是小山的一個角落，從其中一側可以看見遠處的湖泊，從另外一側，則可以看見教堂的尖塔；景色並不特別幽美，但是頗為宜人舒暢，遠景和小徑深入蔥綠的林地，消失在朦朧的陰影中。如果將廟堂建築在這裡，會是一間朝西的廟堂，這對情侶可以在日落時分，望著天空所渲染的紫色、藍紫色和金黃色，編織各種綺麗的美夢。這樣的夢幻最令他們傾心。

「沒錯，再尋找一整天，也找不到比這裡更好的地方了。就把廟堂蓋在這兒吧。」亞當回答。

可是，那個老人卻站在這塊土地上，又搖頭又皺眉。讓小倆口認為，他幾乎在褻瀆這片土地，而且，他鬱鬱寡歡的身軀使它罩上一層陰影。他指著地上，侃侃而談：以前在此地的建築物，曾經殘留下來的碎石塊，以及原先是少女喜歡在花園中栽培的花朵，如今已變成野花叢中的花朵。

「不能蓋在這兒！很久以前有人在這兒蓋過『幸福廟堂』。你們還是另外找尋一個地點吧！」老華特大吼大叫道。

「什麼？除了我們以外，還有人曾經計畫著去建造一間廟堂？」百合驚叫道。

「傻孩子！每個人都曾經像你們一樣，做過類似的夢。這兒原先不是舊式廟堂而是間宅邸。有個黑衣客人也曾經住在這兒，他總是坐在火爐邊，讓大家都悒悒不樂。」這個鬱鬱寡歡的親戚說道。

亞當和百合知道老人所說的是「悲哀」，而每戶人家都曾經嘗過「悲哀」的滋味。可是，在這個陰鬱的地方，溫暖的陽光不會再照射進來，歡樂的廟堂更不該蓋在這兒。

「這真是不幸。」百合歎了口氣說。

「沒關係，還有比這裡更好的地點，『悲哀』沒有毀壞過的地點。」亞當說。

於是他們急忙離開。老人跟在後面，似是收拾起前一處的陰鬱，將它攜帶在身上作為無價之寶。不久，三人便到了一個岩石幽谷，流過谷中的潺潺小溪，似乎唱出無言的歡樂。幽谷是個無人居住的安靜地點，兩旁伸展著灰色的懸岩，岩石間的裂縫長滿青蔥灌木，一片祥和之氣。但是最好的景色卻是小溪流；它像是個幸福的小孩，除了說個不停、喃喃發出快樂的潺潺聲自娛以外，無所事事，把所有的人都當成玩伴，讓他們感染自己愉快的心情。

走到小瀑布旁的平地時，兩個情侶異口同聲說道：「就是這裡了！就是這個地點了！這個幽谷注定是我們廟堂的地點！」

「小溪流永遠會在耳邊歡唱。」百合說。

「它漫長的曲調會歌唱我們終生的幸福。」亞當說。

「絕不可在此處蓋廟堂！」老人說道。他站在這兒，滿面愁容，像是具體說明當年發生的災難。還不止殃禍，一百多年前，有個年輕男子，把深愛他的女孩引誘到此處，將她謀殺了，然後在溪流中洗刷血淋淋的雙手。從那個時候起，懸岩絕壁間便回響女孩臨終的尖叫聲。「瞧瞧吧，這條溪水還會清澈潔淨嗎？」

「我覺得它飄浮著一些血色。」百合輕聲說，發出纖弱如游絲地聲調，顫抖的拉著情人，說道：「還是趕快離開這座可怖的山谷吧！」

「那我們走吧！很快就可以尋覓到更的好地方。」亞當盡量用快樂的聲音回答。

於是這對探求聖地的情侶，像世間上每個人一樣，繼續向前走去，尋覓美好的地方。百合和情人比那成千上萬的人幸運嗎？看來未必。那個瘋老頭依然亦步亦趨，跟在情侶後頭。不論他們找到什麼美好地點，他都有它冤屈悲痛的傳說，讓聽者知難而退，或像是跪在自己孩子面前的心碎母親，被一腳踢開；或是像孤獨的老婦向魔鬼撒旦祈禱，因此而罪大惡極；或是像一個夭折的新生嬰兒，喉頭印有母親的指紋；或是像一對彼此擁抱的情侶，在橡樹下被雷電殛斃，屍體焦黑。他有一種天分，知道邪惡可悲的事情曾經發生在大地何處，而他陰森的歎氣好像不止在敘說往事，也在預言未來的災禍。從這對探求聖地的情侶的悲戚表情看來，他們不像在尋找提供塵世歡樂的廟堂，而是在尋覓一處墳墓——替自己和後代子孫停棺的墳墓。

「世界上還有哪個地方可以蓋我們的『幸福廟堂』喲！」亞當意氣消沈，說道。

「世界上還存在那個地方嗎！」百合心情沈重，又頭暈又疲倦，也附和著亞當的話。她垂頭喪氣，在小丘頂上坐下，喃喃說道：「我們該往哪兒去蓋廟堂呢？」

「妳不是已經問過自己這個問題嗎？」那個老人說道，神情因為微笑而顯得更陰鬱，「即使在這個世界，也還是存在一個你們可以蓋廟堂的地方。」

這時，亞當和百合四處張望，看到一個已經駐足過的地方上，有一片平安祥和之氣，很能配合當時的心境。那個高出地表的小地方，似乎經過人工修飾，弄得整整齊齊的樣子，四周圍的樹蔭滿布大地，不過也透進幾絲微弱的陽光。這個小地方的一側是他們以後即將要居住的祖傳豪宅，另一側則是以後做禮拜的長春籐教堂。偶爾朝地下看看，只見一朵潔白的百合花長在腳邊，不禁莞爾，也有點驚奇。

他們深信，終於找到了一個好地方，異口同聲說道：「我們就把『幸福廟堂』蓋在這兒吧！」然後瞧了瞧老人的面容，害怕他對這個地方也有不祥的說法。

老人站在他們背後，黑色的斗篷裹住半張臉的下半部，幽暗的帽子遮住眉毛上方。但是他沒有說什麼反對的話。情侶看見他臉上含著不可思議的微笑，認為他正在表示這個地方是個純潔之地，沒有發生過犯罪之事，也沒有發生過什麼悲傷的事情。所以，他們可以在此建築屬於自己的「幸福廟堂」。

時光倏忽飛逝，盛夏尚未離去，小丘的頂端便建築了一間廟堂。四周的樹木雖然森嚴，但和暖的陽光也透過樹梢，使它憑添喜氣。廟堂的建材是大理石，細長而雅致的柱子支撐拱圓形屋頂。屋頂中央部位的正下方，立在一個座子上的是一塊有深色紋理的大理石，可以放置書籍和樂譜。但是，鄰近的居民卻想入非非，認為這幢華屋根據古代的一座壯麗的墳墓為藍圖，而且是為了埋葬棺木而建，黑色紋理的大理石板是為了將來鐫刻墓中人的姓名。他們也懷疑，莉莉亞絲的身軀是否適宜居住在這個塵世。她很纖弱，一天比一天脆弱，夏日的微風也許會把她吹到天上去。然而，她卻每天都細心注意廟堂興建的工程。華特老人也一樣。他常去建址逗留，一連倚杖漫步好幾個小時，密切注視修建工程的進展，好像它的確是個墳墓一樣。廟堂終於如期竣工，簡單舉行祝禱典禮的日期也訂下來了。

祝禱的前夕，亞當向情人告辭以後，又回頭探望她家宅邸的大門，卻感到一股離奇的恐懼。因為，他突然間想像到：當落日的餘暉從她的軀體上淡去以後，她便會蒸發而逝；隨著光線逐漸暗淡，她輕妙的靈魂也會一絲一絲地抽離開軀體，最後，大門罩在陰影之下，再也看不見莉莉亞絲了。當時，他便覺得這是個不祥的預兆。然而，惡兆旋即應驗了，第二天早晨，他們在廟堂發現了莉莉亞絲的美妙軀體。她已經香消玉殞，雙臂交疊，躺在鑲嵌深色紋理的大理石板上，頭枕在手臂上。塵世的寒風已在毀損這朵美麗的花兒，所以，一位富於愛心的人把它移植在伊甸樂園，到那兒去盛開綻放。

但是，這是「幸福廟堂」沈痛的不幸。亞當深陷於無法言喻的哀痛之中，心裡唯一想做的事情，就是把這個他倆曾寄託無限歡樂希望的廟堂，改建為一座墳墓，然後將已故的愛侶安葬在裡面。然而，奇怪的事情發生了。教堂執事在廟堂的大理石地板下面掘墳的時候，發現下面不是未經掘動過的土壤，而是一座古墓，裡面埋藏許多代亡人的屍骨。百合將要被葬在被人遺忘的祖先中間。當送葬的行列把躺在棺木中的莉莉亞絲送到墓地時，看到老華特站在廟堂的圓頂下，穿著柩衣斗篷，面色陰暗寡歡。每當這個人出現，他站立的地點便像是座墳墓。

他看著弔喪的人把棺材放進地面下的墓穴，對亞當說：「你們無法找到比墳墓更好的幸福基礎！」臉上掛著古怪微笑，流露出他一向是個精神失常的人。

但是，就在這位「苦難人影」說話的時候，「希望和歡樂的願景」竟由老頭兒揶揄的話語中出現，在亞當的心中悄悄滋長。此時此刻，他明白百合和他所追求的寓言預示了什麼，也參透了生死之間的謎語。他將雙臂伸向天空，高呼道：

「喜樂！喜樂！我們的廟宇建在一座墳墓上，現在我們的幸福永遠存在！」

隨著這句話，陰暗的天空上閃現出一線陽光，照進墳墓裡。與此同時，老華特落寞地離開人群，因為現在，人類最大的謎團已經解破，他那象徵世間所有悲傷的憂鬱神情，已不能在塵世間駐足。

註：

1. 百合花的寓言——幸福廟堂寓言——*The Lily's Quest(An Apologue)*，霍桑於一八三九年及一八四二年收入短篇小說集《重講一遍的故事》（*Twice-Told Tales*, 1837—1851）。
2. 百合花——莉莉（Lily）意為「百合花」。

古宅青苔

1

胎記

1

上世紀的下半葉，有一位在各種自然科學中都享譽盛名的科學家，在我們的故事開始前不久，發現到婚姻關係比化學反應更具吸引力，於是把實驗室交給助手管理，洗淨臉上的爐灰與手指上斑斑的酸液痕跡，去追求一位美麗的女子，讓她成為自己的妻子。那個年代，電力和大自然的其他奧祕剛剛被發現不久，彷彿引人進入了奇跡世界的途徑；人們因而熱愛科學，那份深情與專注更甚於對於女人的愛情。超凡的思維能力、想像力、精神，甚至心靈，都能從各類科學探索中找到相匹配的養分。這些深沈的探索，正如那些熱衷的貢獻者所相信的理想那樣：可以逐步提升強而有力的智慧，直到有一天科學家可以揭穿創造力的祕密，並且為自己開創新世界。雖然不知道艾默對於人類最終可以掌握大自然，是否也有這麼強烈的信心，但是他已毫無保留的奉獻心力於科學研究，任何力量也不能令他移情於另一個愛好。他也許更愛年輕的妻子，但這份愛情必須與科學的愛好相互交織，並且把科學的力量與他自己的力量相結合，才能顯得更加強烈。

他的婚姻也果真是這樣，而且在日後招來驚人的後果與深刻的教訓。

婚後不久的一天，艾默坐在那兒注視著妻子，他臉上的神情越來越煩躁，困惑的表情越來越深沈，終於開口說：

「喬治安娜，妳從未想過妳面頰上的那塊胎記也許可以清除掉？」

「沒有想過，」她微微一笑，但是瞧見丈夫嚴肅的表情，面色又變得通紅，接著又說：「老實說，不少人都說它嫵媚動人，我是個頭腦簡單的人，也就信以為真了。」

「長在別人臉上或許如此，」丈夫回答說，「可是長在妳的臉上決不是這樣。親愛的喬治安娜，大自然把妳創造得近乎完美，以至於這一點點瑕疵——我拿不定主意該稱它為缺憾還是美麗——也令我感到震驚，因為它是人間遺憾的標記。」

「令你震驚！我的夫君」喬治安娜深感委曲，不免叫嚷了起來，頓時因憤怒而氣得雙頰緋紅，接著就漣漣哭泣，「那你為何要娶我？總不可能是愛一個令你震驚的人吧！」

為了解釋這場談話，必須提示一下，喬治安娜左頰中心長著一塊特殊的印記，深入她臉上的肌膚紋理。平常時，她臉色嬌嫩、健康紅潤，這塊印記便顯示出深紅色，嵌在玫瑰紅的色澤中，稍稍顯露出一小點輪廓。不過，當她面紅耳赤的時候，這塊印記會逐漸變得模糊，最後消失在瞬間湧上面頰的一片光暈中，光彩照人。但是如果她因為情緒消沈而變得面色蒼白，那塊印記又會出現，像是白雪之中的一個深紅色污點。那樣清晰的一點胎記，有時候簡直令艾默感到怵目驚心。這塊胎記的形狀有一點兒像是人的一隻手，不過非常的小，只有最小號侏儒的手形那般大小。喬治安娜的仰慕者們都說：當她出生的時候，有位小仙子在她面頰上按下自己的纖纖玉手，因而留下了這個印記，以便小嬰兒在長大以後，擁有顛倒眾人的魅力。許多癡情的青年為了得到一親芳澤的機會，都不惜冒著生命的危險，以便可以親吻這隻神祕手印。但無須諱言，人們對於仙子印記的印象，有著天壤之別的感受，因為各人的性情不盡相同。有些吹毛求疵的人——無一例外，幾乎全都是女人，斷言這隻血淋淋的小手——她們寧願這麼稱呼它——破壞了喬治安娜的美貌，甚至使她面目猙獰。然而，說句公道話，有時出現在最純淨的大理石上的藍斑，只須小小一塊，也會把出自鮑威斯之手的夏娃[2]變成怪物。至於對那些男人們而言，倘若這塊胎誌不曾增添他們的戀羨，也覺得但願它能夠消失，以便世間可以有一個毫無瑕疵的理想美女；艾默在婚前並未多想這件事，但是在結婚後，發現自己的心願正是如此。

如果她不是那麼美麗，如果嫉妒之神能夠找到其他的嘲笑目標，那麼，他也許會因為這細小可人的胎記而更加愛慕她——這個時而朦朧出現、時而消失無蹤、時而翩然而至的小手形胎記，伴隨她內心感情的脈動而忽隱忽現。但是，既然她在其他方面是那麼完美無缺，艾默於是感到在他倆共同生活的每一刻鐘，這個小缺點變得越來愈越以忍受。這就是大自然如何對待她的創造物，總是以各種方式留下不可磨滅的烙印，以彰顯人類的弱點；或者是為了意味世事無常而且生命有限，或者是意味著人類若是試圖追求完美，必須經歷艱辛才能達到目標。那塊緋紅色的胎記表示：人類無法逃避死亡的掌握——死亡能揪住塵世間最崇高、最純潔的造物，把他們貶低到最低賤的地位，甚至與殘暴的畜牲同群；像畜牲一樣，人類有形的軀殼也終將回歸塵土。如此這般，他便認為它也是妻子容易犯罪、的象徵；艾默就以這種邏輯思維，認定妻子臉上的這塊胎記象徵著她的罪惡、哀傷、墮落和死亡。不久在艾默鬱悶的想像中，這個胎記成為一件令人毛骨悚然的記號，它所造成的麻煩和恐懼，遠遠超過喬治安娜的善良心靈、美麗容顏所帶來的歡愉。

在他們應當最快樂的時光中，他總是不知不覺的、不能克制的回到這個災難般的話題上。啊，他不是刻意的，還總是盡力去回避它。最初，這只是一件區區小事，但是由於關係到無數相伴而來的一連串想法和感覺，結果卻成為一切話題的中心。天色曦微艾默一睜開眼睛，便看見妻子臉上那個不完美的符號。夜晚時分，每當他倆相守在爐邊，他的目光總會偷偷溜躂到她的面頰上，隨著爐火的搖曳，發現那隻幽靈般的小手，忽隱忽現，在那個他原本欣然膜拜的地方，寫下不可磨滅的死亡二字。喬治安娜不久便意識到這種情形，在他的凝視下瑟縮戰慄。只要丈夫捎給她這種奇異的神情，在那難堪的一瞥中，她臉蛋上的紅潤色澤立刻就變作死灰。緋紅色的小手突顯在死灰色的面頰上，恰如白色大理石上的紅寶石浮雕。

有一天晚上，室內光線漸暗，而可憐妻子面頰上的胎記也看不清楚時，她自己首次主動談起這個話題。

「親愛的艾默，你還記得嗎？」她勉強擠出一絲微笑，「記不記得昨天夜裡，你夢到這隻討厭的小手？」

「不！完全不記得！」艾默吃驚地回答，隨後又為掩飾自己強烈的感情，而面無表情，假裝出冷淡語氣，補上一句：「我可能夢見到，因為在睡前的那一刻，我心裡總是想著它。」

「那你是真的夢見它了？」喬治安娜趕緊問，深怕自己的眼淚會奪眶而出，打斷接下來想說的話，「一個糟糕透頂的夢！我不相信你會忘記它。難道你能夠忘記夢裡說過的這句話嗎——『它現在跑到她的心窩裡了，我們必須得除掉它！』仔細想想吧，我的丈夫，請你回想起那個夢吧。」

席捲一切的夢神，無法將祂掌管的所有幽靈禁錮於祂那幽暗的勢力範圍，而任憑它們衝了出去；當這個屬於更深一層的內心世界的祕密，驚嚇了現實生活時，此刻的心靈自然是十分悲哀。現在，艾默想起了他的夢境。他夢見自己和助手阿米那達一起在實驗室，他們試圖透過手術清除喬治安娜的胎痣；可是當手術刀切下去越深，那隻小手也越陷越深，到最後，它緊緊抓住了喬治安娜的心臟，然而她的丈夫卻絲毫沒有動搖，堅決要切除它，或把它揪出來。

在記起這個夢境的原委以後，艾默面有慚色的坐在妻子面前。真實往往在大腦酣睡之際，翩然出現在睡夢中，將我們清醒時不自覺的自欺欺人的種種假象，直截了當地說了出來。直到現在，他才明白自己的內心世界完全箝制於一個意念，它的暴虐性影響力是多麼的大啊，而且為了獲得內心的安寧，他竟然會想到做出這樣的事情來。

「艾默，」喬治安娜鄭重的說，「我不知道為了除掉這個不吉利的胎記，你我二人必須付出什麼代價。或許手術會使我留下無法醫治的殘疾，也許它本來就是進入我生命最深處的印記。再說，我們究竟有沒有辦法不惜一切代價、擺脫這隻在我出生以前便已緊緊抓住我的臉的小手？」

「最親愛的喬治安娜，這件事我已經考慮了很久，」艾默趕緊打斷她的話，「我相信，除掉它完全是沒有問題的。」

「只要有一線希望，」喬治安娜接著說，「那就試試吧，不論要冒著多麼大的危險，我都不在乎；因為只要這塊可惡的印記存在，就會讓你害怕我、討厭我，生命啊——生命因此變成了我樂於卸下的包袱。不是除掉這隻可怕的手，就是結束我悲慘的人生！你是個深闇科學的學者，世人皆有目共睹，你曾經創造出驚人的奇跡，難道你不能除掉這塊小小的印記嗎？我自己兩隻小指的指尖都能夠遮住它呢。為了你自己內心的安寧，為了拯救你可憐的妻子免於發瘋，然而你竟無能為力嗎？」

「我最高尚、嬌柔、可愛的妻子啊，」艾默狂喜得大叫，「相信我的能力，我已經深入思考過這件事了，它帶給我的啟發幾乎能使我創造出一個近似於妳的完美人類。喬治安娜，妳引導我更進一步地走向科學的核心。我有自信可以把這一側臉頰變成像另一側臉頰一樣完美無缺；到那時候，我最親愛的喬治安娜，一旦我矯正了大自然最美麗作品的瑕疵以後，我將會多麼的快樂喲！這是一種勝利之感，甚至連皮格馬利翁[3]的少女雕像獲得生命之時，他的那份狂喜也比不上我的呢。」

「那就這麼決定了。」喬治安怯懦地一笑，「艾默，不要怕我吃這一點皮肉之苦，就算最後，這個胎記一直鑽到了我的心臟。」

於是，丈夫溫柔地輕吻妻子的臉頰——右臉頰——不是那個長著緋紅色小手印的那一側臉頰。

次日，艾默告訴妻子一個計畫。依照這個計畫進行，他便有機會深思熟慮和密切觀察，為計畫中的手術做準備，而喬治安娜也可在手術前安心靜養；這攸關於手術是否能成功。夫妻倆也要住進艾默的寬敞實驗室，與世隔絕一段時期。在這間實驗室裡，艾默曾度過了勤奮艱難的青年時期，而發現了大自然的各種原動力，使整個歐洲學術界都讚賞不已。這位面色蒼白的哲學家曾經靜坐在這個實驗室裡，研究過最高雲層和最深處礦藏的祕密；發現火山爆發和持續噴火的原因；解開了噴泉之謎，詮釋為何從黑暗的地心噴湧而出的水，有的純淨透明，有的則富有療效。他也曾在此處，研究人類骨骼的奧祕，並想徹底明白大自然是如何從大地和天空中、以及從精神世界中吸收各種精華，去創造和孕育她的傑作——也就是人類——誕生的過程。不過關於這最後一項，艾默和其他探索解密的人一樣，早已不情願地放棄了，他因而承認了一項真理——孕育萬物的偉大的大自然母親，雖然在光天化日之下創造奇跡，卻小心翼翼地嚴守她的祕密；縱然偽裝出豁達坦白的模樣，卻只展示創造的成果，而隱去了其中的過程。她的確允許我們破壞，但極少允許我們修補，就像一位懷有戒心、獲有專利權的審慎人士一樣，無論如何，決不允許我們進行創造。然而此時，艾默又重拾起這些幾乎被遺忘的研究；當然不是為了當初懷抱的那種希望或願望，而是因為這些研究涉及許多生理學方面的真理，並且關係到喬治安娜的治療計畫。

艾默將喬治安娜引進實驗室，跨入門檻的那一刻，她渾身冰涼，並且不停地顫抖。艾默興致勃勃地注視著她，想讓她放心，但是見到那塊胎記在她雪白的面頰上紅光煥發，不禁大吃一驚，無法抑制地抽搐發抖。他的妻子頓時昏厥了。

「阿米那達！阿米那達！」艾默一面狠狠用腳跺地，一面扯開嗓門大叫。

應聲而至的人，是從一間內室裡走出來的人，他的個子雖然矮小，但身軀粗壯，蓬亂的頭髮披散在臉旁，臉上也沾有火爐的煙垢。此人在艾默的科學生涯中，一直擔任艾默的助理，十分稱職，他雖然對科學原理一竅不通，卻擅長於操作機械，可以執行艾默所主導的實驗的各個細節。他精力充沛、頭髮蓬鬆、滿臉煙垢、渾身上下籠罩著難以形容的粗獷純樸之氣，彷彿代表人類軀體固有的天性。而艾默修長的身材、白皙的膚色和滿面的智慧神情，則恰巧象徵著人類的精神特質。

「打開臥房的門，阿米那達。」艾默命令道，「再燒一個香錠。」

「遵命，先生。」阿米那達一面注視著毫無生氣的喬治安娜，一面喃喃自語地說：「如果她是我的妻子，我絕對捨不得拿掉那塊胎記。」

喬治安娜甦醒以後，覺得自己聞到一股襲人的芳香，正是這溫和的藥味將她從昏厥中喚醒。周遭的景物則像神話中的魔宮。艾默事先把這間瀰漫著一股煙味、又灰暗陰沈的房間，裝飾成舒適的臥房，非常適宜於美麗女子的蟄居閨房。牆壁上懸掛的華麗帷幕比得上任何裝飾品，有一種富麗堂皇而又雅緻的氛圍。這片帷幕從天花板垂落到地板上，無數華貴和沈甸甸的縐褶，掩蓋了所有的角落和直線，看上去像是把無垠空間的景色關了進來。喬治安娜覺得，它或許是雲彩間的一座樓閣呢。為了怕陽光會干擾化學實驗過程，艾默因而遮住了陽光，卻在房間中安置了許多散發香味的照明燈，放射出五顏六色的火焰，但最後又全部融合為一種柔和的紫色光線。

此刻，艾默跪在妻子的身旁，認真注視著她，但是並不感到驚惶，因為他對於自己的科學實驗非常有信心，認為可以在她的四周劃上一道魔圈，任何邪惡與妖孽都無法闖入其中。

「我是在那兒啊？哦，我想起來了。」喬治安娜虛弱的說，並且伸手捂住臉頰，不讓丈夫看見那塊可恨的胎記。

「親愛的，不要害怕。」艾默叫嚷了起來，「別怕！相信我，喬治安娜。此刻我甚至為這個特殊的缺憾而感到高興啊，因為清除掉它，將是一大樂事！」

「哦！饒了我吧，請別再看它了。」妻子悲傷地回答，「我永遠也不會忘記你那抽搐似的戰慄。」

為了安慰喬治安娜，也為了讓她忘卻現實中的煩惱。艾默採用了深奧科學的一些輕鬆有趣的祕密。空幻輕盈的人形、無形的構想、虛幻的美麗形象一一出現，全都在她面前跳舞，在一道道光柱間留下它們轉瞬即逝的舞步。雖然她對於這些光學現象一知半解，有一點模糊的概念，但這些幻影不可思議地近乎完美，使她相信丈夫擁有支配精神世界的力量。過了一會兒，她又嚮往從這個幽僻的地方看看外面的世界，剎那間，這個念頭得到了解答，外界的一切便依次快速掠過她的眼簾。現實生活中的景象和人物都完美地呈現在眼前，而且具有那種令人心馳神往，卻又無法解釋的差異；這種差異總是使一幅畫、一個形像或一個影子，比原來的事物更具吸引力、更加動人心弦。雙眼看膩了以後，艾默請她看一個裝了些泥土的容器。起初，她並不感到有趣，旋即卻大吃一驚，因為她發現一顆植物的幼苗破土而出，正奮力地向上攀爬，接下來，纖細的根莖長好了，葉子緩緩舒展開來，而在葉子中間竟有一朵嬌嫩可愛的花朵。

「是一朵魔花！」喬治安娜驚訝道，「這簡直不可思議，我不敢碰它。」

「不，摘下花朵吧。」艾默回答說，「摘下它，趁早聞一聞它短暫的香味。這朵花兒不久便會枯萎了，除了褐色的種子莢殼，什麼也不會留下。但是呢，這些種子將繁衍出一種與它本身一樣壽命短暫的花朵。」

但是，當喬治安娜一碰觸到那朵花，整株花朵都遭殃了，它的花瓣枯萎了，葉片好像遭受到火刑，變成像煤炭般焦黑。

「刺激太強烈了。」艾默沈吟道。

為了補償這次失敗的實驗，他提議用自己所發明的一種科學方法，為她繪製一張肖像，也就是說，把光線照射在一塊拋光的金屬板上。喬治安娜同意丈夫的做法，但是一看到成果卻嚇了一跳，因為肖像上面的容貌模糊不清，難以分辨，而應該是臉頰的地方卻只見到一隻小小的手形。艾默一把搶走金屬板，把它扔進一罐酸性的腐蝕劑中。

不過，他很快便忘記這些令人垂頭喪氣的失敗。在研究與化學實驗的歇息中間，他面紅耳赤、筋疲力竭地回到妻子的身邊，但似乎一看到她就精神鼓舞，滔滔不絕地談起自己的科學手段。他敘述一代又一代的鍊金術士所經歷的漫長歷史——這些人花費了許多世紀的時間，去探尋一種萬能溶劑，這種溶劑可以從卑賤物質中抽取出黃金元素。艾默認為，運用最淺顯的科學邏輯推理方法，便可以發現這種大家追尋已久的媒介。但是，他又補充說道：「不過，任何深入鑽研、獲得此一能力的科學家，因為智慧過於超凡，才不願意將自己的本領運用在這件事情上。」對於長生不老之藥，他的見解也很奇特。他聲稱自己可以任意調配一種藥水，能夠使人類的壽命延長許多年，或許直到地老天荒咧。但是如此一來，自然界便會嚴重失控，招來全世界人們的詛咒——尤其是那些飲用長生不老祕藥的人。

「艾默，你在開玩笑吧！」喬治安娜帶著驚愕和恐懼盯著丈夫看，她問道，「有這樣的力量，或夢想擁有這種力量都令人感到可怕。」

「哦，別害怕，我的寶貝兒，」丈夫說，我不會製造這種亂七八糟的東西來影響我們的人生，去害妳或是害我自己。只是請妳動動腦筋，兩者相形之下，除掉妳臉上那隻小手印所需要的本領，有多麼的微不足道。」

一聽到那個胎記，喬治安娜又像平時一樣，立刻畏畏縮縮地害怕，她的面頰就像遭到火紅的烙鐵熨燙一般。

艾默於是繼續埋首實驗前的準備。遠處鎔爐間傳來他吩咐阿米那達的聲音，而阿米那達以低沈的聲音咕嚕咕嚕地回答，他粗魯刺耳的音調像是獸類咆哮的吠聲。過了幾個鐘頭之後，艾默重新出現，請她參觀那個裝滿化學物品和大自然珍寶的櫃子。在這些堆放的物品中，他拿給她看一個小玻璃瓶，說裡面裝著一種溫和卻又強烈的香精，足以使吹遍國境的微風都浸染上這種香氣，所以這個小瓶子裡的東西乃無價之寶啊。他邊說話邊朝著空氣中灑落幾滴香精，頓時香氣襲人，屋內充滿沁人心脾的味道。

「這又是什麼呀？」喬治安娜指著一個盛裝金色液體的小水晶球，「實在太好看了，我猜裡面裝著長生不老之藥。」

「從某種意思上，也可以這麼說，」艾默回答，「倒不如說是一種『不朽之萬靈丹』。它是世界上能調配出來的最珍貴的毒藥，我可以用它來決定任何一個人的壽命。藥劑的劑量強弱可以決定一個人是苟活多年後再死，還是轉瞬間就死亡。如果我在私人的實驗室裡為了成千上萬人的幸福，而決定應該剝奪那個人的性命，也沒有哪一個擁有森嚴戒備的國王能夠保住他的性命。」

「你為什麼要收藏這麼可怕的東西呢？」喬治安娜嚇壞了。

「親愛的，請不要懷疑我。」艾默連忙笑道，「它的藥效的好處遠勝於壞處啦。瞧！它還是一件具有神奇效用的化妝品，在一盆洗臉水裡滴上幾滴，臉上的雀斑便能像洗淨雙手一樣，很容易地被除去了。再多加一點劑量，就可以洗去雙頰上的血液，使臉色紅潤的美女變成一個蒼白的幽靈。」

「你就是想用它來洗我的臉嗎？」喬治安娜焦急、不安地問道。

「哦，不是！」丈夫趕緊回答，「這種藥劑只能施於皮膚的表面治療。依照妳的情形，妳需要一種更深入、更強烈的藥。」

艾默與喬治安娜談話的時候，總是細心詢問她的感覺如何、待在這間屋子裡足不出戶，房間裡的溫度是否宜人？這些問題似乎含有特殊的用意，喬治安娜開始懷疑自己已經受到某種物質的影響，這個物質不是跟芬芳香氣一起吸入了她的體內，就是隨著食物一道吞進了肚子裡。她也覺得——也許只是幻想而已——體內有一種奇異和說不清的感覺正透過血管流遍全身，令她震顫著，有一點痛苦也有一點愉快，直竄入心臟，蕩氣回腸。不過，每當她鼓起勇氣攬鏡自照，就會看見臉色蒼白如一朵白玫瑰，而那塊緋紅色的胎記赫赫在目。如今，就算是艾默的感受，也比不上她對這東西的憎恨了。

當丈夫埋首進行配藥和分析的時候，喬治安娜為了打發乏味的時刻，就到丈夫卷帙浩繁的圖書室裡，隨意翻閱起那些科學書籍。從許多難解的古書中，她讀到一些愛情故事和詩歌的篇章，都是些中世紀科學家的著作，如麥格納斯[4]、阿古利巴[5]、巴拉西薩斯[6]，以及那個創造出能預言未來的「青銅銅像」的著名修道士[7]。這些古代的博物學家都有超越時代的見解，但也偏執於他們所處時代的某些輕信，所以一般人認為、或者他們也自認為，他們從大自然的探索中取得超越自然的神力，並且從物理學的研究中獲得支配精神世界的力量。那幾卷英國皇家學會早期的學報、演講紀錄也同樣光怪陸離且富於想像力。那些會員幾乎不了解自然能力的極限，不斷地記錄奇跡，或提出創造奇跡的方法。

使喬治安娜最感興趣、全神貫注的書籍，卻是一冊對開本筆記——她丈夫親筆寫下的著作。上面記載了他科學生涯中所做過的每一項實驗、最初的目標、發展過程中所採用的各種方法、最終的成功或失敗，以及引起成功或失敗的具體原因。這本書既然詳細地紀錄了他滿腔熱忱的野心、富於想像卻又勤勉務實的歷史，又是他一生辛勤追求的象徵。他處理物質上的細節時，彷彿只見到它們的存在，並且賦予它們一切精神上的特質，以自己對神祇的強烈追求與渴望，刻意避免陷入他所謂的功利主義的漩渦。在他的理解中，一塊泥土本身也具有靈魂。讀到這些，喬治安娜比從前更加敬愛艾默，卻不像從前那樣，對他的判斷力深信不疑。儘管他累積很多成果，她卻不能忽視，若與他的理想目標相比較，最輝煌的成就幾乎也只能算作失敗。與藏諸名山、他所無法得到的寶石相較，他自認為最燦爛的鑽石也只不過是礫石而已。這本書記載著替作者贏得聲名的許多成就，但也是一個凡夫俗子所寫成的最黯淡無光的紀錄；它寫下了許多悲哀的自白和無數的例證，說明精神被泥土製成的肉體所負累，人類只能致力於物質世界的研究——各種因素混雜而成的缺陷；也記載著人類的崇高天性，因為受制於肉體的妨礙，所以感到絕望。也許，無論哪一個領域中的天才，都能在艾默的日誌中察覺到自己的影子、一切自己所經歷過的生動寫照。

喬治安娜陷於沈思中，不自覺的把臉埋藏在翻開的日誌上，哭泣了起來；艾默正好走進來，看到她深受感動的模樣。

「看魔法師寫的書是件危險的事吶。」他微笑著說，臉色卻不自在也不悅。「喬治安娜，這本書裡有幾頁地方，連我自己大略瀏覽一遍也會神智失常。小心一點啊，千萬別惹上麻煩，讓它傷害妳。」

「它讓我比從前更加崇拜你了。」她說道。

「啊，且慢，等這次的手術成功以後，」他接著說，「妳再崇拜我也不遲，到時候我也會認為自己當之無愧。好了，親愛的，我來找妳是想享受妳的歌喉，唱首歌給我聽吧。」

於是她唱起歌來，用她清脆的歌聲令他心曠神怡。歌曲唱完以後，他向她保證：只需再等一會兒，手術便可開始，並且一定會成功。他說完這句話，便興高采烈，像個孩子般蹦蹦跳跳地離開。他剛一踏出房間，喬治安娜便感到有種力量驅使她跟上去，因為，她忘了告訴艾默，在過去兩、三個鐘頭以來，她感覺到一種令人擔憂的症狀，來自於那塊倒霉的胎記，她覺得不對勁，雖然並不感到疼痛，卻使她煩躁不安。她於是快步跟在丈夫後頭，第一次闖進了他的實驗室。

第一眼看到的就是個滾燙熾熱的鎔爐，散發出熊熊的火焰。它好像已經燃燒了許多許多年，爐頂上沈積的煙灰，也罩著一層又一層的歲月。蒸餾器正在運轉，實驗室到處是蒸餾器皿、試管、坩鍋等化學儀器。一架電力推動的機器也預備好啟動了。氣氛沈重，令人窒息，空氣中還瀰漫著一股實驗造成的刺鼻臭味。這間實驗室的四壁空蕩蕩，只有青磚鋪地，沒有其他的裝飾品，使得習慣自己華麗臥房的喬治安娜極不習慣。但是，眼前最吸引她全副目光的，竟是艾默的樣子。

他看來像死人一樣面色蒼白，焦急的神情貫注於火爐前，他在爐前彎下腰來，彷彿正在爐中蒸餾的液體究竟會成為無盡的幸福藥劑，抑或是會帶來無窮災難的藥水，全部都仰賴於他傾力完成的縝密觀察。這副模樣和他鼓勵喬治安娜時所流露的歡樂自信，是多麼的不同啊！

「阿米那達，當心點兒，你這個機器人！小心點兒，你這個木頭人！」艾默嘀咕道，他的語氣不像和助手說話，反倒像是喃喃自語，「現在只要差了一分一毫，就會前功盡棄。」

「呃呀！」阿米那達咕噥道，「瞧啊，先生，快瞧這是誰！」

艾默連忙抬頭看了一眼，看到了喬治安娜，他開始面紅耳赤，接著，臉色又變得更為蒼白。然後，他立刻衝上前去，一把緊緊抓住她的胳膊，在她的胳膊上留下了手印。

「妳來到這裡做什麼？難道妳不相信妳的丈夫嗎？」他鹵莽得大叫，暴跳如雷，「妳想要讓這塊倒霉胎記的晦氣壞事，令我前功盡棄嗎？藥水還沒有預備好，出去！探頭探腦的女人，出去！」

「不，艾默，」喬治安娜以堅定的口吻說：「該抱怨的人不是你。你連自己的妻子都不信任，在這場實驗進行的當中，你隱藏了許多的焦慮。別把我看得那麼不管用。告訴我吧，在這場實驗中，我們倆必須冒著多大的危險，別擔心我會因此而畏懼退縮，因為這件事給我的負擔，遠比加諸在你身上的，還要輕得多。」

「不！不！喬治安娜！」艾默不耐煩的說，「我決不能告訴妳。」

「隨你所願，我會聽話的！」她平靜的回答，「艾默，無論你遞給我什麼樣的藥水，我都會大口喝下，就算是你叫我喝下毒藥，我也照喝不誤。」

「我如此高尚的妻子啊，」艾默深受感動，「直到如今，我才明白，妳的天性是那麼的高尚。從今以後，我再也不會隱瞞妳任何事情了。告訴妳吧，這隻緋紅色的小手看上去像是在妳皮膚的表層，其實它緊緊嵌進妳的身體；那個力量極大，是我之前未曾預料到的。我已經給妳下了一些藥，但是無效，它們無法改變妳的整個生理系統。現在只剩下一個辦法可以試試，如果這個辦法失敗，我們就毀了。」

「你為什麼猶豫著，不肯早點告訴我這件事？」她問道。

「因為，喬治安娜，」艾默低聲說道，「它會有危險。」

「危險？其實只有一個危險——就是這個討厭的印記會永遠留在我的臉上！」喬治安娜喊道，「除掉它！除掉它吧！無論要付出什麼，否則我們倆都會變成瘋子！」

「老天爺啊，妳說得沒錯！」艾默悲傷地說，「現在，親愛的，回妳的臥房去吧，再過一會兒，一切都會承受考驗。」

於是他送她回房，態度莊嚴而溫存，這份莊嚴與溫存勝過任何言辭，明確地表達出他們即將承擔多麼巨大的風險。

他離開以後，喬治安娜陷入沈思，反覆琢磨艾默的性格，她比以前任何時候都還要公正。她一面滿懷喜悅，又一面震顫不已，因為一想到他的那份高尚的愛情——那麼的純潔，不肯接受任何不完美的事情，或者遷就任何比他的夢想更為遜色的事情。現在她深刻感覺到，這樣的情操比那種——寧願替她著想而默默忍受缺憾的膚淺感情，更加地可貴。而將完美理念降格到現實之中，就等於是背棄了神聖的愛情。她全心全意地祈求上蒼，哪怕只有短短的一瞬間，也要滿足丈夫至高至深的想法。但是，她十分清楚，自已是無法讓他滿意的；因為艾爾的精神永遠不會滿足，不斷地躍進、升騰，每時每刻都嚮往超越眼前的一刻。

丈夫的腳步聲打斷了她的思緒。他端來一只水晶玻璃杯，裡面盛裝著水一般無色的液體，十分地晶盈透亮，猶如長生不老藥。艾默面色蒼白，可能是受到操心過度、情緒激動和精神過度緊張的影響，而不是由於恐懼或疑慮。

「這杯藥水調製得非常理想。」他看了喬治安娜一眼，回答喬治安娜投射過來的目光，「它一定會成功，除非我的科學知識欺騙了我。」

「不要再說了，親愛的艾默，」她說，「為了你，我寧願犧牲生命，也要排除萬難，除掉這塊令人生厭的胎記。對那些達到我的道德經驗的人來說，生命不過是一筆令人悲哀的財富。我若是軟弱一點，或是盲目一點，也許會活得更快樂。如果我堅強一點，也許就能懷抱希望、忍受下去。可是，對於像我這樣的人而言，還不如一死了之罷了！」

「妳應該享受到天堂的快樂，而無須一嘗死亡的滋味。」他的丈夫應聲回答，「然而，為什麼我們要談到『死亡』呢？這味藥靈得很，不可能失敗，瞧瞧它在這株花身上所發生的效用吧！」

窗前有一棵染上黃斑病的天竺葵，黃色的斑點遍布所有的枝葉。艾默向這棵植物下面的土壤裡，倒了一點點藥水，一會兒，植物的根莖就吸收到藥水的滋潤，醜陋的斑點逐漸消失，回復於一片生氣盎然的翠綠。

「無須什麼證據，」喬治安娜平靜的說，「把杯子遞給我吧。我聽你的話，樂於把命運寄托在你的吩咐之下。」

「那就嘗嘗吧，我崇高的妻子。」艾默讚賞之餘，不禁大聲說道，「妳的心靈純潔無瑕，妳的肉體也將變得盡善盡美。」

她一飲而盡，把空杯子遞給他。

「真好喝，」她微微一笑，「我覺得它就像是來自天堂的泉水，因為我說不清楚這可口的滋味和淡淡的香氣究竟是什麼？它一下子止住了我多日以來的饑渴。好了，親愛的，我現在只想睡一覺，我身軀的感覺正包裹著我的靈魂，就像黃昏時分的葉子包覆住玫瑰花蕊。」

她說出最後這幾句話時，聲調輕柔，慢吞吞的，勉強吐出那一串虛弱拖沓的音節時，彷彿竭盡了自己所有的力量。剛說完話，便酣然入夢。艾默守在她的身旁，盯著她看，好像自己一生存在的價值都維繫在這場實驗的成敗之上。然而，他是個有研究癖的科學家，任何微細的跡象也逃不過他的眼睛。他觀察到——她臉泛紅潮、呼吸些微不規則、眼皮微微顫動，還有幾乎難以察覺到的一陣顫抖穿過她全身。隨著時間分分秒秒地消逝，他將所有細節都記錄在那本大大本的日誌上；他深思熟慮的思維在這本大書上的每一頁都留下了印記，但是，這些年來的思想菁華全部都集中在這最後一頁。

雖然如此忙碌，他還是時時注視她臉上那塊不幸的手形胎記，每一瞥視就不禁戰慄。然而，有一次，出於 的衝動，他竟俯身親吻這個胎記。但是，當他親吻它的時候，卻又感到膽怯。而喬治安娜在沈睡中，不安地移動了一下身軀，還喃喃一聲，彷彿表示小小的抗議。艾默於是繼續觀察，他確信自己沒有徒勞無功；他發現一開始時，那隻緋紅色小手印在喬治安娜如大理石般蒼白的臉頰上十分明顯，現在卻變得輪廓逐漸模糊。她的膚色依然蒼白，但是伴隨她每一次呼吸，那塊胎記逐漸失去它的輪廓。它的存在令人畏怯，它的消逝更是驚悚。仔細瞧瞧彩虹如何消逝在天際，你就會知道那個神祕的記號是如何消失蹤影。

「老天爺啊！它幾乎不見了。」艾默不禁欣喜若狂，自言自語。「簡直看不到它了，大功告成啦！大功告成啦！它現在只略帶一絲淡淡的玫瑰色，只要她的臉蛋微微泛紅，就能夠淹沒它。可是，她是這麼的蒼白！」

他拉開窗簾，讓陽光照進屋子，投射在她的臉上。這時候，忽然傳來一陣粗野刺耳的咯咯笑聲，是他所熟悉的僕人阿米那達在表示高興。

「呵，傻瓜！呵，凡夫俗子！」艾默失態地狂笑道，「你把這件事幹得不錯！物質與精神，塵世與天堂，這一次都盡力完成這件事了！笑吧！你這個只有感覺的東西！

你已經贏得笑的權利！」

這些喊叫的聲音驚醒了喬治安娜，她緩緩睜開雙眼，凝望丈夫特地為她準備的一面鏡子；那塊緋紅色手印幾乎已看不見了，一絲微笑掠過她的嘴唇；必須明白，這塊手印的存在像是一場清晰可辨的災難，險些嚇跑了他們夫妻的所有幸福。但是，接著，她用焦慮和不安的神情，注視艾默的臉孔，令她的丈夫感到困惑，不了解這種憂愁從何而起。

「我可憐的艾默！」她喃喃地說。

「可憐？不要胡說。我現在是最富足、最快樂、最得天獨厚的人呀！」他大呼道，「我舉世無雙的新娘，我成功了！成功了！妳現在完美無缺啦！」

「我可憐的艾默，」她又重複了一遍，用人間最溫柔的語氣說，「你目標崇高、行為高潔。切莫因為你那高尚純潔的感情，讓你摒棄了世上最珍貴的東西，而感到懊悔。艾默，最親愛的艾默，我就快要死了！」

唉！這句話是可悲的事實哪！那隻緋紅色的小手牢牢攫住了她生命的祕密，像一條繩索般，將天使的靈魂和凡人的軀殼結合在一起。隨著這塊胎記最後一點緋紅的色彩——那人類缺陷的唯一表徵——從她的臉頰上完全消失時，這位此刻已完美無瑕的女子朝向空中、吐出了最後一口氣息。她的靈魂徘徊在丈夫身旁片刻，便飛向天國去了。這個時候，卻又聽見那粗野的咯咯笑聲！於是，塵世間的宿命與死亡，就這樣擊倒了不朽的精神——這個精神在朦朧境界中，尋求更高層次的完美——為自己的勝利歡騰不已。可是，如果艾默擁有更深沈的智慧，就無須這樣拋棄自己的幸福——這份幸福原本可以將他仙境般的塵世生活與天國仙界相交織在一起。他無法忍受短暫的塵世，他的目光本能地超越局限、超越時間所投射下來的陰影；而且，由於只能在永恆中活上一次，他也未能在「現在」的生活中，發現完美的「未來」。

註：

1. 胎記——*The Birth-mark*，霍桑曾於一八四三年、一八四六年收入短篇小說集《古宅青苔》(*Mosses from an Old Manse*, 1846, 1854)。屬於「心之寓言」的短篇小說。

2.鮑威斯的夏娃——Hiram Powers (1805—1873)，知名的美國雕刻家，其作品《墮落前的夏娃》(Eve Before the Fall)廣受讚美。

3.皮格馬利翁——Pygmalion，希臘神話中的賽普勒斯國王，他十分崇拜阿芙洛狄忒女神，因此傾注心力塑造了一座美女象牙雕像，表達他對女神的崇拜，並於深切地愛上了這個栩栩如生、彷彿對他微笑的少女雕像，他為它取名叫「葛拉蒂亞」(Galatea，意為沈睡中的愛人)。阿芙洛狄忒女神回應了他的請求，賜予雕像生命。

4.麥格納斯——亞伯塔・麥格納斯（Albertus Magnus，1206—1280），又稱大亞伯塔（Alber Le Grand），由於博學，當時人們稱之為萬知博士。德國哲學家、神學家，研究鍊金術和化學。

5.阿古利巴——科涅立烏斯・阿古利巴（Cornélius Agrippa de Nettesheim, 1486—1535），曾擔任查理五世祕書大臣，德國玄學作者、占星家、鍊金術士。他的論文集《祕術哲思》帶動了文藝復興時期研究巫術的興趣。(1486—1535)，日耳曼哲學家與神學家。

6.巴拉西薩斯——Parcelus（1493—1541），瑞士出生的鍊金術士與醫生。

7.指英國科學家羅傑・培根（Roger Bacon，1214—1294），世人稱之為「神奇的學者」，英國哲學家、鍊金術士。

2

年輕人古德曼・布朗[1]

黃昏時分，小伙子古德曼・布朗[2]準備出門前往塞倫村街道上，可是才剛跨出門檻，就回頭親吻了年輕的妻子費絲[3]。而妻子——這名字對她而言十分地貼切——從門邊探出她漂亮的腦袋來，任由微風輕拂她帽上飄動的粉紅色緞帶，她輕聲呼喚著古德曼・布朗。

「親愛的心肝寶貝，」她的朱唇貼近丈夫的耳畔，輕聲哀求道：「求你明天清晨黎明升起時再出門旅行，今夜就留在家裡的床上入睡吧，孤單單的女人獨自一人，會胡思亂想、做噩夢。今夜就待在家裡和我相守吧。親愛的丈夫，一年到頭，我只祈求你這麼一次。」

「我的愛、我的寶貝費絲，」小伙子布朗回答，「一年到頭，就只有今夜，我必須離開妳，我這趟出門——就是妳說的旅行——必須立刻啟程，預計在明日太陽升起時回來。怎麼了？甜心，我漂亮的妻子，我們結婚才不過三個月，妳已經不信任我了嗎？」

「那麼就祈求上帝保佑你吧！」費絲說話的聲音隨著浮蕩的粉紅緞帶飄揚，「但願你回來時，看到一切平安無事。

「阿們！」古德曼呼喊道，「但願如此，好好祈禱吧，親愛的費絲，天一黑就上床睡覺吧，不會有任何東西傷害妳的。」

於是兩人道別了，小伙子匆匆上路，走到教堂旁邊轉彎的路徑，回頭張望，只見費絲仍然佇望著他，神情十分憂傷，雖然那縷粉紅緞帶依然在飄揚[4]。

「可憐的小費絲！」他咒罵著自己，內心油然而生一股不安的情緒，他暗自想：「我實在不該為了這一趟差使，而留下她獨自一人。她還提到了噩夢，說話的神情帶著一點兒憂愁，好像曾經夢見什麼一樣，警告她我今夜即將預備去做的事情。不！不！如果她知道實情，真的會活不下去的。哎，她是個被賜福的人間天使，過了今夜，我再也不會離開她的裙邊，從今以後，跟她寸步不離，要一直跟隨著她上天堂。」

轉念一想，他對未來美好的信念已定，便覺得有點心安理得，他加快腳步，迫不及待去實現眼前的邪惡目的。他踏上了一條清淒小路，景象荒涼漆黑，陰森森的樹木遮蔽夜幕與大地，枝葉濃密，勉強容許狹窄小徑蜿蜒而過，人才剛剛通過小徑，枝葉又將小路封閉了起來，滿目荒涼。此外，在這陰鬱淒涼中，藏有一個特點；旅人時常弄不清無數的樹幹和粗壯的樹枝後面，隱匿著什麼，所以，腳步雖孤孤零零，也許卻有一大群看不見的人正穿過樹林。

「說不定，每棵樹木後面都藏著惡鬼似的印第安人喔，」古德曼自言自語，不禁怯懦地回頭看看，「如果魔鬼撒旦本人就在我身旁，那該怎麼辦呢？」

他順路轉了個彎，他回頭張望。再回頭，發現一顆老樹下坐著一個人。這個人衣著樸素體面。古德曼一走近，這個人就站起身來，與小伙子並肩一起向前方走去。

「你來遲了，古德曼．布朗，」這人說道，「我經過波士頓的時候，老南方教堂的大鐘正好敲響，而那已經是十五分鐘前的事了。」

「費絲耽擱了我一陣。」小伙子回答，聲音有些顫抖，因為同伴突然冒了出來，雖然早預料到會如此，還是嚇了一跳。

此刻夜色深沈，而他們倆步行的地方又是在夜色最深的樹林裡，朦朧中，只能依稀辨認出第二位旅人大約五十歲左古，他的身分顯然與古德曼相當，模樣也相似。雖然相似的主要是表情，但是，別人還是會以為他們兩人是父子。不過，儘管年長的這個人衣著簡單、舉止樸實，但是從他的神情之間，可以察覺到一種見過世面的風度；如果他有事務上的需要，必須與總督同坐餐桌旁，或置身於國王威廉的宮殿上，他都不會感到局促不安。但是，在他身上最引人注目的一處地方，則是一根極像黑蛇的手杖，精雕細琢，栩栩如生，十分像一條正在扭動的大蛇；不過這當然是朦朧夜色所造成的視覺上幻影。

「快一點，古德曼．布朗，」年長的旅伴催促著，「才剛剛上路，步伐就這樣慢吞吞的，如果你這麼快就疲累了，把我的手杖拿去吧！」

「朋友，」另一位慢吞吞的步伐乾脆停了下來，「我已經守約與你在這兒會面，現在我想回去了。我對你所熟知的那件事情，還有所顧忌咧。」

「真的嗎？」握著手杖的那個人在一旁笑了，「那我們就邊走邊談吧。假如我無法說服你，你就往回走吧。反正，我們才進入這座樹林不久。」

「已經走得太遠啦，太遠啦，」小伙子古德曼嚷嚷道，但不知不覺的又往前走下去，「我父親從來沒有為了這件差使而走進這座樹林子裡，我的祖父也未曾如此。我的家族世世代代都是誠實的基督徒，從殉教聖徒遇難的那個時候起就是。難道說，我必須成為布朗家第一個走上這條道路的人，而且是與……」

「『與這樣的人為伍？』你是不是想這樣說？」年長的同行者補充小伙子中斷的話。「說得好！古德曼・布朗，對於你的家世，我十分熟悉，熟悉得像是這個清教徒家庭的一份子，不消說，這是不言而喻的事實。有一回，你那位當警長的祖父狠狠鞭撻了一個貴格會[5]的女教徒，我曾經幫他從賽倫街這一頭一直抽打到另一頭。而在『菲利浦王之戰』[6]時，你父親放火焚燒印第安人的村落，是我遞給你父親松脂節火把——那還是在我家爐子上點燃的吶。他們倆都是我的好朋友，我們曾經快活地踏在這條路上許多次，直到午夜才盡興而歸。為了他倆的緣故，我也樂意與你交個朋友。」

「假如事情果真如你所說，」古德曼・布朗答道，「我很納悶為何從未聽他們提起過這些事。不過說實話，這也不值得大驚小怪，一點點關於這種事情的謠言，就足以把他們攆出新英格蘭。我們是虔信上帝的人，並且行善積德，不願意心存這般的邪念。」

「邪念也好，不是邪念也罷，無論如何，」把持蟠曲手杖的旅伴說，「我在新英格蘭這一帶認識的人很多，曾經和許多教會執事共飲過聖餐酒，許多市鎮的行政委員任命我為主席。總議會裡多數議員都堅決維護我的利益。總督也和我有交情——但這些都是國家機密。」

「是嗎？」古德曼大驚失色，瞪著眼睛盯住這位表情平靜的旅伴，說道：「雖然如此，我和總督啦、議會啊，毫不相干，他們有他們自己行事的規矩，像我這樣毫不顯眼的莊稼漢沒有一丁點關聯。但是，如果我繼續跟著你走下去，叫我有何顏面去見我們賽倫村的老好人牧師呢？啊，無論在安息日，還是在布道日，只要一聽到他的聲音，就會讓我忍不住發抖。」

那位年長的旅伴一直認真地聽著，此刻卻不可抑制的大笑起來，笑得渾身抖動，就連那根蛇形的手杖也好像跟著蠕動起來。

「哈！哈！哈！」他笑了又笑，隨後平靜下來，「好吧！往下說吧！古德曼・布朗往下說吧！但請不要讓我笑死啦。」

「好吧，那就直接了當的說吧。」古德曼・布朗頗為懊惱，「我的妻子費絲若是知道這件事，那會傷透了她纖細的心，我寧願自己獨自承受。」

「呃，若是那樣的話，」這位長者回答，「古德曼・布朗，你就返回家吧。就算是為了二十個拚在我們前頭、蹣跚行走的老太婆，我也不願傷害費絲。」

他邊說邊用手杖指了指正在前面趕路的一個女人。古德曼一眼就認出她是那位非常虔誠、堪稱為模範教徒的女士——小時候，就是她教導自己基督教的教義，而且，至今與牧師、古金執事同是自己的顧問——在道德和精神方面。

「真是怪啦，天色都黑了，這位古迪・克勞伊絲還在荒野上漫遊，」古德曼・布朗說道，「伙計，如果你同意，請准許我抄個小徑穿過樹林，好把這位信基督徒扔到後頭去。既然她不認識你，或許會盤問我，那個與我同行的是誰？又是要到那兒去？」

「既然如此，就這麼辦。」旅伴說，「你鑽過樹林子，我還是順著這條路徑走。」

於是小伙子拐過一個彎道，還一面留神盯著他的旅伴，只見他緩緩向前走去，離那老婦，不過相隔一個手杖之遙了。而她卻躦步疾行，這麼大歲數的人，以驚人的速度前行，一面走，一面口中唸唸有詞，大約是在祈禱呢。旅伴伸出手杖，用蛇尾似的一端去碰碰她皺紋滿布的脖子。

「魔鬼！」虔誠的老婦人尖叫一聲。

「這麼說，善心的古迪・克勞伊絲還認識老朋友囉？」旅人倚在轉動的手杖上，並且面對著她。

「啊！真的是大人您嗎？」善良的老太太道，「嘿，一點也不錯，而且像極了我的老朋友古德曼・布朗，也就是現在那個傻小子布朗的祖父。不過——大人您相不相信？——我的那柄長掃帚神祕地失蹤了。依我的猜測，一定是那個應該被絞死的巫婆古迪・柯蕊偷走啦，而且還是趁我往身上擦抹野芹菜、洋莓和鳥頭汁的時候——」

「還攙上細磨小麥麵粉和新生嬰兒的油脂吧？」貌似老古德曼・布朗的人說道。

「哎呀，閣下您知道這個祕方。」老婦人咯咯大笑，「就像我說的，萬事已準備妥當，只差沒有赴會而已，可騎的馬兒不見了，只好下定決心走下去。因為有人告訴我說，今夜有個不錯的小伙子將來入會。好啦，請閣下您伸出胳膊，扶我一把，轉眼間，我們就要趕到了。」

「不行，」她的朋友說道，「古迪・克勞伊絲，我不能伸出胳膊給妳扶著，不過，如果妳需要的話，我可以把這根手杖借給妳使用。」說著，他把手杖往她腳邊一扔。但是，落到她那邊，這根手杖突然變成了活生生的東西，因為主人曾經把它借給埃及的魔法師，它一落地便活起來了。不過，古德曼・布朗可沒有看清這件事。他吃驚地瞪著眼睛往上一看，再往下看時，古迪・克勞伊絲和手杖都消失得無影無蹤了，只剩下先前的旅伴獨自等著他；神色泰然，好像什麼事也沒有發生過一樣。

「那位老婦人還教過我『基督教教義』呢。」小伙子說道。這句簡單的話意味無窮。

兩人繼續向前走去，年紀大的旅人催促年輕人加快腳步，不要走叉路；語言中肯，彷彿出自聽者自己的內心。走著走著，他摘下路旁一根楓樹枝，動手剝去上頭夜露沾溼的小嫩枝。十分離奇的是，他的手指剛剛觸碰到枝芽，那些小枝芽好像立刻萎縮了，乾枯得就像曝曬了一個星期。他們於是快步前進，一直來到路上有個黑黝的大坑洞前。古德曼・布朗突然坐在一截樹樁上，不肯再繼續往前走了。

「朋友，」他態度執拗地說，「我的心意已定，我決心一步也不肯走了。就算我以為那個老巫婆是往天堂走，而實際上，她去見了魔鬼，那怎麼辦？我為什麼要拋下心愛的費絲，而去跟隨巫婆的腳步呢？」

「關於這件事，你的想法會漸漸改變的。」他的朋友平靜地說，「坐下來歇會兒，等到你想啟程的時候，我的這根手杖可以借你一用！」說完便不再多言，把楓樹枝扔給布朗，轉眼間消失，彷彿融入蒼茫夜色之中。

年輕人在路旁歇了一會兒，對自己的行為讚賞了一番；想到明天清晨，遇見散步的牧師，將何等的問心無愧，也不必躲避善良的執事古金老先生的目光啦。今夜不會去做惡事，而會酣睡在費絲的懷抱裡，多純潔，多甜美！這些念頭正轉得甜蜜蜜的時候，忽然聽見馬路上傳來得得馬蹄聲。雖然剛才已經打消邪念，但是一想到把自己引來的那個邪念，就心中有愧，布朗覺得還是躲進樹林裡比較妥當。

馬蹄聲、兩位騎士互相交談的聲音越來越近。談話的兩人似乎是莊重嚴肅的長者。夾雜的聲音沿路而過，離布朗藏身之處僅有數碼之遙。當然，由於這個地方在重重夜幕的遮掩之下，令人無法看見趕路的騎士和他們的馬匹。他們的身軀擦過路旁的小樹枝，卻沒有走進夜空偶爾所投下的那道微光之下。古德曼時而彎下身，又時而踮起腳尖。他撥開樹枝、伸出頭去張望，但是連一個影子也看不見。他更加感到焦躁了，因為他敢發誓——若是真有其事的話——剛才聽到的談話聲正是來自於牧師和執事古金。這兩個人從容地緩緩前進，像平日一般去參加什麼聖職任命儀式，或教士會議一樣。這個時候，還聽得見他們的聲音，其中一個騎士停下來，折了一根軟樹枝。

「尊敬的牧師先生，」兩個騎士當中，那個像執事的聲音說道，「我寧可錯過一頓聖職任命的宴席，也要參加今晚的聚會。有人說，有些會友從福茅斯或更遙遠的地方趕來，有些還從康乃迪克和羅德島來。另外，還有幾位印第安巫師呢，他們依照自己的方式施行魔法，和我們當中最出色的會友不相上下。再說啦，今晚還有個年輕漂亮的女人要來入會。」

「好極啦，古金！」牧師用蒼老的喉嚨回應道，「快馬加鞭吧，不然我們倆就會遲到啦。你知道，我不到場，就什麼事兒也辦不成。」

馬蹄聲又得得響起，那說話聲奇異的在空中迴轉，一直穿過樹林。那兒沒有什麼聚會的教堂，也沒有哪個寂寞的基督教徒去做禱告。那麼，這兩位聖徒深入異教徒的荒野，究竟是要去那裡？年輕的布朗趕緊抓住一顆樹，不然就會癱到在地上。他心情沈重，腦袋昏昏沈沈，痛苦不堪，仰望蒼天，懷疑頭頂上是否存在著天堂。然而，只見蒼穹之上星光閃爍。

「天國在上、費絲在下，我仍然要對抗魔鬼，堅定不移！」古德曼‧布朗發出吶喊。

他仰頭注視天邊蒼穹的深邃處，舉起雙手祈禱時，忽然間，雖然並未颳風，卻有一團烏雲匆匆掠過天際，遮住了明亮的星光。藍天依舊，只有頭頂上方那一團烏雲歷歷在目，飛快地往北方飄去。高高天空中，彷彿從烏雲深處傳來一片可疑的嘈雜聲；霎時間，他覺得自己聽到了賽倫村鄰居的聲音，男男女女，其中有些信神，有些不信神。其中一些人，是他曾經在教堂聖餐桌上見過面，還有另外一些人，則是他曾在酒店中見到的狂歡鬧飲的一群人。可是片刻以後，這些說話聲又變得模糊不清；使他懷疑，也許剛才聽到的聲音不過是古老的森林在無風寧靜之夜颯颯低語。忽然間，那熟悉的說話聲又像潮水般響起，這些全部都是他白天時可以在賽倫村聽到的聲音，但是，在此以前，從未聽見它們從天邊夜雲中響起啊。其中還有位年輕女子在訴說戚戚哀哀的哭聲，哭聲中懷著莫名的憂傷，她像是在祈求某種恩惠，是一種使她獲得了之後，將會備感悲傷的恩惠。周圍所有看不見的人——聖人與罪人們——似乎都在慫恿她繼續下去。

「費絲！」古德曼‧布朗不禁痛苦而絕望地喊叫，聲音沈重而急迫。樹林也發出嘲弄的回聲，樹林模倣他，也在大叫「費絲！費絲！」彷彿許多迷路的倒霉旅客正在荒野裡，四處尋找她。

悲傷、憤怒與恐懼交加的吶喊聲劃破夜空，不幸的丈夫屏息等待回答。忽然，聽到一聲尖叫，但是立即又被更嘈雜的聲浪所淹沒，化為漸漸遠去的喧嘩笑語。隨著黑雲散去，布朗頭頂上又露出明淨寧靜的天空。但是，有一個東西從天空中輕輕飄落，掛在一根樹枝上。古德曼‧布朗一把抓住它，原來是條粉紅緞帶。

「我的費絲也走了！」他驚愕、怔忡片刻後，旋即大叫起來，「世間上還有什麼『善』！罪孽不過是一種空名罷了。來吧，魔鬼！世界現在全是你的啦。」

絕望使他憤怒瘋狂，他縱聲大笑，笑了許久，然後又抓起手杖踽踽前行，沿著樹林小徑大步流星地走著；不像在走路，反倒像是在飛行。小徑的景象越來越荒涼，難以辨認，最後終於消失，遺棄了他，令他身處在黑暗荒野的中心。憑藉著凡人向惡的本能，他仍舊向前衝去。樹林中充滿可怖的聲響——樹林吱吱嘎嘎，野獸咆哮嗥叫，印第安人呼呼吶喊。有時候，風聲蕭蕭，像極了遠處教堂的鐘聲；在夜行的旅人四周怒吼，彷彿整個大自然都在嘲笑、蔑視他。然而，他自己卻是這恐怖場面的主角，不願在更恐怖的景象面前退縮。

「哈！哈！哈！」聽見風兒嘲笑他，布朗咆哮起來，「來聽聽我們之中，誰笑得聲音最響亮！休想用你的魔法嚇唬我！來吧，巫婆；來吧，巫覡；來吧！印第安巫師；來吧，魔鬼！我古德曼‧布朗就在這兒吶，你們最好像他怕魔鬼一樣懼怕他！」

說實話，在這座鬧鬼的樹林中，沒有什麼比古德曼‧布朗的模樣更加駭人的景象了。他在黝黑的松樹林裡狂奔，瘋狂揮舞手中的手杖。時而破口大罵、褻瀆神明；時而又縱聲狂笑，使整座樹林激蕩著他的笑聲，好像周圍的樹木全部變成了魔鬼；這個從他自己本人化身的惡魔，尚不如他本人著魔般的狂怒可怖咧。於是，這個惡魔奮力地一路向前狂奔，直到瞧見眼前映照出一片紅光閃閃，彷彿被砍伐下來的樹木枝幹燃燒著，燦爛的火光直衝向午夜時分的天空。狂風暴雨般的心緒暫息，他駐足了下來，聽見遠處傳來一片人聲，似乎許多人在合唱一首贊美詩，歌聲莊嚴地起伏；他十分熟悉這個曲調，是賽倫村教堂聖詩班經常唱的一首歌，歌聲深沈地落下，化為拖沓的和音。這個曲調不像人的聲音，反倒更像暗夜荒野中的一切一齊發出的嗡嗡呼聲，陰森恐怖。古德曼‧布朗發出一聲吶喊，這吶喊的聲音與荒野的呼聲融合為一，連他自己也分辨不清了。

乘著片刻的寧靜，他躡手躡腳向前靠近，直到閃爍的火光盡收眼底。只見在黑魆魆的林墻包圍之中，有一片寬敞的空地，盡頭赫然出現一塊原始巨岩，形狀渾然天成，拔地而起，恰似一座祭壇或講經台，四棵松樹圍繞著巨石，樹冠熊熊燃燒，連著柴棒似的樹幹，像夜晚間聚會時點燃的四枝蠟燭；籠罩在巨岩頂端的枝葉全部冒著火，火光直衝向夜空，忽明忽暗，將荒野的空地照得透亮；每一條垂枝和葉穗都在燃燒，隨著紅光起起落落，數不清的會眾忽隱忽現，他們的身影時而清晰，時而消失於幽暗中，時而又從夜幕中冒出來；荒涼山林的心臟一時間人影幢幢。

「一群神情嚴肅的黑衣人！」古德曼・布朗說道。

他們確實如此。陰暗與光輝之間交替顯現出一些翌日將在州議會上露面的人物。另一些人則個個都將於安息日時，站在賽倫村的聖壇上，虔誠地仰望天堂，又親切、慈祥地注視擁擠的會眾。有人肯定地說，州長夫人也在場，至少也有一些州長夫人所認識的貴婦人、社會名流的妻子、一群孀婦、品格遠揚的老處女，和漂亮年輕的姑娘們，這些年輕姑娘戰戰兢兢，因為害怕她們的母親發覺到她們的身影。不是昏暗荒野突然出現的光線令布朗為之目眩，就是他一下子辨認出二十多個賽倫村教堂最為聖潔的教徒。年歲已高的古金執事到了，正忙著隨侍那位尊貴的牧師。但是，與這些莊重可敬、虔心向善的人，與這些教會的長者、貞潔的婦人和純潔的少女混雜在一起的，卻是自甘墮落的男人、聲名狼藉的女人，這些人縱情恣意、作惡多端，甚至可能犯下過極為令人髮指的罪行。然而，奇怪的是：好人不回避壞人，罪人面對聖人，也毫無羞愧、局促不安的表情。而夾雜於白皮膚敵人中間的，還有印第安人祭司或巫覡；這些印第安人撒向故鄉樹林的醜惡魔法，比任何已知的英格蘭巫術更為恐怖。

「但是，費絲又在那兒呢？」古德曼•布朗尋思，然而希望剛剛浮現心頭，他又隨之感到戰慄。

另一首讚美詩歌響起。旋律緩慢沈痛，好似在歌頌虔誠的愛，歌詞卻表達了超乎常情之外、人類天性所能想像的一切罪孽，並含糊地暗示著更多的罪惡。凡人對魔鬼的奧祕真是無法理解，讚美詩一首接著一首，在這個曲調之中，荒野的合聲宛如一架巨大風琴，奏出最深沈的曲調，越來越響亮。隨著這恐怖的歌曲鳴唱出最後一段尾聲時，傳來了一個聲音；彷彿咆哮的狂風、奔騰的溪流、嗥叫的野獸，以及荒野中各自鳴唱的一切聲響，全部都交融於罪惡的人類之聲，向萬物之主致敬。四顆燃燒的松樹冒出一股熊熊的火焰，在這個邪惡集會的上空之中，依稀顯現出可怖的人影與面孔。同時，岩石上方的火焰向上射出一道紅光，在它的下面形成一道熠耀的拱形光弧；此時，上面出現了一個人形，此人看起來十分受人尊敬的模樣，無論衣著裝束和言行舉止，絲毫不同於新英格蘭各地區教會的莊重牧師。

「把皈依的人帶到前面來！」一個聲音在空地四處回響，又竄入樹林。

古德曼一聽到這句話，便跨越樹木陰影，走向會眾。他感到一種可恨的手足情誼，而這份情誼來自於他心中的邪念，他敢發誓，自己亡父的形象正從一團煙霧上往下看，點頭召喚他向前走；而一個形狀朦朧的女人卻絕望地伸出手，警告他回頭；是他的母親嗎？正在此時，牧師和古金執事抓住他的雙臂，把他拉曳到火光照耀下的岩石旁。他虛弱無力的退後一步，甚至沒有想到要抗拒。此時，迎面走來了一個蒙著面紗的纖細身影，夾在那位虔誠的「教義問答導師」古迪．克勞伊絲和瑪莎．嘉麗中間，瑪莎．嘉麗接受魔鬼的許諾，答應成為地獄的皇后，她是個狂妄的女巫！而在火光籠罩的華蓋之下，站著一大群改宗者（改變宗教信仰的人）。

「歡迎，歡迎，我的孩子們，」那邪惡的人影說道，「歡迎加入同胞的聚會！你們這麼年輕就已經明白了自己的天性和命運。孩子們，往後面看啊！」

他們轉過身去，看到一片火光之中，突然唰地一閃，亮出那些崇拜魔鬼者的真正面目，一張張臉上都陰險地閃著歡迎的微笑。

「在那兒，」黑色人影說，「全是你們從小就尊敬的人。你們認為他們比你們更聖潔，一旦和他們正直的生活、虔心向上的祈禱相比照，你們就對自己的罪惡感到畏懼。可是，他們都來到這兒，參加我的禮拜聚會了！今夜，在我的允許之下，你們將知道他們不可告人的祕密：鬍子斑白的教會領袖如何對自己家裡年輕女僕的耳邊說著骯髒的悄悄話；多少女人為了急於穿上孀婦的喪服，在丈夫臨睡前，灌丈夫喝下一杯毒酒，讓他在她自己的懷抱裡長眠不醒；乳臭未乾的年輕人恨不得早日繼承父親的財富；笑靨如花的少女們——可愛的姑娘們，請不要臉紅——在花園裡挖出一個小小的墳墓，邀請我這個唯一的賓客去參加私生子的喪禮。憑藉你們天性就同情罪惡，你們將會嗅出所有的地方——無論教堂、臥房、街道、田野，或是森林——都曾經發生過罪行。你們也將欣然地看到，整個大地只不過是一塊罪惡的污點、一塊巨大的血跡。然而，還遠不止於此！你們將洞察每個人心中深藏的罪惡，一切邪惡詭計的泉源；在這個泉源中發現人心險惡、源源不絕的惡念，比人類的力量——比我的最大力量——所能實現的更多更多。現在，我的孩子們，你們仔細看看彼此吧！」

於是他們注視著彼此，在地獄火炬的照耀之下，這個可憐的小伙子布朗看到了他的費絲，而這位妻子也看到了她的丈夫，兩人在褻瀆神明的祭壇前瑟縮顫抖。

「看哪，孩子們，你們站在此處，」那個黑色人影繼續說話，語調深沈嚴肅、絕望恐懼，似乎感到悲傷，彷彿他一度善良的天性還能悲憫我們可憐的人類。「你們曾經彼此信任，以為德行並非都是美夢幻影而已。現在，你們應該明白自己受騙了！人類天性邪惡，罪惡才是你們僅有的歡樂。再次歡迎你們蒞臨，孩子們！歡迎你們參加自己同類的聚會！」

「歡迎！」魔鬼信徒們異口同聲地重複，發出絕望的呼喊聲，而這股聲音又像是凱旋的呼聲。

他們夫妻站在那兒，唯有這一對夫妻還在黑暗世界邪惡的邊緣躊躇不前。巨石上有一個天然形成的凹坑，這個洞裡面盛裝著被火光映紅的水，是鮮血嗎？抑或是液體的火焰？「邪惡」的化身就在這裡浸溼他的雙手，準備在他們前額上留下受洗的印記，以便他們分享罪惡的祕密，從今往後，在行為和思想上，更清楚地明白別人的祕密罪行。丈夫望了一眼面色蒼白的妻子，費絲也望了一眼自己的丈夫。倘若彼此再多看一眼，他們將發現對方是多麼敗壞的可憐人喲！為他們自己敗露的行跡，以及所發現的一切，又會懼怕地直哆嗦。

「費絲！費絲！」丈夫大叫道，「仰望天堂，拒絕魔鬼的洗禮！」

他不知道費絲是否聽從他的話。他一說完這句話，便發覺自己孤伶伶地身處寧靜的夜晚，傾聽風聲沈甸甸地穿過林間，消失無蹤。他扶著岩石，蹣跚而行，覺得岩石摸起來冷颼颼，而且潮溼，而原先一度熊熊燃燒的垂枝，在他的臉頰上灑落冰冷的露水。

第二天早晨，年輕的古德曼．布朗慢慢走到賽倫村的街道上，像個腦筋混亂的人一樣四處張望，他所熟識的老牧師正沿著墳地四周散步，以便增進吃早餐的胃口，一面默想布道的內容，途中時，還朝向古德曼．布朗賜予祝福。但是此刻，布朗表現出怯懦的樣子，彷彿刻意躲避一個窮凶惡極的罪犯，像是避免咒詛一樣。年歲已高的古金執事正在宅邸做禮拜，敞開中的窗戶傳出他的禱詞，布朗自言自語道：「天曉得這個巫師正在對何方神明祈禱？」那個傑出的老基督徒古迪・克勞伊絲，正站在自家窗格子前的晨曦光暉中，向送來一品脫牛奶的小女孩解說教義。布朗走上前，一把拉開小女孩，像是從魔鬼手中拯救她似的。轉過教堂的屋角，他看到費絲繫著粉紅色緞帶，正焦急的張望，一看見他便欣喜若狂，歡快得蹦蹦跳跳，奔向丈夫的懷抱，幾乎當著鄉親們的面前親吻丈夫。古德曼・布朗卻滿懷嚴峻、悲哀的神情，冷淡地直視她一眼，也不打聲招呼就繼續向前走去。

難道古德曼・布朗只是在樹林中夢寐了一夜，做了個巫師聚會的奇異之夢？

您若是這麼想，悉聽尊便。可是，哎呀，這場奇異夢境對這個年輕人來說，卻是一個不祥之兆。自從那夜驚人的噩夢以後，雖然沒有變成十惡不赦的大惡棍，卻變成了一個嚴峻、憂傷、多疑和耽於沈思的人。一到了安息日那天，會眾們唱起聖詩的時候，他卻聽不下去，因為罪惡的頌歌正宏亮地衝擊他的耳膜，淹沒了所有祝福的詩句。當牧師站在講壇上滔滔不絕的布道，一手擱在翻開的《聖經》上面，宣揚著宗教的神聖真理、聖徒的傳記、光榮的死亡、未來的極樂以及無法形容的苦難等等。此時此刻，古德曼・布朗就會面色蒼白，槁如死灰，深恐教堂的屋頂會轟隆一聲地塌下來，砸在這個白髮蒼蒼的瀆神者和聽眾的頭頂上。他時常突然在夜半時分驚醒，抽身離開費絲的懷抱。每當清晨或黃昏，家人跪下祈禱的時候，他會滿布陰雲般的神情，皺起眉頭喃喃自語，嚴厲地注視著妻子，然後轉身離開。他活了很久，變成一具滿頭白髮的死屍，他的棺柩被子孫抬入墓地時，跟隨在靈柩後面的送葬行列中——包括已成老婦的費絲與兒孫們，還有眾多賽倫村的鄰居——他們浩浩蕩蕩地走入墓地。然而，人們不曾在他的墓碑上刻下任何滿懷希望的詩句，因為一直到臨終的前一刻，他總是陰鬱寡歡。

註：

1.年輕人古德曼・布朗——*Young Goodman Brown*，霍桑於一八三五年、一八四六年收錄於短篇小說集《古宅青苔》(*Mosses from an Old Manse*, 1846—1854)。屬於「心之寓言」的短篇小說。

2.譯注——英文原名是Faith，「費絲」在此為專有名詞，原文「Faith」，其義為「信任」或「宗教信仰」。此二義描寫古德曼年輕的妻子也均貼切。

3.譯注——「古德曼」在此為專有名詞。原文「Goodman」，其義為「丈夫」或「好人」，此二義用以描寫本文主角均貼切。

故事的背景發生在美國新英格蘭殖民史上著名的薩勒姆鎮驅巫案。一六九二年在薩諸塞州薩勒姆鎮（Salem, Massachusetts）一帶，曾經風聲鶴唳地追捕所謂的巫師。

4.粉紅色象徵「純潔」與「欣喜」。

5.貴格會——Quaker（意為顫抖）為基督教的一個教派，創始人喬治・福克斯（George Fox）告誡信徒：「在上帝的聖諭面前顫抖吧！」

6.菲利普之戰——King Philip's War，約發生於一六七五至一六七六年間，是美國印第安人和新英格蘭移民間的一場戰爭。這場戰爭取名於印第安酋長Metacomet，在歷史上被稱為King Philip。

3

雷帕西尼的女兒——來自於奧比平的原著[1]

許多美國人和研究外國文學的人都沒有聽過「奧比平」這個名字，據說，奧氏的著作也沒有出版過翻譯本。身為作家，奧氏的地位卻不幸介於先驗論者和大多數作家之間；先驗論者——不論是名為先驗主義者或是超驗主義者，他們都在當時代的文學界裡占有一席之地。那些作家——將理智思維和悲憫情感渲洩於字句之間，又探討一般人的理智和感情。奧比平卻不幸介於此兩種人之間，他的作品不是太過講求於推敲琢磨，就是太偏僻、太朦朧虛幻、太不切實際，與大部分作家的品味格格不入；卻又太過通俗，不能滿足先驗論者所追求的精神上、形而上學的思維，因此，知音難覓，欣賞他的只不過是少數的個人，或與世隔離的小圈子而已。

說句公道話，他的作品也不是完全缺乏想像力和獨創性。若不是因為他無可救藥地沈迷於寓言和譬喻，往往用虛幻的布景、人物裝飾故事中的情節和角色，並且從他的這些構想中盜走人情的溫暖；他的名氣也許會響亮一點。他的小說時而是歷史性的，時而是描寫當代的情形，而且就目前為止，我們所知道的作品中，他極少聯想到時間和空間兩者的關係。還有，一般而言，他心滿意足地藉由特質較不明顯的主題，竭力地創造出他個人所關切的事物，而極少著力於描寫物質世界的外在風俗習慣——絲毫不可能描繪出現實生活的肖像來——偶爾，他也會在荒謬的意象中增添一點兒造物的氣息、一點兒感傷和愛憐之情，或一絲絲詼諧，將它們融入異想天開的意象中，彷彿讓讀者覺得自己還是在純樸人間的範圍之內。簡而言之，如果讀者有機會一絲不苟地從適當的觀點，來看待奧比平的著作，除了那些較為明智的人之外，其他人也許會認為它們是閒暇時讀讀的逍遣娛樂；否則，它們簡直就像是一派胡言、廢話連篇。

奧氏乃一位多產作家，他孜孜不倦的持續寫作和出版著作，似乎他全力以赴完成這些工作後，就能獲得像法國小說家尤金・蘇[2]一樣的成就，閃耀著才華洋溢的光環會加冕在他的頭頂上。他最初出版的是一個故事集，書名稱作「陳舊的故事」，這個故事集被編入了一連串系列的書卷中。而就我們的記憶所及，奧氏較為近代的作品，包括了：「天國的鐵路」、「新母親夏娃和新父親亞當」、「拜火教」、「唯美的藝術家」等等。下面的故事乃翻譯自他的法文原著「碧亞翠絲；或放毒美人」；這是一本日誌，由貝爾海福伯爵所編纂而成，這本日誌的內容囊括了奧氏過去許多年的歲月足跡——他替自由主義和大眾權益辯護的忠忱和才能，值得所有人的讚譽之聲。

*****

很久很久以前，有位名叫喬凡尼・古斯康提的青年，從義大利南部地區，來到帕度瓦[3]大學求學。喬凡尼的錢包扁扁，只有幾塊達克特金幣[4]，便住進一幢古舊的大廈中，租了間位於大廈高處且陰暗的房間。這座大廈的建築十分考究，像是當年某個帕度瓦貴族人家的府邸，而大門上也的確有某個家族的徽章圖記，只是這個家族早已滅絕。年輕的異鄉人嫻熟於祖國義大利的詩篇，回想起這個家族的其中一位祖先，或者是這幢宅邸的主人，曾在但丁筆下化身為地獄中永恆的受難者。這些滄桑往事所連翩翻卷而起的回憶，加上初次離鄉背井，令年輕人容易感傷，喬凡尼環顧四周，覺得他這間寓所看起來既荒涼又陳設簡陋，不禁感慨長歎。

「聖母啊，閣下！」麗莎貝塔婆婆驚歎道。年輕人一表人才的風度贏得了老婦人的喜愛，於是她正竭力想把屋子整理得舒適宜人。「年輕人好端端的，為什麼這般傷心歎氣？你是否覺得這幢老宅太陰暗、太淒涼？上天保佑，請往窗外瞧瞧吧，照射在園裡的陽光，與你剛剛離開的那不勒斯[5]老家一樣燦爛。」

喬凡尼勉強聽從老婆婆的勸說，伸頭往窗外探看，卻沒有感覺到帕度瓦的陽光像義大利南部的陽光那般美好。然而，透過灑落在窗下花園裡的陽光，可以看到形形色色的花草，它們似乎受到精心照料，花園裡是一片欣欣向榮的景色。

「花園也屬於這幢大宅嗎？」喬凡尼問。

「老天在上，才不是呢！閣下，現在除非是肥沃的蔬菜，才遠比長在那兒的花花草草有用處得多。」麗莎貝塔婆婆答道，「不，不是的。那個花園是由喬科摩・雷帕西尼先生親手栽種出來的。他是一位頗富盛名的醫生，我敢保證，他的名聲可以傳播到那不勒斯那麼遙遠的地方哪。據說，他從這些植物中提煉出來的藥方，藥效和符咒一樣靈驗呢。你會時常瞧見醫生閣下在園子裡工作，或許還可以看見他的女兒在園子裡，摘採那些稀奇古怪的花朵。」

老婦人說完話，便盡力把屋子收拾乾淨，把年輕人交給神明庇佑，便離開了。

喬凡尼閒來無事，於是又俯視窗下的花園。他覺得花園的外觀像是一座植物園，帕度瓦出現這種植物園的歷史，比義大利或世界上的其他地方，都還要悠久。他揣測，這種情形很可能是因為：它原是哪個名門望族的度假盛地，因為在花園中央有座大理石噴泉的廢墟，雕刻細緻，極為華麗，可惜這件藝術品已經傾圮，由於年深日久，已破舊不堪，很難從剩下的碎片石塊中追尋出原來的風貌。不過泉水依然噴湧不絕，在陽光下閃閃發光。輕柔的淙淙水聲飄至年輕人的窗邊，使他覺得那股噴泉恰似不朽的精靈，毫不理會人世滄桑，只願永遠地唱著歌。而與此同時，它上一個世紀的美侖美奐已經凋落、殘破衰敗，點綴著另一個世紀的大地。噴泉流落的水池四周生遍各種奇花異草，其巨大的葉片需要大量的水份滋潤。有些植物盛開著嬌艷的花朵，尤其是一株灌木，生長在水池中央的大理石花盆裡，紫色鮮花掛滿枝頭，每朵都像珠寶般華貴亮麗，整株樹散發出絢爛多彩的模樣，彷彿無須陽光，也可以在陰天裡照亮花園的每一處。每一寸土地上都滿是花木和藥草，雖遠不如那株灌木嬌艷動人，卻也看得出這位園丁全心全意地照料它們。而且每一株花木看起來都各有價值，似乎培養它們的科學家了解這些植物的個別藥性。有些種植在雕滿華飾的瓷罐裡，有些種植在普通的花盆中；有些像蛇一般蜿蜒地面，或者，只要一碰觸別的地方，就竭力往高處攀爬。有一棵植物還把自己的身軀纏繞在維特諾斯[6]的雕像上，藤葉垂懸，把維特諾斯裹在垂葉的穠裝裡，裝扮得極為精緻，值得作為雕刻家素描的楷模。

喬凡尼佇立窗前，聽見在一道綠葉織成的屏障後面，有一陣窸窣的聲音，才知道有人在花園中工作。不久，這個人便映入眼簾；他決非普通的園丁，而是位身材修長、面容憔悴、神色帶有幾分病態的男人，衣著是學者慣穿的黑色長袍。他年過半百，鬚髮稀疏灰白，眉目間滿溢超凡的智慧與修養。這張臉蛋即使是處在風華正盛的時候，也不會將內心的熱情顯露出來。

這位科學園丁聚精會神地檢視小徑旁的每一株花草，彷彿能看透它們的內在本質，觀察它們所散發出來的芳香，發現為什麼這片葉子長成這個形狀，而那片葉子又是另一個形狀，為何花朵的種類不同，連同顏色和香味也會有所不同。

雖然他對這些花草的生命瞭如指掌，他本人卻和這些植物並不親密。相反地，他小心翼翼，避免去碰觸它們，或直接吸聞它們的香氣。喬凡尼對於他這份小心謹慎的態度十分不以為然，因為他那副模樣就像是個走在邪惡勢力中間的人，彷彿四周全是猛獸——毒蛇猛獸、妖魔鬼怪——稍不留意，便會惹禍上身。喬凡尼目睹這位園丁如敵大敵的模樣，不禁心生恐懼——蒔花藝草原本是件最純樸、無邪的工作啊，而且也是人類的祖先墮落之前的歡愉和工作[7]。難道這座花園竟會是當今世界上的伊甸園嗎？而眼前這個人，對他自己親手栽培的植物表現出戰戰兢兢、唯恐身受其害的神情——莫非他就是亞當嗎？

這位心懷戒備的園丁摘去枯葉、修剪多餘枝椏的時候，雙手都戴著厚厚的手套。他不僅戴著這一副甲冑；當他穿過花園，走到大理石噴水池旁垂著紫色花朵、燦爛嬌媚的那株植物周圍，他竟然戴上一種覆蓋住口鼻的面罩，彷彿眼前姿態穠艷的灌木埋藏著致命的劇毒。儘管如此嚴密地防備，他還是覺得不夠安全，他退後一步、卸下面罩，疾聲呼喊起來：「碧亞翠絲！碧亞習絲！」不過聲音虛弱顫抖，似乎患有某種疾病。

「我在這兒呢，爸爸！有什麼事兒嗎？」對面房子的一扇窗裡傳來年輕女子甜美的聲音，嗓音圓潤得一如熱帶黃昏，不知為何，使喬凡尼聯想到姹紫嫣紅的色彩、馥郁芳香的悅人香氛。「您是在花園裡嗎？」

「是的，碧亞翠絲，」園丁回答，「我需要妳的幫助。」

旋即，雕花拱門下便出現一位少女的倩影，宛如晨日初升、花苞初綻，美麗得穠纖合度，竟不容許那一分一毫的增減。她儀態萬千、神采飛揚，像鮮花一樣嬌艷，任由妙齡處女的腰帶將這一切緊緊束綁著。喬凡尼俯視花園，不知不覺間感到一陣毛骨悚然；因為這位美麗的陌生姑娘彷彿是另一種花朵的化身、是那些植物的姊妹，與它們一樣美麗，甚至比花園當中最艷麗的那一株還要美麗。雖然艷冠群芳，卻只能戴著手套去摸摸她，也必須戴上面罩才能去接近她。碧亞翠絲沿著花園小徑款款走來，一路摩娑著花花草草，還聞著一些花草所散發的香氛。那些正是她父親所刻意回避的東西。

「來這兒，碧亞翠絲，」她的父親說道，「瞧瞧我們最重要的寶貝還需要多少照料。可是我已經是個風燭殘年的人，按照情況需要去接近它們，就會斷送我的生命。所以，這顆樹恐怕要交給妳一個人照料了。」

「我很樂意肩負這個責任。」女郎用美妙圓潤的嗓音回答，一面俯身朝向那株華麗的灌木，張開雙臂去擁抱它，「不錯，我的妹妹、我的光暉，照顧妳、服侍妳，將是我碧亞翠絲的職責了。妳會用親吻和芬芳的氣息回報我，對我而言，那宛若生命的氣息！」

隨後，她以言語之間所流露出來的柔情去撫育它，那份細緻與謹慎，正是那株植物所需要的照顧。喬凡尼站在高高的窗邊，揉了揉眼睛，幾乎弄不清楚這是一位少女在照顧心愛的花朵呢？還是一位姊姊在善盡對妹妹的愛護呢？可是這場景象旋即結束了，或許是因為雷帕西尼做完了花園裡的工作，抑或是他警惕的目光發現了陌生人的面孔，他挽起女兒的胳膊，父女倆一起離開花園了。蒼茫暮色從天而降，令人感到鬱悶的濃烈花草香氛悄然飄浮到空中，一直飄浮到喬凡尼敞開的窗前。喬凡尼關上窗戶，躺到床上，入睡以後，夢見一朵嬌艷的花朵和一位絕色的少女；鮮花與少女本來各自存在，她們的生命力卻又息息相關，各自為彼此的化身，她們都蘊含了某種奇異的危險。

然而，微亮的晨曦中含有某種力量，糾正我們想像中所犯下的種種謬誤。這些謬誤往往發生在落日時分，蒼茫夜色中，朦朧月色的時刻。喬凡尼由夢中醒來後，第一件事便是推開窗戶、注視下面的花園。在夢中，這座花園是多麼的神祕啊。他在驚奇中夾雜著羞愧的感覺，這座花園實實在在地矗立在他眼前。第一縷朝陽替綠葉和鮮花上的露珠染成金黃的色彩，使得這些奇花異草變得更加艷麗；一切都顯得那麼平淡無奇。年輕人因而心中竊喜，在這座寂寞城市的中心，自己竟如此幸運地俯視這座枝葉繁茂、風華萬千的花園。他告訴自己：這座花園將成為他和大自然之間交流思想和感情的象徵性語言。此刻，面容憔悴、病奄奄又思慮過度的雷帕西尼醫生和他亮麗的女兒都不見蹤影，所以，喬凡尼也無法得知他們是否如他所想像的——是非比尋常的一對父女，還是，自己的想像力過度豐富。然而，他還是願意對這整件事抱持著最理智的看法。

這天清晨，喬凡尼身上攜帶一封介紹信，去拜訪了帕度瓦大學裡的一位醫學教授——培卓・巴格里奧尼，他也是位享有盛名的醫生。這位教授年事已高，態度和藹可親，一副生性樂天派的模樣。他挽留喬凡尼吃飯，席間談笑風生，尤其在暢飲兩杯托斯卡尼[8]葡萄酒之後，更是親切隨和。喬凡尼心想，在同一個城市裡居住的科學家們，一定彼此熟識，便藉機提到雷帕西尼醫生的名字。然而，這位教授卻冷淡地回應。

「身為一位醫學教授，」巴格里奧尼教授回答喬凡尼的問題。「對於雷帕西尼這樣技術高超的醫生，不給予恰當且慎重的讚揚，是十分不適宜的。但是另外一方面，我的答案不能辜負我的良心，我不能眼睜睜看著你這位前程遠大的青年——我老朋友的兒子，喬凡尼先生——對於一個日後可能掌握你生死大權的人，懷著錯誤的想法。老實說，我們這位令人尊敬的雷帕西尼醫師，在科學方面的造詣很精深，他的學問可以與帕度瓦大學或整個義大利任何一間學校的教授媲美（或許除了一個人之外）。然而，人們對於他的職業道德，卻抱持著某種強烈而嚴厲的反對意見。」

「都是些什麼批評？」年輕人問道。

「我的朋友喬凡尼是精神上，還是身體上出了毛病？竟然這麼好奇地打聽醫生們的事情？」教授微笑道，「至於雷帕西尼嘛，人家都說他——對於這個人，我知之甚深，可以對事情的真相負責——他關心科學的程度遠甚於關心人類，病人只是握在他手裡的嶄新實驗品而已。哪怕只能給他的龐大研究再增添一滴點兒的知識，他也不惜犧牲病人的性命；包括他自己、甚至是任何他最親愛的家人。」

「我也認為他是個可怕的人，」喬凡尼邊說邊回憶起雷帕西尼那冷漠又理智的面孔，「可是，尊敬的教授，難道這不算是高尚的精神嗎？他是如此熱衷地勇於追求科學，在世上，這種人恐怕不多吧？」

「上帝不容許他這麼做，」教授的神情顯得有些惱怒，說道，「至少，其他人對醫學的觀點都比雷帕西尼的看法合情合理。雷帕西尼認為所有醫藥的功效，都存在於我們稱之為劇毒的植物之中。他親手栽培有毒植物，據說，甚至培育出一些新品種，這些植物的毒性比天然生長的植物更加危險，若沒有這位博物科學家的幫助，就會荼毒世人於危害中。雖然，這位醫生閣下手中這些危險物質所造成的危害，比我們預料得還要少，我們也不能否認，偶爾，他發明的草藥的確療效驚人；或者，似乎驚人。但是，私底下跟你說吧，喬凡尼先生，他的成功也不該受到贊揚——因為那有可能是碰碰運氣而已——而對於失敗，他卻必須擔負不可推卸的責任；因為，憑心而論，那可能正是他親手造成的過錯。」

倘若喬凡尼知道巴格里奧尼與雷帕西尼之間積怨已深，而人們一般都認為，在這種專業的較量中，雷帕西尼居於上風；那麼，他就會對巴格里奧尼的看法大打折扣了，而且持保留的態度。若讀者情願自己做出評判，就請您去查閱帕度瓦大學醫學院所保存的一些不利於雙方的文件。

「博學的教授，我不了解，」喬凡尼在心裡琢磨一番剛才所聽到的關於雷帕西尼熱衷於科學的真相，又答道——「我不了解這位醫生對自己的科學研究喜愛到什麼程度，不過，他肯定擁有比科學研究還要寶貴的東西，譬如，他有一個女兒。」

「啊！哈！」教授大笑起來，「我現在知道你的祕密了。你也聽說這位小姐的事兒？所有帕度瓦的年輕人全都如癡地如醉的愛慕她，雖然說，有幸一睹她芳容的人沒有幾個。對於這位碧亞翠絲小姐，我絲毫不了解，只聽說她深得她父親的真傳，雷帕西尼教導她極為深奧的醫學知識；她不僅年輕貌美，而且也有資格當個教授了。或許她父親還希望她來坐坐我的位子呢！其他可笑的謠言也很多，但不值得一提，也不值得一聽。好罷，喬凡尼先生，喝乾淨你的杯中酒吧。」

喬凡尼醉醺醺的往寓所的路上走去，滿腦子都是雷帕西尼和碧亞翠絲的離奇幻想，在路上碰巧經過一間花店，便買了一束鮮花。

上樓走到自己的房間以後，他坐在窗前靠牆的陰影中，這樣子，就可以俯視花園而無須擔憂被人發現。目光掃落之處盡是一片孤寂。那些奇花異草沐浴於陽光中，偶爾彼此輕輕頷首，好像在說大家都是親戚，打聲招呼。花園中央，頹圮的噴泉旁是那顆華美的灌木，身披一襲寶石般的紫色花朵，燦爛奪目，映入水池，又從水池深處折射出來，掀起一池旖旎漣漪。前面說過，起初花園裡一片寂靜，不久後——正如喬凡尼所期盼又害怕事情發生了——一個人影出現在古老雕花的拱門下面，穿過一排排花木之間，一邊漫步一邊低頭嗅聞各種奇異的花香，宛若傳說中依靠香氛維生的精靈。再次見到碧亞翠絲，年輕人驚訝地發現，她比自己記憶中的倩影更加美麗、大方，在陽光下熠熠生輝；而且——喬凡尼喃喃自語，她的光采照亮了樹影婆娑的花園小徑。這一次，他看得更清啦，這張臉上純真甜美的表情深深震撼著喬凡尼，令他怦然心動——這是他以前從未想像過的，也使他更加想知道她是個什麼樣性格的一個人。而他再次觀察或者想像——這位美麗的少女與那株垂飾著珠寶般花朵的華美灌木，是多麼驚人地相似。而且，碧亞翠絲本人似乎又刻意在衣著的款式與色澤上增添這種相似。

她走近那株灌木，熱情洋溢地張開雙臂，親密地擁抱它的樹枝，並且將自己的臉龐掩入它繁盛的葉片，她光亮的鬈髮也與花朵交織在一起。

「我的妹妹，請給我妳的芬芳吧，」碧亞翠絲喊道，「因為人間的空氣令人頭腦昏沈沈，請給我這朵花吧，我會輕輕摘採它，佩戴在我的心窩旁。」

說完這句話以後，雷帕西尼漂亮的女兒從樹上摘下一朵最穠麗的鮮花。正要別到自己胸前時，發生了一件怪事。這時，莫非是喬凡尼的酒意令他產生了錯覺，他看到一隻枯褐色的小蟲子，是壁虎或變色蜥蜴之類的小爬蟲，沿著花園小徑上爬行，恰巧爬到了碧亞翠絲的腳邊。喬凡尼覺得——也許是離得太遠，他並沒有看清楚這個小不點兒——但是，他發覺，折斷的花枝似乎滴下一兩滴汁液，流淌到蜥蜴的頭上。牠頓時全身劇烈地扭動，旋即躺在陽光之下僵硬，一動也不動。碧亞翠絲也發現這個怪異的現象，悲傷地在胸前劃了個十字，卻並不感到詫異，還毫不遲疑地將那朵致命的鮮花別在胸前。鮮花在她的胸前嬌羞地綻放，寶石般晶瑩閃亮，令人目不暇給，更替她的衣飾和容貌增添奇異的魅力，而這個世界上任何其他東西都不可能做到這一點。然而，喬凡尼從窗櫺的陰影中探出身，又退縮回來，反反覆覆，一面顫抖，一面喃喃自語。

「我不是在做夢吧？我的腦筋還清楚嗎？」他說，「她是什麼人？我應該稱呼她為絕世佳人，還是稱她為無法形容的可怕之人？」

此時，碧亞翠絲在花園裡無憂無慮的漫步，信步穿過花園，靠近喬凡尼的窗下。為了滿足自己強烈而痛苦的好奇心，喬凡尼不禁從藏身處伸出頭去。就在那一刻，一隻美麗的小昆蟲飛過園牆，也許牠飛遍整座城市，在那些人煙稠密的地方，沒有尋覓到鮮花綠樹，就被雷帕西尼花園裡的襲人香氣遠遠地招引了過來。這個長翅膀的小精靈沒有停落在花朵上，卻被碧亞翠絲迷惑了，在她頭頂上飛來飛去，拍著翅膀流連不去。這一次，除非是喬凡尼的雙眼也會欺騙人，再也沒有其他可能的情形了；即便如此，他還是感覺到，當碧亞翠絲像孩子般欣喜地注視這隻小昆蟲時，牠越來越虛弱，終於昏厥在她的腳下；閃亮的翅膀顫抖了幾下，死了——他找不出牠的死因，除了碧亞翠絲的氣息之外。碧亞翠絲又在胸前劃了個十字，彎腰看著已經死去的昆蟲，深深歎息。

喬凡尼情不自禁的動作吸引了她的目光，她抬頭一望，看到窗前站著一位英俊青年——說他像義大利人，倒不如說他更像個希臘人，五官端正美好，一頭金色鬈髮閃閃發亮——好像在空中飛翔的精靈，正俯視著她。他不由自主地把手中一直握著的花束拋給她。

「小姐，」他說道，「這是一束純潔、有益於健康的鮮花，請特別為了喬凡尼，佩戴這些花吧！」

「謝謝您，先生。」碧亞翠絲甜美圓潤的嗓音恰似一曲動聽的音樂，表現出半稚氣半成熟地歡喜，「我接受您的禮物，還想回贈你這朵寶貴的紫花，可是如果我把這朵花扔上去，它也到不了你站著的地方。所以，也只好請你接受這一聲口頭的答謝了。」

她從地上拾起花束，旋即因為打破了少女的矜持、隨便與陌生人交談，而感到羞愧，於是就匆匆穿過花園，轉回家去了；但是片刻之後，當她即將消失於雕花拱門下的時候，喬凡尼好像發現，他贈予她的那束美麗鮮花已經在姑娘手中開始凋萎。這種念頭簡直是豈有此理，他和她之間的距離是那麼的遠，如何能分辨清楚鮮花是盛開還是凋謝呢？

許多天過去了，喬凡尼盡量回避那扇可以俯視雷帕西尼花園的窗戶，似乎不自覺地捎上一眼，就會瞧見什麼可怖醜陋的東西，刺瞎自己的眼睛。他心裡明白，既然已經與碧亞翠絲交談過，自己或多或少已經受到一種莫明其妙的力量所左右。倘若心靈的確已經面臨危險，那麼最好的計策便是立刻搬離這個寓所，告別帕度亞。其次的計策呢，是盡量習慣於看到碧亞翠絲陽光下的身影——逐漸將她視作平凡人，不為她神魂顛倒。至於最後一個下下策，則是一方面避免見到她，另一方面，與這位不尋常的女子僅離一牆之隔，仍然相互往來，進而使自己不斷產生的幻想變得實際。喬凡尼心中缺乏深沈的情感——或者，這份情意有多麼深，尚未可得而知。但是他擁有敏捷的想像力，和南方人熱烈的性情，任何此刻都可能達到熾熱的顛峰，日益增強。不論碧亞翠絲是否天賦異稟，具有那麼可怕的毒性——致命的氣息、與那些美麗的死亡之花親密相處——這些都是他親眼目睹的情景，至少，她已經將劇烈和微妙的毒素注入他的體內。雖然她的美艷令他著迷，但那不是愛情；雖然他想像毒素已溶進她的肉體，也浸透了她的靈魂，但那也不是恐懼。那是由愛情和恐懼同時形成的野性感覺，一雄一雌，像愛情般燃燒，又像恐懼般使人不寒而慄。喬凡尼不知道該懼怕什麼，更不知道該期待什麼；然而，希望和恐懼無止境地在他胸口中激烈交戰，彼此輪流征服對方。在世間的一切情感中，單純的愛情才能擁有幸福，不論它們屬於黑暗還是光明！而愛情與恐懼的可怕混合物只會誕生出地獄般耀眼的火焰。

有時候，為了平息心中的狂熱，他便在帕度瓦街道或城門外快步疾行，腳步跟隨著思緒跳動的節奏，越走越快，像在賽跑。有一天，他忽然被人捉住，是個身材高大的人一把抓住了他的胳膊。這個人與喬凡尼擦肩而過，認出是熟識的人，便又轉身過來，氣喘吁吁地追趕上他。

「喬凡尼先生！停下來，年輕的朋友！」這個人叫道：「你忘了我嗎？如果我像你一樣，外表變化這麼大，或許你也會認不出我來了。」

原來是巴格里奧尼，自從初次見面以後，喬凡尼便刻意躲避他，唯恐聰明的教授洞察自己心底的祕密。他努力維持鎮定，從內心的思潮中爆發出狂亂的語言，盯著眼前的這個人，像是在做夢一樣說話。

「不錯，我是喬凡尼・古斯康提，您是皮埃特羅・巴格里奧尼教授。現在讓我過去！」

「不行，不行，喬凡尼・古斯康提先生，」教授面帶微笑，同時認真的細看這位青年，說：「你說什麼！我和你父親從小一起長大，而他的兒子在帕度瓦古老的街道上，與我竟像個陌生人一樣擦肩而過？站住，喬凡尼先生，分手前，我必須和你說幾句話。」

「那就快說吧！尊敬的教授，快點說吧！」喬凡尼十分急躁地說，「閣下看不出我現在有急事嗎？」

就在這個時候，迎面走來一個黑衣人，他彎腰駝背的走來，步履搖搖晃晃，看起來健康不佳；此人面帶病容，氣色萎黃，卻洋溢著敏銳的智慧，讓人容易忽視他的病體，而只注意他不凡的精神。路過時，這個人和巴格里奧尼冷淡疏遠地互道問候，卻專注地盯著喬凡尼看，好像很想一眼看穿這位年輕人，想洞察他內心世界值得去關注的一切。然而，這種專注的目光又顯得特別寧靜，彷彿他對這個年輕人沒有興趣，注意的只是一個純粹的研究目標一樣。

「此人是雷帕西尼醫生！」陌生人走過去以後，教授輕聲說道，「你和他見過面嗎？」

「從未見過面！」喬凡尼一聽到這個名字，便感到驚慌。

「他見過你！他一定見過你。」巴格里奧尼連忙說，「出於某種目的，這位科學家已經在研究你了。我十分了解他的這副表情。他為了某項實驗，用花香薰死小鳥、老鼠，或蝴蝶，俯身察看牠們的屍體時，便表現這種冷酷的神情，目光像大自然一樣奧祕，卻毫無大自然溫暖的愛。喬凡尼先生，我願意用生命來打賭，你已經成為雷帕西尼的實驗對象！」

「你在捉弄我嗎？」喬凡尼激動地呼喊道，「教授先生，想在我身上做實驗，可沒那麼容易。」

「別激動！別激動嘛！」教授泰然自若的說道，「聽我說，可憐的喬凡尼，雷帕西尼對你產生了科學上的興趣，你已經落入魔掌啦！至於碧亞翠絲小姐——在這齣謎樣的神祕劇中，她究竟扮演什麼樣的角色？」

但是喬凡尼無法忍受巴格里奧尼的固執，立即想掙脫開來。在教授一把捉住他之前，就逃走了，巴格里奧尼只能注視年輕人的背影，搖了搖頭。

「絕對不能發生這樣的事情，」巴格里奧尼對自己說道，「這個年輕人是我老朋友的兒子，絕對不能讓他受到任何傷害。只有醫學的奧祕能夠保護他。再說，雷帕西尼也欺人太甚，竟想從我手中奪走這個年輕人，去做那種地獄般的實驗，依我看，就是這麼回事。還有他的女兒！也得留神了。博學的雷帕西尼，你做夢也不會想到，我將打敗你！」

這時，喬凡尼循著一條迂迴的路徑，終於回到寓所。他在門口遇見老麗莎貝達，她滿臉堆著笑意，顯然是想引起他的注意，然而卻是白費心機。喬凡尼激動的心情漸趨平靜，轉眼間已經化作一片茫然。他眼睜睜望著那張皺紋密布的蒼老臉孔所推擠出的笑容，卻似乎視而不見。老婦人只好伸手扯住他的斗篷。

「先生！先生！」她輕聲喚道，依然堆滿笑容，活生生像隻經歷歲月、顏色泛黑、模樣詭異的木雕。「且聽我說，先生！那花園有一道人家不知道的小門！」

「妳說什麼？」喬凡尼連忙轉過身，好似一件無生命的東西突然間生機勃勃。他大叫起來：「能進雷帕西尼醫生花園的小門嗎？」

「噓！噓！別這麼大聲嚷嚷！」麗莎貝達一面小聲說，一面用手摀住喬凡尼的嘴巴。「不錯，可以進去醫生的花園，你能在那兒見到所有漂亮的花草。帕度瓦城內，多少年輕人樂意掏出金幣啊，以便進去瞧瞧那些鮮花。」

於是，喬凡尼在她手裡放了一塊金幣。

「妳帶我去吧。」他說道。

或許是與巴格里奧尼教授的一席談話，令他心懷猜測；說不定，老婦人的介入與某種陰謀有關聯。不論這個陰謀的目的何在，據教授的推測，雷帕西尼醫生正在密謀將自己牽涉其中。雖然這樣的疑慮令人不安，卻不足以阻擋他的行動。一旦知道有機會接近碧亞翠絲，喬凡尼就覺得基於自己生命的需要，非去找她不可。不論她是天使還是妖精，都無關緊要，他已無可救藥地進入了她的世界，只能順其自然的被席卷入越來越小的圈子裡，朝向他未曾預料過的結果。可是說也奇怪，他忽然心生疑慮，自己這種強烈的興趣是否純屬虛構；它是不是真的那麼深刻和可靠，足以讓他把自己拋進一種難以預測的處境呢？它是否純屬於一個年輕人心血來潮的幻想，只輕微地與他的心靈相聯繫，或者，毫無關聯？

他停下腳步，猶疑不決，向後回轉了半圈，但是又跟著往前走。乾癟的老婦人指引他走過若干幽僻的通道，終於，她打開了一扇門。門扇開關處，滿目蔥籠、樹影婆娑，細碎斑駁的陽光在葉片間閃爍。喬凡尼向前走去，費力撥開藤蔓纏繞的隱蔽入口，穿過入口的通道，來到他自己的窗下，站在雷帕西尼醫生的花園空地。

世事往往如此，似乎不可能發生的事情，偏偏發生了；當夢境的迷霧凝聚成可以捉摸的現實時，原以為我們會極度興奮或痛苦萬分啊，我們卻發現自己能心情平靜，甚至是泰然自若！命運喜歡捉弄人。「激情」想何時出現就何時出現，不請自來，但在時機成熟、需要它上場時，它卻又懶洋洋地逡巡不前；喬凡尼此時的情形就像這樣。日復一日，他脈膊加快、熱血沸騰，期盼與碧亞翠絲相見、凝神相守在這座花園中，沐浴在她朝陽般的美麗光采、從她的凝視中攫取他自己存在的謎團。但是此刻，他心中有一種奇特、不合時宜的平靜——心如止水。他環顧花園四周，想知道碧亞翠絲父女是否在園中。結果只有他一人，他便用仔細、挑剔的眼光觀察那些植物。

每一叢植物的樣子都不能令他滿意；鮮艷華麗、熱烈狂野，甚至是反常做作的。這幅情景就像是獨自在樹林遊蕩的人，看見每一顆樹都形象狂野，就像一張張神祕可怕的鬼臉從狂亂的樹叢中探出頭顱，虎視眈眈的眼神令他心驚膽跳。若干幾顆樹的模樣看起來矯揉做作、與好幾種植物雜交而生，會使神經脆弱的人怔忡不寧；它們已不再是上帝的創造物，而是人類邪惡幻想所滋生的墮落後裔，它們趾高氣昂、惡意地嘲弄「美好」。它們大概是園丁實驗的成果，偶爾也有一兩株從原本美麗可人的植物混合而成，它們看起來是可疑又不祥的雜種，使整座花園獨具一格。最後，喬凡尼在眾多植物中辨認出兩三種他熟知的毒草。正凝視沈思中，忽然聽見絲綢衣裙沙沙作響，他回頭一望，原來是碧亞翠絲出現在雕花拱門下面。

喬凡尼來不及思考在這樣的情況下，自己該抱持何種態度：是為私自闖入花園而道歉呢？還是假設自己事先已取得雷帕西尼父女的默許呢？——即使並非出自花園主人的意願。但是，當他看到碧亞翠絲的神情，心情頓時輕鬆下來；儘管，他得到何人的允許才進入這座花園的問題，仍然令他忐忑不安。她步履輕盈地沿著小徑走來，在頹圮的噴水池旁與他相遇，她的表情看起來有點兒詫異，但是臉上閃耀著純真善良的愉悅。

「先生，您對花卉的品味很高尚，」碧亞翠絲含笑說道，暗指他上次從窗戶拋下的那束花，「難怪我父親珍藏的奇花異草吸引了您，讓您想走進來觀賞。如果他在這兒，一定會告訴您這些花草的奇特習性與趣事。他畢生都在從事這類研究，這座花園就是他的世界。」

「而妳呢，小姐」喬凡尼說道，「如果名不虛傳——妳自己也同樣精通於這些馥郁的花卉、這些如香料般的香味。倘若妳願意紆尊降貴、指點我，也許我會比受教於雷帕西尼醫生的學生，學得更好。」

「真的有如此傳聞嗎？」碧亞翠絲帶著銀鈴般的笑聲說道，「他們說我精通於父親的植物學？這真是笑話！我雖然在這些花草中長大，只不過略懂它們的色澤與香味而已。有時候，我甚至連這點兒知識也不想知道。這兒有許多頗為美艷的花，讓我一見就感到害怕和厭惡。但是，先生，請不要相信那褒獎我學識的傳言；除非您親眼看見，否則，什麼也不要相信。」

「那麼，我親眼看到的任何事情，都必須全部相信嗎？」喬凡尼回想起那令他戰慄的幾幕情景，意有所指的說，「不，小姐，妳對我的要求太微薄了。妳應該吩咐我，只相信妳親口說出的金玉良言。」

碧亞翠絲顯然明白這句話裡的含意，臉色泛紅，但是，她的目光深入喬凡尼的眼睛，以皇后般的高傲回答他猜疑的目光。

「那麼，我吩咐您，先生，」她回答，「忘記一切對我的猜想。儘管外表感覺真實，內在本質仍然可能虛假。真假往往難辨。但是，您可以相信，碧亞翠絲．雷帕西尼所說的話句句都是肺腑之言！」

她神采奕奕、容光煥發，真理般的光芒照亮了喬凡尼的心靈。但是，每當她開口說話的時候，四周的空氣便散發出陣陣芳香，馥郁而濃烈；即使稍縱即逝，也使喬凡尼感到一股油然而生、無法形容的恐懼，幾乎不願把它吸入肺裡。也許只是花香吧？或許碧亞翠絲的話句句發自內心，才散發出如此奇異又濃郁的芬芳？好像那些話曾浸泡在她的心坎裡。喬凡尼感到一陣暈眩，像影子般輕快地掠過，他彷彿從這位美麗少女的眼眸中看到她玲瓏剔透的靈魂，不再懷疑、不再恐懼了。

那渲染上碧亞翠絲神態裡的一絲絲熱情，也消逝了。她變得歡快，像是孤島上的寂寞少女，遇見了來自文明世界的旅人，為了能和青年交談而衷心喜悅。顯然，她全部的生活經驗，只局限於這座花園的四壁之內。她偶爾談論日光和夏雲這樣簡單的事，偶爾問一問帕度瓦城裡的生活，或是喬凡尼遠方的家鄉、友人、母親、姊妹——這類問題表示她與世隔絕、對生活的形式所知有限。喬凡尼感覺，自己的面前好像站著一個充滿稚氣的孩子。她的靈魂宛若汩汩清泉，初次沐浴於陽光下，對於映入於自己懷中的天空、大地驚異不已。深沈的泉水也可以流瀉出寶石般燦爛的幻想，一如鑽石和紅玉夾雜在一串串水珠中，閃爍著光芒。喬凡尼不時暗自詫異，自己竟能與這位令他魂牽夢縈的可人兒並肩而行，又想起她曾經影響了他的想像力、理想化她身上的恐怖色彩；他曾經目睹她那些可怕的天賦——如今卻兄弟般地與她談話，還發現她是這麼的溫暖可人，散發出少女純潔的氣息。然而，這些思緒瞬間消逝，因為她個性上的特質表現得太過真實，片刻後，就會顯露出來。

他們漫無邊際地談話，一面在花園中遊蕩，轉過幾條彎曲的小徑後，終於來到那個頹圮的噴水池旁；池邊佇立著那株華貴的灌木，繁花綻放、耀眼流麗。喬凡尼覺得它所散發出來的香味，正與碧亞翠絲的氣息一模一樣，不過，又濃烈得多。他也注意到，她一看見這株灌木，就按住胸口，彷彿她的心臟突然痛苦地悸動不已。

「生平第一次，」她喃喃地對那顆灌木說話，「忘記了妳。」

「我記得，小姐，」喬凡尼說，「妳曾經說過，為了回報我拋在妳腳邊的那束鮮花，妳許諾我，將送我一朵鑲著寶石般的鮮花。現在，且允許我摘下其中的一朵花，紀念我們倆這次的會面吧！」

於是，他走向前，伸手去摘採灌木上的花朵。但是碧亞翠絲快步衝向前，發出一聲尖叫，如利刃般穿透他的心房。她抓住他的手，用盡纖弱身軀的所有力量，把它拉了回來。喬凡尼感覺到接觸她一下，令人渾身戰慄。

「別摸它！」她痛苦不安地叫道，「千萬別摸它，它會取走你的性命！」

然後她摀著臉逃開，消失在雕花拱門後。喬凡尼目送她離去，忽然發現雷帕西尼醫生憔悴的身影和蒼白聰慧的面孔；他一直躲在花園門後的陰影中，觀察著他們兩人相遇的這一幕，已不知過了多久。

喬凡尼返回自己的房間，碧亞翠絲的身影便飄到腦海裡；自從第一次見到她，他的倩影一直就籠罩著魔法的力量，如今又浸透了少女的柔情蜜意。她有人性味、又賦有女性的溫柔氣質，最值得人愛慕；所以，她一定能達到愛情的顛峰，願意為愛情犧牲奉獻。他忘記了她靈肉上的奇異跡象，由於微妙的戀情，那些跡象反而化作了一頂極具魅力的皇冠，使她更為迷人可愛、舉世無雙。一切看似醜惡的東西，現在都化作了「美麗」；即使無法改變，也隱藏於那些不可名狀的朦朧念頭，悄悄地躲到意識之光照射不到的陰暗角落。於是，他徹夜思索，不能成眠，直到黎明喚醒了雷帕西尼花園的花朵，才墜入夢鄉。而夢中，他的靈魂徜徉於這座花園裡。預定時刻一到，東方的太陽冉冉升至高空中，將光芒投射在年輕人的眼皮上，令他甦醒之後，只覺得一陣痛楚。等到他完全清醒過來，才想起這滾燙刺痛的痛苦來自於手上——是右手——當時為了阻擋他摘採一朵寶石般的鮮花，碧亞翠絲伸手抓過那隻手；只見手背上留下一個紫印，很像四根纖纖細指的紫色印記，而手腕上則留下類似大拇指的印痕。

哦，愛情是多麼執著，甚至是在幻想中跳躍；尚未生根萌芽、狡猾而貌似愛情的情愫，也會固執地堅持著，直到注定消失的那一刻！喬凡尼用條手帕裹住右手，納悶是什麼可惡的東西螫了自己一下。但是，旋即又回想起碧亞翠絲，忘記了手上的疼痛。

自那第一次幽會以後，第二次的會面便注定無可避免，接下來是第三次、第四次。與碧亞翠絲在花園幽會已不再是喬凡尼日常生活中的偶然事件，而是成為他生活的全部重心；因為一天之中不見她的其他時刻，都變成翹首期盼、深情回味那個銷魂時刻所占據。雷帕西尼的女兒也是一樣，她等待著青年出現，一見他就飛奔到他的身旁，對他充滿信任、坦誠，彷彿兩人是青梅竹馬的玩伴。他若是偶爾不能按時赴約，她就會站在他的窗下，翹道呼喚，將圓潤甜美的聲音送入他的房間，在他耳邊回響、在他心中飄蕩：「喬凡尼！喬凡尼！你為什麼還不來？下來吧！」於是他趕緊下樓，直奔那毒花叢生的伊甸園。

然而，雖然兩人的關係如此親密，碧亞翠絲的態度仍然有所保留，舉止之間凜然不可侵犯，令喬凡尼不敢觸犯一步。一切跡象都表明兩人已經陷入情網；眼睛含情脈脈，深情對望，把心靈深處聖潔的祕密送入對方的心底，彷彿喁喁低語都可能會褻瀆這份神聖。情感熱烈之時，兩人的心靈飛躍，藉著珍藏已久的熱烈話語互訴衷腸。然而，他們不曾親吻、不曾牽手，絲毫沒有任何熱戀時會渴望、視為神聖的擁抱。他從未撫摸過她光亮的鬈髮；她的衣裙——這明顯阻擋兩人身體接觸的障礙——也未曾被微風吹撫起來來。偶爾，喬凡尼無法抵擋住誘惑，試圖跨越界限，碧亞翠絲就會變得非常悲傷，神情嚴峻，臉上帶著淒涼而疏淡的表情，無須隻字片語就使喬凡尼不寒而慄。這種時刻，可怕的疑慮從他心中的黑洞中崛起，像魔鬼般直盯著他看，令他膽顫心驚；他的愛情就會彷若朝霧——淡薄、消散，只剩下懷疑。可是，短暫的陰雲飄散，碧亞翠絲卻又容光煥發，不再是那個令他愛慕、恐懼、防備的神祕精靈。她又變得美麗、天真浪漫，使他感覺到自己對這位少女的了解超越其他一切事物。

自從上次喬凡尼遇見巴格里奧尼後，時間已過去很久。一天早晨，這位教授突然不期而至，令他感到詫異、不愉快。幾個星期以來，喬凡尼從未想起巴格里奧尼教授，他願意將他遺忘得更久。這些日子裡，他一直沈湎於興奮的情緒中，不願忍受不贊同他此刻感情的任何友伴；而巴格里奧尼教授顯然不會贊同他的這段感情。

這位訪客隨意說了幾句關於大學和帕度亞城的閑話，而後話鋒一轉：

「最近，看了一部古典作品，」他說，「讀到一個故事，饒有趣味，也許你記得它呢。故事描述一位印度王子，他將一位美女獻給亞歷山大大帝，作為禮物。她像朝霞一樣可愛，又像黃昏一樣美艷，但最出色絕倫的是，她的呼吸中有一種芳香的氣息，比一座花園裡的波斯玫瑰更為濃郁。年輕的亞歷山大君王自然而然地對她一見鍾情，但是有一位睿智的醫生恰巧在場，卻發現了一樁關於這位美人的可怖祕密。」

「是什麼祕密呢？」喬凡尼的目光低垂下來，不敢正視教授的眼睛。

「這個美人兒啊，」教授加重每個字的語調，他說，「從出生的那一天起，就有人餵食她毒藥，直到毒藥浸透全身，使她本人也成為世間上最劇烈的毒藥。她呼出來的香氛污染了空氣。她的愛情是毒藥——她的擁抱意味著死亡。這個故事是否很奇妙呢？」

「這不過是個哄騙小孩的故事，」喬凡尼神經兮兮地從椅子上跳起來，「真是奇怪呢，閣下，您認真地從事繁忙的研究工作，竟然有閒情逸致看這些東西。」

「順便一提，」教授不安地打量著他，說道，「你房間裡的這個奇異香味是什麼？是你手套上的香水嗎？這股味道淡淡香香的，很好聞，但是聞起來一點也不舒服。如果我聞得久了，一定會生病。它像是花香，可是這間房子裡並沒有花呀。」

「沒錯，一朵也沒有。」喬凡尼回答，聽了這句話，他不禁臉色蒼白，「除了閣下的幻想以外，並沒有什麼香味。氣味是一種感官與精神組合的東西，容易欺騙我們。對香味的回憶，只要浮上心頭，就容易被人誤以為是眼前生活的現實。」

「嗯，不過我的想像十分清醒，不會玩這樣的把戲。」巴格里奧尼說道，「再說，如果我還幻想什麼氣味的話，那一定是什麼難聞的藥水味兒，我的手指上容易殘留這類藥劑。我聽說，我們那位可敬的朋友雷帕西尼，他把他的藥劑熏染得比阿拉伯香料更濃郁；不用說，美麗博學的碧亞翠絲小姐也會用藥水治療她的病人，這種藥水甜美得如同少女的呼吸，但是喝下它的人會倒大霉了！」

喬凡尼難掩矛盾複雜的情緒。教授提到雷帕西尼純潔美麗女兒時的那種口氣，折磨著他的靈魂，然而，對於她的特質所做出的暗示與他的想法相反，卻使無數隱晦的疑點剎那間水落石出；此刻，它們正魔鬼般地向他獰笑。但是，他仍然竭力去消退這些念頭，以忠實情人的完美信仰，回應巴格里奧尼。

「教授閣下，」他說，「您是家父的朋友，也許您認為應該要善待朋友的兒子。對於您，我只有尊重和敬仰，但是，請您注意，先生，我們必須避開一個不能談論的話題。您不認識碧亞翠絲小姐，所以，對於她，您不能輕率批評，您無法想像這種話是多麼冤枉——簡直是一種誹謗的字眼，褻瀆了她的人格。」

「喬凡尼！可憐的喬凡尼！」教授帶點鎮靜而憐憫的語氣說道，「對於這位不幸的姑娘，我了解得比你還多。讓我告訴你下毒者雷帕西尼和他身染劇毒的女兒的真面目。是的，她美麗的容顏恰似她身上的劇毒。聽著，縱使你對我這個滿頭華髮的老人大不敬，也休想要我住口！那個印度女人的古老傳說已經成真，藉由雷帕西尼深奧且致命的科學化身為現實，應驗在美麗的碧亞翠絲小姐身上！」

喬凡尼不禁雙手掩面，一陣呻吟。

「她的父親，」巴格里奧尼繼續說道，「不顧念父女親情，竟以這個可怕的方式，成全自己對科學的瘋狂摯愛，而犧牲了這個孩子。說句公道話，因為他是個真正的科學家，他的心也彷彿在蒸餾器裡提煉過。那麼，你的命運又將如何？毫無疑問，他已經挑選你為一場新實驗的材料。也許，結局會是死亡；也許，會比死亡更加可怕！雷帕西尼的眼中只含有科學的興趣，他會不顧一切去做任何事！」

「這是一場夢，」喬凡尼喃喃自語，「當然，只是一場夢而已。」

「但是，」教授又接著說，「振作一點吧，老朋友的兒子，現在還來得及補救。或許，我們甚至能讓這個不幸的少女恢復正常，使她擺脫她父親加諸在她身上的瘋狂。瞧瞧這個小小的銀瓶子！它是知名雕刻家班維尼托・塞利尼[9]的作品，值得作為一件愛情信物，送給義大利最美麗的姑娘。瓶子裡面所盛裝的東西更是無價之寶，只要啜飲一點點這種解藥，就足以使波吉亞[10]最厲害的毒藥失去效用。拿它來對付雷帕西尼的毒藥，無疑也會同樣靈驗。請你不要懷疑，將這個瓶子和裡面的寶貴藥水獻給你的碧亞翠絲，心懷希望地靜待結果吧！」

巴格里奧尼把精雕細琢的小銀瓶放在桌上，然後告辭了，讓年輕人去思索他的一番開導。

「我們一定能打敗雷帕西尼！」教授一面下樓一面咯咯而笑，心想，「可是還是必須承認，這個傢伙真是了不起，了不起——儘管他的作風像個卑鄙的江湖術士。所以遵守醫學界道德良規的人，誰也容不下他！」

如同我們之前所說，自從喬凡尼認識碧亞翠絲以來，心頭上偶爾也會縈繞著對她的特質的猜測。可是，她總是那麼個天真、純潔、親切和坦白，以至於巴格里奧尼教授所描繪的看法顯得既奇怪又難以置信，似乎與他自己最初的看法也不相符。確實，他記得初次遇見這位美麗少女時，他曾有過醜陋的回憶，忘不了那束鮮花在她手中枯萎、昆蟲又在和煦陽光中僵死，除了嗅到她芬芳的氣息以外，實在尋覓不出其他致命的死因。然而，這些微小的事情又在她品格的純潔光芒中逍逝，不再具有驗證的效力，似乎只是錯誤的幻覺而已，它們貌似有具體的根據，卻受到理智的考驗。常言道，在一個人的眼睛可見、雙手可觸摸的地方之外，還有更真實的事情。以往時，喬凡尼一直抱持著這種根據，藉由碧亞翠絲的高潔品格，並非由於他自己懷有慷慨寬厚的信念，對她滿懷信任。但是此刻，他的心靈已不能維持當初令他歡欣鼓舞的熱情。他顛倒了下來，匍匐於世俗的疑慮之中，隨後，碧亞翠絲無瑕的形象受到了污染，他並非放棄了她，只是不再信任。他下定決心做一次令人滿意的試驗，以便一勞永逸地判定她身上究竟是否存在那些可怕的特質；那些必然會與靈魂相呼應的龐然怪物。至於當時的那條蜥蜴、昆蟲、和花束的事，也許是因為他在遠處看不清楚，而有所誤會。然而，尚若能在幾步的距離之內親眼目睹一朵鮮花在她手中驟然枯萎，那就毫無疑問了。想到這兒，他匆匆趕去花店，買了一束鮮花，花瓣上還冒著晶瑩的露珠呢。

每天與碧亞翠絲幽會的時刻到了。下樓去花園之前，喬凡尼沒有忘記照照鏡子——英俊的年輕人往往都有這份虛榮心，但是在這種焦慮不安的時候依然如此，未免顯得感情膚淺、性情虛假。他注視著鏡中的身影，自言自語：我的相貌從未像現在這樣疏朗大方，目光也從未如此炯炯有神，兩頰也從未如此紅潤盎然。

「至少，」他想道，「她的毒素尚未滲透到我的身上，我不是那束在她手中凋謝的鮮花！」

這樣思索的同時，他的目光落到須臾不曾離手的花束，卻看到這些原來掛著晶瑩露珠的鮮花已經開始枯萎，新鮮與美麗已成昨日夢幻泡影；一股莫名的驚悚震撼他全身，喬凡尼頓時臉色蒼白如大理石般，僵立在鏡子前不能動彈。他凝神注視著鏡中的自己，彷彿看到什麼駭人的怪物。他回想起巴格里奧尼說過的話：「房間裡面似乎瀰漫著香氛」，那必然是他自己氣息中的毒素！他不由得毛骨悚然——替自己毛骨悚然！從一陣呆滯中清醒以後，他開始以好奇的目光注視一隻蜘蛛，牠正匆忙地在古老的檐板上結網，爬來爬去，編織出一幅經緯交錯的藝術品，與向來懸掛在天花板上的任何蜘蛛同樣勤奮、積極。喬凡尼向牠湊近，深深向牠吐出一口長氣。只見蜘蛛立刻停止工作，蛛網也隨小小藝術家的身體顫動起來。喬凡尼又向牠吐出了一口氣，一口更深更長、溢發自內心的惡意；他不知道自己是居心不良，還是絕望。蜘蛛全身痙攣地揪住蛛網，垂在窗前死了。

「你這個渾蛋！你這個渾蛋！」喬凡尼咒罵著自己，「你已經變得這麼毒了？呼出一口氣就能斷送這隻蜘蛛的性命？」

此時，一個甜美圓潤的聲音從花園裡飄上來。

「喬凡尼！喬凡尼！你怎麼還不下來？已經超過了我們約會的時間了，快下來吧！」

「沒錯，」喬凡尼又喃喃自語，「沒錯，她才是唯一不被我的呼吸殺死的生物！但願我能！」

他衝下樓，旋即就站在碧亞翠絲明亮深情的目光之前。一分鐘之前，絕望與憤怒還如此強烈，竟然希望能看她一眼就毀滅她。一旦真的見到她，許多真實的力量又影響了他，揮之不去。他想起她女性特質中的纖美、細膩與親切，這種力量時時席卷著他，使他身處在宗教的寧靜中；想起她一次又一次從內心湧出的聖潔激情，猶如清泉湧出封藏的深處，透明澄淨，讓他一覽無遺。如果喬凡尼知道如何衡量這些回憶，就會判定這一切醜惡的祕密不過是世俗的幻覺，無論邪惡的迷霧如何籠罩在她的頭頂，真正的碧亞翠絲依然是一個美妙的天使。儘管他缺乏如此堅定的信念，她的出現仍不能完全失去魔力，喬凡尼的憤怒漸漸平息下來，化作麻木的鬱悶。聰敏的碧亞翠絲立刻察覺兩人之間隔著一道彼此都無法跨越的鴻溝。他們並肩散步，無言又憂傷，他們一路走到大理石噴泉池畔，景色依舊，中間佇立著那顆垂掛寶石般花朵的灌木。喬凡尼深深吸入這些鮮花的芬芳氣息，簡直如饑似渴；發覺到這一點熱愛後，他感到恐懼。

「碧亞翠絲，」他唐突地問道，「這顆灌木是從那兒來的？」

「是我父親創造的。」她天真地回答。

「創造的！創造的！」喬凡尼重複說道，「妳說的這句話是什麼意思？」

「他深闇於自然界的祕密。」碧亞翠絲回答，「我剛出生時，這顆灌木就破土而出了。它是他的科學與智慧的孩子，而我只是他世俗的女兒。不要走近它！」發現喬凡尼朝它靠近，她大聲喊道，「它有你做夢也想不到的性情。可是我，親愛的喬凡尼——我和這顆樹一起長大，一起進入花香的氛圍中。它的芬芳滋養著我，它就是我的妹妹，我愛它，就像鍾愛一個親生姊妹，因為，唉！——難道你不曾懷疑過嗎？——命運真是可怕。」

看見喬凡尼雙眉陰沈沈地深鎖，碧亞翠絲不由得停住不說，一陣戰慄侵襲著她。但是溫柔信任的愛情力量，又使她平靜下來，還為自己片刻的懷疑感到羞愧。

「命運十分可怕，」她繼續說道，「命中注定，我父親對於科學的可怕摯愛，使我與世隔離，直到上天派遣你來。親愛的喬凡尼，哦，你可憐的碧亞翠絲曾經是多麼的寂寞！」

「這樣的命運很艱苦嗎？」喬凡尼緊緊盯住她看。

「直到最近，我才知道它有多麼的淒苦。」她柔聲回答，「哦，是的。但是我的心曾經麻木，所以也很平靜。」

喬凡尼由鬱鬱不樂轉變為勃然大怒，如同閃電衝出一團烏雲。

「妳這個該死的東西！」他滿腔輕蔑與憤恨，惡毒地大叫，「妳自己感覺到寂寞、不能忍受孤寂，就讓我也隔絕於人間的一切溫暖，引誘我進入妳那個無法形容的恐怖世界！」

「喬凡尼！」碧亞翠絲只是用明亮的大眼珠看著他，一時之間，她還沒有充分領悟他的話，只是感到震驚。

「沒錯，妳這個有毒的東西！」喬凡尼狂怒得發瘋，反覆說道，「妳已經成功了！妳經毀了我！妳在我的血管裡注滿毒汁！妳把我變成跟妳一樣可恨、醜陋、討厭又可怕的東西——令世間驚駭的恐怖怪物！現在，若是我們倆的氣息可以殺死彼此的生命，就像殺死世間所有人一樣，那麼，讓我們來個無以名狀的『恨之吻』，然後同歸於盡吧！」

「什麼樣的災難降臨在我身上啊？」碧亞翠絲喃喃自語，從內心發出低沈的呻吟，「聖母啊！垂憐我這個心碎的孩子吧！」

「妳——妳也祈禱？」喬凡尼仍然滿懷惡毒的輕蔑，他嚷嚷道，「甚至是妳嘴裡吐露出來的祈禱，也會以死亡玷污四周的空氣。好吧，好吧，我們祈禱吧！到教堂去，在拱門前，將手指浸入那池聖水！跟隨在我們後頭的人們，必然會像感染瘟疫一般地死去！讓我們在空中劃個十字架吧！它會散布災禍，把詛咒撒遍四面八方！」

「喬凡尼！」碧亞翠絲口吻平靜，因為心中的悲傷已壓制住憤怒。「你為什麼用這些可怕的話語拴著我們倆？我的確是你所說的那種可惡東西，可是你——除了對於我可恨的不幸遭遇，再次毛骨悚然，只需要跨出花園，再回頭去找你的同類，然後忘掉大地曾爬行過可憐的妖孽『碧亞翠絲』。」

「難道妳還想假裝無辜嗎？」喬凡尼大聲咆哮，「瞧！我從雷帕西尼純潔的女兒身上，獲得了什麼樣的法力！」

園中的致命花香引來一群夏日昆蟲，牠們在空中鼓翼飛翔、前來覓食。牠們先圍繞著灌木旁，飛繞著它轉圈子，顯然又被相同的力量所吸引，牠們也來到喬凡尼頭頂盤旋。他朝著牠們吐出一口氣，又對著碧亞翠絲苦笑，只看見至少十幾隻蟲子紛紛墜地而亡。」

「我明白了！我明白了！」碧亞翠絲發出尖叫，「是我父親要命的科學所造的孽！不，不，喬凡尼，那不是我做的！決不是，決不是！我只夢想著愛你，和你消磨一點點光陰，然後讓你離開，在我的心底刻下你美好的模樣。喬凡尼，請相信我，雖然我的身體受到毒藥的滋養，我的靈魂卻是上帝所創造，時時渴望著愛情的滋潤。但是我的父親——卻用這個可怕的共同點，將我們倆緊緊繫在一起！好吧，唾棄我，踐踏我，殺死我吧！哦，聽了你說的這番話後，死亡又算得了什麼？但我沒有做出那樣的事情，哪怕把全世界的幸福都給我，我也做不到！」

喬凡尼發洩完怒氣以後，憤怒也消了，心中閃過一縷憂傷；想到自己與碧亞翠絲親密而奇特的關係，不禁感覺到微微的柔情。他們倆遺世獨立，都覺得孤伶伶，即使在人群擁擠的地方，這種孤寂感也不會減少一分。那麼，被四周的人拋棄，不應該使這對與世隔絕的年輕愛侶彼此更加親近嗎？若是他們彼此還相互折磨，還會有誰待他們好呢？再說，或許他還有機會與獲得救贖的碧亞翠絲手牽著手。啊，你這個孱弱、自私、卑鄙的靈魂！喬凡尼在說出許多惡毒的話、狠狠辜負碧亞翠絲的一片深情以後，還能夠夢想與她結為塵世的夫妻、享受塵世的快樂嗎？不，不，沒有希望了。她必須帶著那顆破碎的心，沈重地跨越時空的界限——她必須在天堂的清泉旁洗濯自己的傷口，在永恆的光耀中忘卻自己的傷痛，在那兒安寧度日。

可惜，喬凡尼不明白這個道理。

「親愛的碧亞翠絲，」他向她走去。往常他一靠近，她就躲開；不過現在他發自不同的衝動。他說，「親愛的碧亞翠絲，我們的命運還不是那麼絕望。瞧！我手上拿的一瓶強效藥水，有一位學問高深的醫生保證，這種藥水出奇的靈驗，與你那個令人畏懼的父親用來加害我們的藥水，所含的成分恰恰相反，它是由神聖的藥草提煉出來的。我們是否可以一起喝下它，洗淨我們身上的邪惡？」

「給我吧！」碧亞翠絲伸手接過那瓶從喬凡尼胸口掏出來的藥水瓶，又語重心長的說道：「我願意喝下去，但是你一定要等著看看結果是什麼。」

於是，她把巴格里奧尼的解藥放在唇邊，喝了下去，就在這個時候，雷帕西尼的身影出現在雕花拱門下，緩緩地朝大理石噴泉走過來，越走越近。這位臉色蒼白的科學家注視著這一對戀人，似乎表現出勝利的神情，就好像一位藝術家窮盡畢生的精力完成一幅畫作或一組雕像，洋洋得意的模樣。他停下腳步，下意識地挺直佝僂的身軀，向他們伸出雙手，就像一個父親懇求他的子女為他祈福的姿勢；但是，正是這一雙手把毒藥注入他們生命的小河中！喬凡尼渾身顫抖，碧亞翠絲緊張地戰慄，一手按住胸口。

「我的女兒，」雷帕西尼說，「妳在世上已不再孤單。從妳妹妹灌木的枝頭上，摘一朵寶石般的鮮花，佩戴在新郎的胸前吧，現在這朵花無法傷害他啦！我的科學和你倆之間的愛情已在他的體內發生作用，他現在已經不同於普通的男人了，就好像妳本人，我最驕傲、出色的女兒，迥異於普通的女人。從今往後，你們要相親相愛共度一生，讓世人在一旁害怕吧！」

「父親，」碧亞翠絲氣息虛弱——仍然用手按住胸口——「為什麼用這種悲慘的命運傷害你的孩子？」

「悲慘！」雷帕西尼驚叫道，「傻孩子，妳這句話是什麼意思？妳具有神奇的天賦，沒有敵人能傷害妳，難道這個是悲慘嗎？妳吐出一口氣便能制服最強大的敵人，難道這樣叫悲慘嗎？難道妳寧可做一個軟弱的女人，面臨所有罪惡的勢力，卻無法保護自己？」

「我情願受人愛慕，而不願令人懼怕，」碧亞翠絲口中喃喃的說道，慢慢癱倒在地上，「但是現在無所謂了，我快要死了，父親。你千方百計混入我生命的邪惡，就要像夢一般地飄走了——像這些毒花的香氛一樣，它們休想在伊甸園的花叢中污染我的呼吸。再見了，喬凡尼！你那仇恨的話語像鉛塊一般，沈甸甸地壓在我的心坎裡。但是當我升天的時候，它們也將會墜落。啊！是否從一開始，你的天性就比我更加地狠毒？」

對碧亞翠絲而言——雷帕西尼用超凡的科學技術，徹底改變她的軀殼——毒藥就是生命，所以，強效的解毒藥就是死亡。於是，這個從人類扭曲大自然法則、別出心裁所創造出來的可憐犧牲品，這個注定被邪惡智慧實驗而遭受厄運的少女，倒在她父親和喬凡尼的腳下死去。就在這個時候，巴格里奧尼教授從樓上的窗戶俯視，大聲呼喚著那位驚愕不已的科學家，勝利的聲調中夾雜著恐怖——「雷帕西尼！雷帕西尼！這就是你實驗的結局！」

註：

1. 雷帕西尼的女兒——*Rappaccini's Daughter (From the Writings of Aubépine)*，霍桑於一八四四年、一八四六年納入短篇小說集《古宅青苔》（*Mosses from an Old Manse*, 1846, 1854）。屬於「心之寓言」的短篇小說。
2. 尤金・蘇——Eugène Sue（1804—1857），生於巴黎的醫生世家。一八四二至一八四三年在《辯論報》連載長篇小說《巴黎的祕密》，引起轟動。
3. 帕度瓦——Padua，義大利北方的一座城市。
4. 達克特金幣——英文原名是ducat，是一種曾在歐洲許多國家通用的金幣。
5. 那不勒斯——Naples，義大利西南部港市。
6. 維特諾斯——Vertumnus，羅馬神話中，掌管四季變化、庭園和果樹之神。
7. 指《舊約・創世紀》中的亞當（Adam）與夏娃（Eva）。
8. 托斯卡尼——位於義大利中西部。
9. 班維尼托・塞利尼——BenvenutoCellini（1500—1571）。義大利著名金匠、雕刻家、自傳體作家。
10. 波吉亞——瑠克利霞・波吉亞（1480—1519），義大利歷史上著名之樞機主教，軍人兼政治家凱薩・波吉亞的妹妹。

4

羽毛頭——寓言傳說 1

「迪肯，」瑞格比老嬤嬤一聲吆喝，「弄塊煤來，給我點個煙斗！」

老婆子一大早就坐在尚未點燃的火爐旁，煙斗就叼在她的嘴巴裡。填滿煙絲，她就把煙斗往嘴裡一塞，卻不曾彎腰到火爐上點燃它，而且，這天早晨，爐火似乎也沒有升火。然而，她一聲令下，煙斗頓時紅光一閃，瑞格比老嬤嬤的唇邊立刻升起一縷輕煙。然而，我實在弄不清楚煤火從哪裡來、又是哪隻隱形的手為她點火。

「好極了！」瑞格比老嬤嬤點點頭，說道，「謝謝你，迪肯！現在我得動手做個稻草人啦，別跑遠，迪肯，也許還需要你幫忙咧。」

老婆子今天起得這麼早（黎明才剛剛升起呢），為了紮個稻草人，放在她那塊種玉蜀黍的田地上。時日正值五月下旬，烏鴉和黑鸝已經發現新長出來、又小又綠的玉蜀黍卷曲的葉子，所以她打定主意要紮一個有史以來最栩栩如生的稻草人，而且要從頭到腳立刻完工，讓它當天早上便開始盡到站哨兵的責任。說起瑞格比老嬤嬤（大伙兒一定聽說過她），是新英格蘭最詭詐、法力最強大的女巫，不費吹灰之力就可以做出一個醜惡無比的稻草人，連牧師看了也會被嚇跑。但是這一次，早上一覺醒來，心情特別好，再加上剛才那袋煙草，吸得十分愜意，她便決定做個光鮮亮麗的稻草人，而不是那種面目猙獰的醜八怪。

「我自家的玉蜀黍田地幾乎就在大門口，可不能放個醜妖怪。」瑞格比老嬤嬤自言自語，又噴出一縷煙。「要是我高興，當然能隨意做一個，可是那些叫人大驚小怪的事兒，真是膩煩得要命，還是依照常理辦事，也變個花樣。再說啦，雖然說我的確是個巫婆，也用不著去嚇唬方圓一哩內的小孩子呵。」

於是，她主意已定，只要手頭材料足夠使喚的話，便要做一個極像當代高雅紳士的稻草人。下面不妨且清點一番她所使用的主要材料。

最重要的一件當數那柄掃帚兒了。別瞧它不起眼，瑞格比老嬤嬤曾多次三更半夜時，乘著它在空中飛馳呐；現在，就用它來做稻草人的脊椎骨；或按照業餘的說法，背脊骨。稻草人的一隻胳臂是個壞掉的鏈枷——從前，古德曼・瑞格比老爹常常揮舞的那把；老爹因為受不了老伴的嘮叨，已經離開煩惱的塵世。另外一條胳膊，如果我的記憶沒弄錯的話，是一根蒸布丁用的棍子和一根折斷的椅子腳蹬橫木，鬆垮垮地在臂肘處綁結在一起。至於雙腿嘛，右腿是根鋤頭柄，左腿是柴堆裡面翻出來的一條叫不出名字的柴枝兒。稻草人的肺啊、胃啊，諸如此類的內臟統統都只是塞滿稻草的粗麵粉袋。這下子，它的全副骨架和內臟就全部湊齊了，只剩下腦袋，而一個有點兒乾癟、縐縮吧嘰的南瓜恰巧派上用場。瑞格比老嬤嬤在上面挖出兩個洞當作眼睛，開一條裂縫當作嘴巴，正中間留下一塊淺藍色的疙瘩鼻子。這張臉也算是夠體面了。

「反正長在肩膀上的玩意兒，還不如這一個，我見得多啦，」瑞格比老嬤嬤說道，「許多模樣兒方正的高雅紳士也只長了個笨南瓜腦袋，和我的稻草人一個模樣。」

但是在促成這件事情上，衣裳才是造人成功的關鍵。於是老婆子從衣架掛鈎上取下一件破舊的紫紅色大衣，還是倫敦製的吶。衣縫、袖口、口袋、扣眼上還殘留著繡花痕跡，不過已經破舊不堪、褪盡顏色。肘部打了補釘，下襬邊緣也已經千絲萬縷，各處露出織紋，毛絨都已經磨光了。左側胸上還有個圓洞，若不是被人撕去一個貴族的星形徽章，就是從前的主人擁有顆熾熱的心，把衣服燒灼出一個焦洞來。鄰居說，這件精緻的衣裳原是惡魔的行頭，他把它存放在瑞格比老嬤嬤的小屋中，是為了方便的緣故，不論何時想去總督大人家的飯桌旁亮亮相，只要在赴宴前往身上一披，就大功告成了。跟上衣搭配的還有件天鵝絨背心，腰身十分寬敞，上面原來繡著樹葉形狀的花紋，金光燦爛，恰似十月裡的楓葉，但如今已從天鵝絨上消失無蹤。接下來是一條猩紅色長褲，從前，它一度套在路易斯堡的法國總督身上，兩隻膝蓋還曾經跪在路易十四陛下寶座前最低一層的台階。法國人把這些零碎衣裳送給了一位印第安巫醫，而巫醫則在一次森林中的舞會上，以四分之一品脫烈酒的代價，賣給了老巫婆瑞格比。此外，瑞格比老嬤嬤還拿出一雙長絲襪，套到稻草人的木腿上，襪子顯得像夢一般虛無縹緲，可是，兩條木棍子製成的木頭腿，倒透過絲襪上的破洞一覽無遺。最後，她把已故丈夫用過的假髮罩在光禿禿的南瓜腦袋上，再戴上一頂布滿塵埃的三角尖帽，帽上上還插了雄雞尾巴最長的一根毛。

萬事俱備，老婆子把稻草人立在小屋裡的一角。瞧瞧它那張黃色的假臉和神氣的小鼻翹上了天，她不禁咯咯而笑。這傢伙一副自鳴得意的樣子嘛，好像正在說：「來，快來瞧瞧我！」

「一點也不錯，你很值得人瞧瞧啦。」老嬤嬤瑞格比一面欣賞著自己的傑作，一面說道，「自從我成為巫婆以後，做過的木偶可多啦，但是就屬眼前這一個最好看。太漂亮啦，讓它當個稻草人簡直是糟蹋了，大材小用。好啦，再抽上一袋煙，就把這個稻草人放到玉蜀黍田裡去。」

老婆子一面裝煙，一面瞅著屋角邊的木偶，滿懷母親般的慈愛。說老實話，不知是湊巧或是手藝，還是道道地地的巫術使然，這個滑稽可笑的稻草人，全身披掛著破破爛爛的衣裳，骨子裡浸透著奇妙的靈氣。至於那皺巴巴的黃色臉孔，似乎在咧嘴笑呢——既是嘲弄又是高興，滑稽透頂，彷彿明白自己在對人類開玩笑。

瑞格比老嬤嬤越看越歡喜。

「迪肯，」她厲聲喝道，「再來塊煤炭，點燃我的煙斗！」

話才剛剛說完，像先前一樣，煙斗裡立刻點燃一塊紅色的火光。她深深的抽了一口，再把煙噴出來，煙霧一直穿透照進屋內的一道晨光，而那道晨光掙扎地穿越小屋裡滿布灰塵的窗格子上。瑞格比老嬤嬤向來最喜歡用爐子裡某個特殊角落的煤塊，來點燃自己的煙斗，添添滋味；不過，這個角落在什麼地方，又是誰把煤塊從那裡取了來，我卻不知道，只知道那個神出鬼沒的跟班名叫「迪肯」。

「那邊的那個木偶，」瑞格比老媽一面盯著稻草人看，一面尋思道，「做得太好了，讓它一整個夏天都站在玉蜀黍田裡，去嚇唬烏鴉和黑鸝，真的是太可惜了。它可以派上更大的用場。在森林中的巫師宴會中，舞伴不夠時，我還曾經跟模樣遠遠不如它的木偶跳舞呢。讓它和那些來來去去的傀儡和草包傻子一樣，去世界上碰碰運氣，不知道會如何呢？」

老巫婆又再吸了三四口煙，莞爾一笑。

「他在各處街角都可以碰到自己的兄弟！」她接著想，「嗯，我今天除了點點煙斗之外，本來並不想展現我的巫術，可是，我是個巫婆，將來大概也還是個巫婆，想不承認也難。就算是開個玩笑罷了，我也要把這個稻草人變成真人！」

她一面喃喃自語，嘟嘟囔囔的，一面從自己嘴裡掏出煙斗來，塞到稻草人臉上的那道裂縫裡去，那條裂縫象徵著人類相同的器官。

「抽吧，寶貝，抽吧！」她喃喃唸道，「再使勁兒抽，好傢伙，你的性命全繫在這上頭啦。」

對著這麼一個由木棍、稻草、舊衣裳和皺皮南瓜製成的破爛玩意兒說話——我們知道的稻草人就是這副模樣——毫無疑問，可真謂奇事。不過，你我必須記住：瑞格比老嬤嬤是個有高超法力和巫術手段的巫婆，記住這一點，咱們這個故事裡的種種怪事，也就不足為奇了。說實話，只要我們能脫服自己相信故事中的景象：老婆子剛剛命令稻草人嘴裡噴出煙來，這故事裡的最大疑點，也就迎刃而解了。當然，這只是一縷輕煙，但是一口接著一口，一口比一口更扎實有力。

「抽吧，寶貝，使勁兒抽，漂亮的傢伙！」老媽開懷的笑了，一面不斷吩咐它吞雲吐霧：「這一口口的煙可是你的命根子，我不騙你。」

很明顯，瑞格比老媽曾經在煙斗上施了法術。不是在煙絲裡，就是在煙斗上神祕燃燒的通紅煤塊；再不然，就是在煙絲上飄渺出濃郁香味的煙霧，具有魔法。稻草人遲疑地試了幾口，噴了幾口煙以後，終於噴出一大串的濃煙，從灰暗的屋角一直向前衝去，進入前方的一道陽光裡，在塵埃的微粒中漸漸變淡，消失無蹤。噴出這一長串煙霧，對它而言決非易事，因為雖然煤塊的火光依然通紅，照耀著稻草人的面孔，可是接下來，他拚命抽的幾口煙霧不太濃重。老巫婆微笑地拍打自己骨瘦如柴的雙手，鼓勵自己的傑作，她明白自己的法術正在大顯神通，剛才那張皺巴巴的黃臉還不成人樣，此刻卻罩上了一層奇異的薄霧，宛若人的靈氣，來回閃動；時而完全消失，時而伴隨著下一口煙而清晰可辨。它的全身上下也好像有了生氣，開始活動起來，就像我們閒來無事時仰望天空，幻想那些輪廓模糊的朵朵雲彩也賦有生命一樣。

如果我們想要仔細研究這件怪事，也許會懷疑這個邋里邋遢、破破爛爛、一文不值、胡亂拼湊的稻草人，它的本質上究竟是否真正起了變化，恐怕十分可疑。也許，這只不過是個幻覺，一個光與影的奇妙效果、色彩與布局所精心構築的幻覺，哄騙多數人的眼睛罷了。巫術產生的種種奇跡，似乎往往具有一種極為膚淺的微妙之處。假如上述解釋未能觸及這個變化的本質，我也說不出更高明的話了。

「嘖得好，小伙子！」瑞格比老嬤嬤還在嚷嚷，「來吧，再拚命地好好吸一大口，使出渾身的力氣啊。拚命吸，從心底使勁吸一大口吧，如果你還有心，或是心窩的話。吸得好，再來！你扎扎實實吸的這一口煙，真像是個道地的煙鬼。」

隨後，巫婆招手呼喚稻草人過來，動作中含有極大的魔力，像天然磁石般神祕而不可抗拒，令人非得去她的身旁不可。

「懶骨頭，躲在牆壁的角落裡幹啥？」她喝聲道，「出來出來，往前走，世界就在你的面前！」

說實話，如果這個故事不是我坐在祖母膝上親耳聽來的、如果不是在我幼小的判斷力未能加以分析它的可信度之前，這個故事就已經在我的腦袋裡扎下了根，真不知道如今我是否能厚著臉皮說它。

聽見瑞格比老嬤嬤的吩咐，稻草人伸出一條胳臂，似乎要去握她伸出來的那隻手。它向前邁了一步——不，還算不上是一步，只是搖搖晃晃罷了。話說回來，巫婆還能期望什麼呢？畢竟，它只是個稻草人，兩根木棍支撐著它的稻草身軀。但是，鐵石心腸的老太婆卻皺起眉頭，繼續招手，強迫這個爛木頭、發霉稻草、破爛衣服組成的可憐東西達成她的願望，它被硬逼得強打起精神，做個男子漢大丈夫。於是它跨入那道陽光之中，站在那兒啦——可憐蟲！——渾身上下包裹著一層薄薄的人皮，肚皮內是一無用處的僵硬、褪色、搖搖欲墜、胡亂拼湊、破破爛爛而毫無用處的零碎東西。它很明白自己沒有本事可以站得直挺挺，而且隨時可能癱倒在地板上。我可以在此刻說句老實話嗎？瞧瞧稻草人那副煞有生命的模樣，令人聯想起那些陰陽怪氣、發育不良的人物，全部都用零碎、不值一文、老掉牙的材料所拼湊而成，而傳奇故事的作家（包括本人在內）卻不止千遍的讓小說裡塞滿這些破爛東西。

然而那個殘忍的老巫婆發脾氣了，露出窮凶惡極的本來面目（恰似有條毒蛇發出嘶嘶聲，從她胸口探出腦袋），盯著她苦心拼湊而成的這個破東西，對於它那副膽小怯懦的模樣，極為憤怒。

「快噴煙啊，你這個可憐蟲，」她氣沖沖地開口大叫，「混蛋！快吸，快吸，快吸，你這個空洞的稻草包！臭破爛！麵粉袋！大傻瓜！窩囊廢！我還能用什麼夠勁的惡名叫你才對！快抽煙，把你怪誕的生命跟煙一塊兒吸進去！不然，我就搶走你臭嘴裡的煙斗，把你扔進火爐裡臭煤炭的家鄉去！」

快快不快的稻草人別無他法，他嚇慌了，只好拚命地抽煙。它打起精神大口大口用力地吸著煙斗，噴出大量的煙霧，瀰漫小屋裡的廚房。那一縷陽光在迷霧中努力掙扎，卻只能模模糊糊地在對面牆上映照出一塊布滿裂痕和灰色塵埃的玻璃窗格。此時，瑞格比老嬤嬤一隻手叉腰，另一隻手指著稻草人，陰森森地屹立在裊裊煙霧中，令人感覺到毛骨悚然。她的那副姿態和神情，極像她平日裡施展法術、令受害者遭受一場長長的夢魘，而她自己卻站在床邊幸災樂禍。可憐稻草人既害怕又顫抖地拚命吸著煙，不得不承認，它花費的氣力有良好的收穫。因為隨著它每吸吐一口煙，它自身的單薄和朦朧就減少了一分，身體也就變得更加結實。而且，它身上的衣著也發生了魔術般的變化，似乎煥然一新，布面上剔透出金絲銀線精緻的繡花星飾，而這刺繡曾經在歲月中腐蝕它們的身影。氤氳的煙霧之中，一張蠟黃的臉孔隱約出現，一對黯淡無神的眼睛注視著瑞格比老嬤嬤。

終於，老巫婆握緊拳頭，朝向稻草人的面前揮舞拳頭；她並不是真的生氣了，只是按照原則辦事——也許這個原則不正確，也許它不是唯一的真理，可是，瑞格比老嬤嬤只能按照這條至高的原則行事——對於懦弱成性、遲鈍麻木的傢伙，除了威脅和恐嚇的手段之外，沒有其他的良策可以使他們強打起精神。現在正值關鍵的時刻，倘若未達到目的，她的辦法不管用，只好狠心無情地把這個可憐木偶大卸八塊，還它本來的面目。

「你有人的模樣，」她厲聲說道，神情尖銳，「但是，也得摹倣人的聲音。我命令你開口說話！」

稻草人嚇得喘氣，只好努力掙扎一番，終於迸出個嗡嗡聲，嗡嗡的聲音與它吐露出來的煙霧交織在一起，令人很難辨認究竟是說話聲還是一陣噴煙的聲響。某些散播這個故事的人們認為：瑞格比老嬤嬤的噥噥咒語和她的凶惡意志力，已經迫使一個常見的鬼魂進入這個稻草人的身軀，而那個嗡嗡聲便是這名鬼魂所發出的聲音。

「老媽，」這可憐的東西呀巴呀巴地發出一股悶悶的嗓音，喃喃說道，「請不要對我這麼凶！我很樂意說話，但是我毫無腦筋，又能說些什麼呢？」

「你能說話啦，寶貝，是不是呢？」瑞格比老嬤嬤收起猙獰的面容，她含笑道，「竟然還問我該說些什麼！實在是呵！說吧，你是個沒有頭腦的笨蛋，竟問我該說些什麼？你說上一千樁事情，再把它們說上一千遍，仍舊等於什麼都沒說！我告訴你，你別害怕！等到你出門去闖盪這個世界（我決定立刻送你出們），就無須煩惱沒話說的事啦。說吧，嘿！只要你樂意，就能夠像運轉水車的流水一樣，發出潺潺聲般地滔滔不絕。在這方面，我認為你的腦筋夠用了！」

「老媽，悉聽您的吩咐！」稻草人應聲道。

「這句話說得很好，我很愛聽，寶貝！」瑞格比老嬤嬤說道，「你就隨意說話吧，別管它們是什麼意思，你必須有一千句這樣的現成話，再加上另外五百句。好了，寶貝，我在你身上勞費了許多心血，而你又生得這麼漂亮，說實話，我喜歡你勝過世上任何法術製成的巫婆木偶。我曾經用各式各樣的材料做過木偶人——黏土、白蠟、稻草、柴枝、夜霧、晨靄、海水的泡沫、煙囪的煙——但是他們之中，就數你最漂亮。所以你必須聽從我的話！」

「遵命，我的老媽，」稻草人道，「全心全意地聽從！」

「全心全意！」老巫婆高聲大笑，兩手叉腰，說道：「你倒是會說些入耳的話，全心全意！你還把手放在左邊的胸口上，好像你的確有一顆真正的心一樣！」

於是，瑞格比老嬤嬤對自己一手創造的這個怪物洋洋得意，她對稻草人說，它必須啟程去看看這個世界，試試身手。她還斷言：在這個世間上，一百個人裡面，還挑選不出一個像它這般貨真價實的角色。為了讓它可以在別人面前趾高氣昂、置身於上流社會，她還給它一筆數不清的財富，包括傳說中黃金國[2]的一座金礦、一萬份破水泡裡的股票、北極圈內一座占地五十萬英畝的葡萄園，以及一座空中樓閣，它位在西班牙的一座古堡裡，還附上這些產業所滋生的全部租金和收入。接著，她還把一艘滿載卡迪斯[3]鹽的貨船正式轉讓給它；十年前她曾施行巫術，把這艘沈入深海，若是鹽還沒有溶化，就能銷往市場，從漁夫那兒再賺上一大筆錢。為了讓稻草手裡有點現錢，她遞給它一枚伯明罕製的錢幣，這是她身上僅有的一枚硬幣。又在它的額頭上貼了大量的黃銅，使它的臉色比以前更加地黃澄澄。

「單單憑這些黃銅，你便有路費周遊天下了。親親我吧，寶貝，為了你，我已費盡了心力。」

另外，為使稻草人的冒險生涯能有個好的開始，法術高強的老太婆又交給它一個信物，它可隨身攜帶這件東西，去見某位身兼法官、議員、商人和教會長老的執法官員（這四個職位由同一個人包攬）；因為此人在鄰近城內的地位首屈一指。這個信物不多也不少，只是一句話，瑞格比老嬤嬤悄聲地在稻草人耳邊說出這句話，而稻草人也只須在那位商人面前輕聲說出這句話。

「這個老傢伙身患痛風症，一旦你在他的耳邊低聲說出這句話，他便會聽從你的使喚。」老巫婆說道，「瑞格比老嬤嬤認識這個古金法官，可敬的法官大人也認識瑞格比老嬤嬤！」

說到這兒，老太婆把她的皺臉皮湊到稻草人面前，咯咯地笑，一想到她馬上要對稻草人說的話，她樂不可支地笑著，全身上下都在震動。

「可敬的古金大人，」她低聲說道，「他的女兒是個標緻的少女，而你，寶貝，聽著，你的外表英俊，腦袋也很靈光。沒錯，頗有才智呢！等你親眼看見別人的腦筋，就會覺得自己有多麼聰明啦。啊，憑你這副才貌雙全的模樣，最能贏得少女的芳心。肯定沒錯！就像我說的，一定不會錯！只要你厚著臉皮，歎息著幾口氣，裝作微笑的樣子，揮舞你的帽子，像舞蹈家一樣手舞足蹈，把右手朝向左邊背心這麼一揮，彎腰行禮——漂亮的小姐波麗．古金就屬於你的啦！」

這個「脫胎換骨」的新傢伙一面聽，一面猛抽煙斗，似乎正忙著吸煙，不僅為了保全自己的性命，也是為了享受抽煙的樂趣。瞧瞧它現在的模樣，舉手投足間酷似個活生生的人，十分了不起。它的眼睛（它的確擁有一雙眼睛）盯著瑞格比老嬤嬤看，恰到好處地點頭、搖頭，該點頭的時候便點點頭、該搖頭的時候便搖搖頭；言談間也很得體，它會說上幾句應酬話：「確實是！沒錯！請告訴我！真有這樣的事嗎？肯定是！決不可能！哦！啊！嗯！」諸如此類頗有份量的字詞，表示他這個聽眾的注意、詢問、默許或反對的竟見。即使你當初曾站在一旁，親眼目睹老巫婆如何製作這個稻草人，現在也不得不相信，這個東西完全明白老太婆在它假耳朵裡灌輸的狡猾計謀。它越是使勁抽煙斗，就越像是個真正的人；它的表情越加聰明伶俐，動作越加靈活自如，聲音越加清晰易辨。它的衣著也更加地光鮮亮麗。甚至是那個燃燒著魔法、創造出奇跡的煙斗，也不再像是個煙草燻黑的陶質梗兒，而變成一隻鑲著彩色煙鍋和琥珀煙嘴的海泡石煙斗。

然而，也許還有一個懸念要去理解，虛幻的生命既然和煙斗噴出的煙霧息息相關，那麼一旦煙絲都化成了煙灰，這個空虛的生命同時也會隨之消逝了。但是幸虧凶惡的老巫婆早已預料到這個難題。

「好好叼住煙斗，別放手，寶貝，」她說，「我再為你裝滿煙斗。」

瑞格比老嬤嬤把煙灰從煙斗裡抖落出來，再從她的煙盒裡掏出煙絲時，只見那個體面的紳士又化身為一個稻草人，這副情景著實令人慘不忍睹。

「迪肯，」她高聲尖叫，嗓音又尖又亮，「再拿塊煤火來，把煙點燃！」

這句話才剛剛說完，一塊煤炭就在煙斗的煙鍋裡發出強烈的紅光。稻草人等不及巫婆下令，便叼上煙嘴，拚命地猛抽幾口煙，很快，煙霧就變得平穩均勻。

「好吧，我的心肝寶貝，」瑞格比老嬤嬤說，「無論如何，千萬要緊緊的抓住這支煙斗，你的小命全繫在它裡面。就算你別的都不懂，至少也要清楚知道這一點。千萬要牢牢抓住，別鬆開手，照我說的去做！只管抽煙、吞雲吐霧。如果有人問你，便說這是為了健康的緣故，是醫生的吩咐。還有，寶貝兒，以後每當煙絲快燒盡的時候，趕緊找個背對人群的角落（別忘了先吸足一口煙），再大聲吆喝一句：『迪肯，換個煙斗！添上煙絲來！』再叫一聲：『迪肯，弄塊煤炭來，點燃煙絲！』然後，趕快把煙斗叼在你那漂亮的嘴巴裡。如果不這樣做，你就不再是穿著金邊大衣的翩翩紳士，而只是一堆柴枝、破衣裳、一袋稻草和皺皮南瓜囉！現在，趕緊上路吧，寶貝，祝你一帆風順！」

「老媽，您放心吧！」假人偶一面大口噴出雄心勃勃的煙霧，一面勇敢堅定的說：「如果一個正人君子可以成功，我就能！」

「哦，你真的是讓我這條老命笑死了。」老巫婆笑得前仰後合，說道，「說得好！說得好！只要正人君子能成功！你表演得太好了！盡你的本分做個漂亮紳士，我膽敢拿你的腦袋來打賭，憑你這副精力充沛、錢囊充實的模樣，又有頭腦和別人嘴裡說的『心眼兒』，更加擁有一個人應該擁有的一切，一定能打敗世上任何兩條腿的東西。由於你，我這個巫婆覺得自己的本事比昨天更加強大啦，難道你不是我一手做出來的嗎？我倒想瞧瞧，新英格蘭哪個巫婆能照這個樣子再做一個！帶上我的這根枴杖去吧！」

話剛說完，這根極普通的橡木棍子，眨眼間就變成一根金頭手杖。

「這顆金頭和你的腦袋一樣聰明靈光，」瑞格比老嬤嬤說，「它能帶領你前往古金大人的家門口。去吧，啟程吧，我的心肝寶貝，如果有人問你的姓名，就回答說『羽毛頭』，因為你的帽子上插著一根羽毛吶；你的空心腦袋瓜裡也塞進了一把羽毛，再說，你頭頂上的假髮也是所謂的『羽毛頭』——所以，『羽毛頭』便是你的大名啦！」

跨出小屋，羽毛頭昂首闊步地向鎮上走去。瑞格比老嬤嬤站在門口，心滿意足地瞧著陽光在他身上閃爍，他彷彿是貨真價實的紳士，只見他一身華麗，不斷津津有味地抽煙斗，雖然兩腿有點僵硬呆板，但是步伐優美瀟灑。她目送他遠去，朝向她的寶貝拋去一個巫婆式的祝福，直到他彎過道路的轉角，視線裡看不見稻草人的身影為止。

到了上午，在鄰近城裡的大街上，最熙來攘往的時分，人行道上突然出現了一位氣度不凡的陌生人，穿著打扮、行為舉止間都流露出貴族風範。他身穿華麗的紫色繡花上衣、昂貴的天鵝絨背心，背心上點綴著金色的花葉，還穿著一條閃亮亮的猩紅色馬褲、質地光滑的雪白絲襪。頭上戴著一頂長假髮，十分考究地撒上髮粉，裝飾得恰到好處，使人覺得再戴一頂帽子就會糟蹋了整體的裝扮。所以，為了怕弄亂假髮，他才把帽子挾在腋下。這是一頂鑲金邊的帽子，飾有一根雪白的羽毛。這個人的胸前閃耀著一個星形徽章。他走路的時候，揮舞金頭手杖的姿勢也很時髦氣派，就像當時高雅紳士所特有的派頭。此外，為了使他的裝扮盡善盡美，他的袖口縫有花邊縐褶，非常的纖美精緻，足以說明，半藏在下面的那一雙手如何的悠閒高貴。

這位漂亮紳士全身的裝扮中，有一件東西最引人注目，就是他左手握著的一支別緻煙斗。煙斗上有彩繪煙鍋和琥珀煙嘴。他每走五、六步，就要把煙斗放在唇邊深深的抽上一口，煙在他肺裡逗留片刻，再從他嘴裡和鼻孔緩緩飄出。

可想而知，一整條街一陣騷動，人人都想知道這位陌生人是誰。

「毫無疑問，一定是個貴族，」一個鎮民說道，「你沒有看見他胸前的那顆星星嗎？」

「沒有，那件東西太亮了，看不清楚。」另一位說。「沒錯，像你所說的，他一定是位貴族。但是想想，他是乘坐什麼船隻來的？過去一個月以來，根本沒有船隻從老家駛來；如果他從南方陸路來的，那麼，他的侍從和車馬又在哪裡呢？」

「他不需要車馬襯托，也夠氣派了，」第三個人說，「就算他穿著破破爛爛的衣裳來，那肘上的破洞也會冒出氣派來。我從未見過神態這麼得體的人。我敢保證，他肯定有古老諾曼第人的血統。」

「我倒覺得他像個荷蘭人，或是日耳曼人。」另一位鎮民說，「那些國家的人都愛往嘴裡叼根煙斗。」

「土耳其人的嘴裡也是叼根煙斗。」他的同伴接著說，「但是，我認為這個陌生人在法國宮廷接受教育，所以習得一副優雅有禮貌的派頭。只有法國貴族才通曉這種禮貌和儀態。瞧瞧他的步伐！粗俗的人也許會認為他的步伐太過僵硬呆板——會說他一顛一顛的走路——但是我覺得很有威嚴。他一定經常觀摩路易十四陛下的行為舉止。我一眼就能看穿這個陌生人的地位和身分，他是一位法國大使，來和我們的領袖討論割讓加拿大的事情。」

「或許說，他更像個西班牙人，」另外一個人說，「因而臉色黃黃的。再不然就是從哈瓦那來的，或是從西班牙本土沿岸的一個港口來的，調查海盜的事情，大家都說我們總督太縱容這些海上的壞蛋。那些祕魯和墨西哥的移民，皮膚黃澄澄，像極了他們從礦坑裡挖出的金子。」

「不論黃不黃，」一位女士嚷嚷道，「他都是個美男子！身材又高又細長，臉蛋俊俏又高雅——鼻子那麼挺拔，嘴上的表情又那麼細緻。哎呀，那顆星星多亮眼呵！簡直就是在投射火焰！」

「美麗的小姐，妳的眼睛也一樣亮麗，」陌生人正巧從旁邊走過，他一面揮舞手上的煙斗一面鞠躬說道，「我以名譽擔保，妳的眼睛燦爛得令人傾倒！」

「聽過這麼有創意、這麼優美的恭維嗎？」那位女士心花怒放、喃喃自語。

在一片對陌生人儀表的讚美聲中，唯有兩個聲音表示不同的意見。其中一個來自一隻鹵莽的雜種狗；小畜牲跟在這位光采人物的腳跟後面，嗅聞了一陣子，就夾著尾巴一溜煙竄回了主人的後院，呼喊出一陣可怖的狂吠。另一個持反對意見者是個小孩子，他用盡吃奶的氣力嚎啕大哭，模糊不清的胡亂說些關於南瓜的字眼。

羽毛頭只管自顧自地沿著大街走去，除了向那位女士獻殷勤，偶爾還對著向他鞠躬致敬的路人，微微點頭回禮之外，只是不停地抽煙斗；這份泰然自若的舉動足以證明他的身分和地位。而周圍城裡人對他的好奇和讚美已趨近於喧嘩，在一群人的尾隨之下，他終於抵達古金法官的宅邸。羽毛頭跨入大門，踏上前門台階，敲敲門。無人應門之前，他抖了抖煙灰。

「他剛才大聲吆喝些什麼？」一位旁觀的人問道。

「我不知道，」他的同伴回答，「陽光出奇得強烈，我看不清楚！這位紳士突然間變得模模糊糊，褪色了喲！老天爺，我是怎麼了呀？」

「奇怪的是，」另外一個人說，「這位先生的煙斗剛滅，立即又點燃了，而且我從未見過這麼紅亮的煤火。這個陌生人有點神祕兮兮。瞧那一口煙噴得多麼神氣！你還說他暗淡失色？算了吧，他一轉過身來，胸口上的那顆星星就火焰似的閃閃發光。」

「沒錯，」同伴說道，「那顆星星一定會迷惑住漂亮的波麗・古金。我看見她正從臥室的窗口觀望。」

門開了。羽毛頭轉身面對人群，堂皇的微微一鞠躬，像大人物般地答謝小人物的敬意，然後消失在門內。他臉上露出神祕莫測的微笑，更像是在表示輕蔑，是一種獰笑。可惜，一大群圍觀者中，除了那個啼哭的小孩和那隻吠叫的雜種狗以外，竟然沒有一個人發現這個陌生人的虛幻。

故事說到這裡似乎無法銜接下去。跳過羽毛頭和法官商人見面的開場白，先來跟踪漂亮的波麗・古金。她是個線條柔美、體態豐美的姑娘，金髮碧眼、皮膚白裡透紅，看來既不太精明也不太單純。這位年輕小姐瞥見站在門口的陌生人渾身光鮮亮麗，立刻戴上一頂花邊小帽、一串珠鍊，再挑選一條最精緻的圍巾，穿上一身最緊身的錦緞襯裙，準備會見客人。她匆匆從臥房走到客廳，站在穿衣鏡前照來照去，練習各式優美的姿態——時而微笑，時而神態端莊，時而又笑得比剛才更溫柔可人，時而同樣地溫柔親吻自己的手。驀然間揚起頭，再頷首擺弄扇子。在鏡子裡，那個幻影似的少女也重複著波麗的每一個姿態和傻里傻氣的動作，波麗絲毫沒有害羞的樣子。總而言之，如果波麗不能像那個傑出的羽毛頭一樣矯揉造作，那麼，不是她不樂意這麼做，只是沒能力罷了。既然她如此擺弄自己的天真以後，老巫婆的幽靈就很有希望贏得她的芳心。

波麗一聽見父親患痛風的腳步聲走近客廳，伴隨著羽毛頭高跟鞋的啪嗒聲，便趕緊筆直地坐好，天真無邪地唱起歌，嗓音顫抖。

「波麗，寶貝兒波麗！」老商人喊道，「到這兒來，孩子！」古金大人開門時，滿臉疑慮和焦躁。

「這位是紳士，」他向女兒介紹陌生人，「是羽毛頭騎士——對不起，請原諒，應該說是羽毛頭勛爵！——他從我一位老朋友那兒，捎來一個紀念品。孩子，請盡妳的本分，對這位勛爵以禮相待。」

說完這幾句話寒暄的話，法官大人立刻走出房門。倘若倏忽之間，只要漂亮的波麗瞥向父親一眼，而非盯著這位風度翩翩的客人，就會有所警覺，明白大禍要臨頭了。老頭子神情緊張、局促不安、臉色蒼白，他想彬彬有禮地微微一笑，卻極不自然地露齒而笑，面孔扭曲。羽毛頭一轉過身去，老頭子便皺起眉頭，同時搖動拳頭而又跺著那隻痛風發作的腳——這種粗野的舉動，立刻就會得到懲罰。事實上，瑞格比老嬤嬤那句充當介紹信的話，無論內容為何，都使這位富商的恐懼極度地超越好感。況且，他是個目光敏銳的觀察家，發現到羽毛頭煙鍋上的那些彩繪都在跳動。再仔細一看，就會更確信這些彩繪的小人物是一群妖精，每一個都長著犄角和尾巴，手牽著手，圍繞著煙鍋跳舞吶，正在窮凶惡極的嬉戲。彷彿為了證明他的懷疑有所根據，當古金大人沿著幽暗的走道，把這位客人從私室帶往客廳時，羽毛頭胸前的星星徽章綻放出真正的火焰，竟然在牆壁、天花板和地板上，投射出一道閃爍不定的光芒。

由於四面八方的不祥預兆，難怪這個老商人覺得自己讓女兒結識一位十分可疑的傢伙。他在內心底詛咒羽毛頭大獻殷勤的舉動，只見這個傢伙容光煥發，又是鞠躬，又是微笑，把手按在胸前，叼著煙斗深深地吸入一口煙，然後，伴隨著芳香和一聲歎息，使整間屋子頓時煙霧繚繞。可憐的古金大人恨不得把這位危險客人扔到大街上去，但是心裡又緊張又恐懼。這位可敬的老紳士，恐怕早年曾經宣誓效忠魔鬼的承諾，如今只有犧牲女兒來贖回諾言。

恰巧，客廳的門框上裝著一塊玻璃，上面遮了一層絲綢簾子，簾子的褶襇掛得有一點歪斜。商人一心想看看漂亮的女兒波麗和獻媚的羽毛頭之間會發生什麼事，因而退出出客廳後，不禁由絲幕的縫隙向裡偷看。

但是沒有發生不尋常的事情，除了先前注意到的小事以外，沒有什麼能證明漂亮的波麗身陷妖術的危險之中。那個陌生人誠然是一個老練世故的人，有條不紊而又泰然自若；因此，身為父母，不應該把一個天真浪漫的女孩托付給他，而不加以監護。可敬的法官大人熟悉於各式各樣的人，和他們打過交道，但偏偏就無法挑剔這位貴客羽毛頭的一舉一動。這位客人一點都不莽撞或者粗野，從頭到腳中規中矩，他將傳統習俗融會貫通，使他變成一件藝術品。或許正是因為這個特點，才使他令人望而生畏。這種徹底、極致的矯揉造作，儘管具有完美的人形，卻使人覺得不夠真實，留下虛幻的印象，甚至無法在地板上投下陰影的力量。關於這個羽毛頭的一切，都令人感到極度荒唐、不可思議，彷彿他的生命和軀體都與他煙斗中裊裊升起的煙霧一樣，同生共死。

但是，漂亮的波麗•古金絲毫沒有感受到呢。他們兩人在房間裡漫步，羽毛頭步履優雅，面部的表情裝模作樣。小姐帶著純潔少女的風範，只稍帶一點無傷大雅的忸怩態度，大概是從她的女伴那裡感染而來。會面的時間越久，漂亮的波麗就越著迷；結果，不到一刻鐘（老法官兩眼盯著錶看呢），小姐顯然已墜入情網。其實無須巫術作祟，只要可憐的少女擁有顆熾熱的心，只要這份熱情從虛有徒表的情人身上反射回來，就足以將她的心融化。在少女的眼中，不論羽毛頭說了些什麼，他的話都深入她的耳朵中回響；不論他做什麼，他的一舉一動都充滿了英雄氣概。此時此刻，波麗的臉龐上已經泛起桃花色澤的紅暈，嘴角掛滿嬌柔的微笑，雙眸也柔情蕩漾。同時，那顆星星徽章依然在羽毛頭的胸前閃鑠，那些小妖精比以前更加愉快地繞著他的煙鍋飛舞。啊，漂亮的波麗•古金，一個傻氣少女的芳心將被一個影子奪走！為何這些小妖精如此歡欣！難道這份不幸那麼不尋常？這份勝利那麼不容易？

不久，羽毛頭停下腳步，擺出氣宇軒昂的姿態，似乎是要讓那個美麗的女孩仔細欣賞他的風采，瞧瞧她還能抗拒多久。這一刻，他的星星徽章、繡花金邊、晶亮釦子都燦爛生輝，服飾的色彩也更加奢華奪目；渾身上下閃閃爍爍，光采照人，顯示出手段高強的巫術。少女抬起頭來，雙眼羞怯地注視這位同伴，她的眼神在羽毛頭的身上流連忘返。

他們恰巧站在一面落地的穿衣鏡前。似乎為了想知道自己樸素的美貌是否能匹配這位輝煌的人物，她於是瞟了一眼穿衣鏡。這是世界上最忠實可靠的鏡子，絕不諂媚奉承。波麗一看見鏡中的影像，便尖叫一聲，從陌生人身邊躲開，她驚慌失措地注視他片刻，而後昏倒在地。羽毛頭也朝向鏡子裡看，發覺鏡中的影像不是他散發著光亮的形貌，而是一堆東拼西湊、破爛的東西，亂七八糟；巫術失效，剝盡了一切虛幻的魔法。

這個可憐的假人偶！我們幾乎要同情他嘍。他舉起雙臂，滿懷絕望，那種姿勢和表情反倒比先前裝模作樣、維護自己人權的表現更為生動；因為，自從凡人常常蒙騙空虛的生命以來，這恐怕是第一次讓一個幻象徹底地認清自己的真面目

在這個多事之日的黃昏，瑞格比老嬤嬤坐在廚房的火爐邊，剛剛把新煙斗裡的灰抖落出來，突然聽見路上傳來急促的腳步聲，但是這個聲音又不像是人的腳步聲，而是木棍踏地的啪吖聲，或類似枯骨敲打地面的嘎嘎聲。

「哈！」老巫婆心想，「這算哪門子的腳步聲？不知道又是誰的屍骸從墳墓裡爬出來了呢？」

一個形體一頭破門而入，是羽毛頭啊！煙斗仍舊燃燒著，胸前的星星徽章依然閃亮如火焰，衣著上的繡飾也閃閃發光，不曾失落半點凡人紳士的風采。但是，說也說不清楚（正如一切的把戲被人揭穿之後的結果），巧妙的偽裝下面，醜惡的本質昭然若揭。

「出了什麼問題？」巫婆問道，「是不是那個患痛風的偽君子把我的寶貝扔出了大門？那個惡徒！我要派遣二十個小鬼去折磨他，直到他跪在地上，央求你娶他的女兒！」

「不，老媽！」羽毛頭心灰意冷，回答道，「不是的。」

「是不是那個女孩瞧不起我的寶貝？」巫婆目露凶光，厲害的眼睛裡冒出地獄裡的火光，又說道，「我要讓她長滿一臉的膿皰！她的鼻子將會紅如煙斗裡的煤火！她的門牙將會全部掉下來！不到一個禮拜，她就會低賤得配不上你了！」

「老媽，不要去打擾她。」可憐的羽毛頭回答，「我已差不多贏得她的芳心，心想如果她甜蜜的嘴唇親吻我一下，我就會完全變成真正的人！可是……」稍停片刻，羽毛頭又自卑的慘叫一聲：「老媽，我看見自己的模樣啦！我看見自己是個淒慘、破爛、空蕩蕩的東西！我不想活了！」

他從嘴裡抽出煙斗，用盡氣力扔向煙囪，同時頹倒在地板上，化作一堆亂七八糟的破布稻草；從稻草裡面戳出幾根木棍，中間還有一個枯萎皺皮的南瓜。南瓜上的眼窩已經黯然無光，但是，那道從前草率挖成的裂縫，剛剛還是張嘴巴，似乎依然扭曲著一絲絕望的苦笑，還有點人味兒。

「可憐的東西！」瑞格比老嬤嬤沮喪地看著她一手創造的不幸作品的殘骸，說道，

「我親愛的、可憐的漂亮羽毛頭！世上有千千萬萬的花花公子和騙子，這些人跟你一樣，都是一些破爛無用的垃圾堆！可是他們個個擁有好名聲，從來沒有認清楚自己是個什麼玩意！為什麼只有我可憐的人偶偏偏認清自己的本質，還因此而毀滅了呢？」

巫婆一面喃喃低語，一面又裝了一斗煙絲，把煙斗柄握在手指間，好像遲疑著是否該把它塞進自己的嘴裡，還是塞進羽毛頭的嘴裡。

「可憐的羽毛頭！」她又說道，「我可以輕而易舉的再給他一次機會，明天再派他出去。但是算啦，這個傢伙的感情太脆弱、心腸太軟。在這個空虛寂寥、無情無義的人間，他的心腸太好，不肯為了自己的利益奔走。算了吧！算了吧！我還是讓他做個稻草人啦！這種清清白白又有用處的使命，很適合我的寶貝。如果他的人間的同胞也都有這麼適合的天命，人類也會好過一點囉。至於這個煙斗嘛，我比他更加需要！」

說畢，瑞格比老媽把煙斗塞在嘴邊，厲聲尖叫：「迪肯，再拿塊煤炭，點燃我的煙斗！」

註：

1. 羽毛頭——寓言傳說——*Feathertop (A Moralized Legend)*，霍桑於一八五二年、一八五四年納入短篇小說集《古宅青苔》(*Mosses from an Old Manse*, 1846, 1854)。

2. 黃金國——Eldorado，西班牙文，西班牙航海征服時期，想像中的南美洲。

3. 卡迪斯——Cadiz，西班牙南部的一個港口。

5

羅傑・馬文的安葬[1]

一七二五年，保衛邊疆而遠征印第安人的那一場戰事，是無數次與印第安人的衝突當中，最富傳奇色彩的一次。這次戰役為人津津樂道，留下「羅沃爾之戰」的深刻記憶。憑心而論，應該頌揚一小隊殖民戰士的英勇行為；他們深入敵營，與兩倍數量的兵力作戰，雙方都表現得十分勇猛，符合文明思維的英雄主義。尤其有幾個人即使面對騎士也不會羞愧。這一次戰役對參戰者生死攸關，就結果而言，對國家並非不幸，因為它瓦解了一個印第安部落的力量，使接下來若干年間，殖民地人民獲得平安無事的生活。歷史和傳說都不尋常地記錄這次戰役，而住在邊疆的參戰者、執行偵察任務的隊長，所得的榮譽竟然和成千上萬的士兵的勝利者一樣多。下面記敘的故事，可以告訴你「羅沃爾之戰」結束之後，幾位戰士在撤出敵境時的命運。儘管故事裡的名字乃是當事人的化名，而非其真實姓名，但是那些聽過老人們親口講述這個故事的人，仍然會知道本文所記述的事件。

清晨的陽光歡快地閃耀樹梢。樹下躺了兩個極度疲乏的傷兵，他們攤開四肢在此處過了一夜。他們倆用橡樹的枯葉鋪了張「睡床」，就在一塊岩石腳下的圓形平地。這塊花崗岩矗立在一片平緩的山坡頂上，俯瞰山下，鄉間的景色燦爛美好。兩位士兵頭頂上這塊花岡岩石高度約十五或二十呎，表面光滑平整，頗像一塊巨大的墓碑，上面的紋理清晰，似乎像是用某種已被遺忘的文字刻下一則碑銘。岩石四周是一片橡樹及其他硬木林，取代了常見於這一帶地方的松樹。在這兩位旅人的近旁，還有一株生意盎然的小橡樹。

年紀較長的那個人身負重傷，夜裡大概沒有睡著。初露的一縷曙光剛剛照在最高的樹梢上，他就掙扎地爬了起來，坐在地上。他臉上滿布深深的皺紋，頭頂上的黑髮染著白霜，他的模樣看來已經過了中年。他那副強壯結實的身軀若不是受到傷口的阻撓，一定能和年輕時一樣吃苦耐勞。此刻，他憔悴的臉上滿布倦容，刻畫著衰弱無力，投向樹林深處的目光絕望，似乎斷定他自己的生命已經即將走到盡頭。他又看看躺在身旁的年輕伙伴——才剛剛成年——頭枕在胳膊上，睡得並不安穩，幾處傷口似乎隨時都會爆發疼痛。他的右手握了一支毛瑟槍，瞧他臉孔上的生動表情，一定是在夢境裡戰鬥——這一場戰爭中，他是寥寥數名的倖存者之一。忽然間，他在睡夢中大聲喊叫——又響又亮——化作他唇邊若斷若續的囁嚅聲，他自己發出的輕微聲音使他猛然一驚，清醒了過來。他記起目前的情況，便急切詢問旅伴的傷勢。長者搖搖頭。

「魯本，我的孩子，」長者說道，「我們頭頂上面的這塊大岩石，可以當作一個老獵人的墓碑，倒也適合。我們倆面前還有大片的荒僻曠野，而即使這座小山的另一側便是我家，也不管用啊。印第安人的子彈比我想像中的還要厲害。」

「你已經趕了三天的路程，你累啦，」年輕人接著說道，「多休息一會兒，就會恢復精神了。坐著吧，我去樹林裡找些香草和植物的根，來填飽肚子。吃飽了以後，你靠在我的身上，我們倆往回家的路上走。只要有我在，相信一定可以找到一座邊疆的營地。」

「我活不過兩天了，」老者平靜的說道，「我不想再拖累你，你也差不多自身難保了。你的傷勢也不輕，很快就會耗盡力氣。若是你一個人趕路，也許可以保住性命。我已經沒有希望了，只能在這兒等死了！」

「若真是如此的話，我留在這兒照顧你。」魯本堅決的說道。

「不，孩子，絕對不可以。」長者接著說道，「聽垂死之人的一句話吧。讓我握握你的手，你就上路吧！如果你留在這裡陪伴我，害你也慢慢的死去，你認為我臨終的時候會安心嗎？魯本，我一直像父親一樣地愛你，事到如今，我也應當有點父親的權威。我命令你離開，好讓我死得安寧。」

「正因為你像父親一樣地待我，我難道能放任您咽下最後一口氣，讓您棄屍在這樣的荒野中嗎？」年輕人叫道，「不行，如果您真的快死了，我就留守您身邊，聽候您臨終的囑咐。然後在這塊岩石的旁邊掘個墳墓。如果我也不行了，我們倆就一同躺在墳墓裡。如果上蒼賜給我力量，把您埋葬以後，我再設法尋路回家。」

「無論在城市裡，或是任何其他地方，」長者回答道，「他們都把死者葬入黃土，免得讓活人看見。可是在這片樹林中，或許數百年間也不會有人經過，難道我不能安眠於蒼天之下？讓秋風吹下的橡樹落葉掩埋我的骸骨？至於墓碑，我臨終的時候還可以傾盡渾身力量，在這塊灰色岩石上刻上我的姓名羅傑・馬文，有朝一日，未來的旅人經過時，就會知道有位獵人和戰士長眠此處。因而，不要再為這樣的瑣事做傻事啦，別耽擱時間了。快走吧，如果你不為自己著想，也得為孤單的她想一想啊。你不離開這兒，她就會寂寞可憐了。」

馬文顫聲說出的最後幾句話，語氣顫抖，令年輕人感動得肝腸寸斷，使他想到自己除了無謂地與伙伴同生共死之外，還有一個更確切的責任。不能斷言此時他是否心底含有一絲絲自私的念頭，不過這個念頭卻讓他意識到自己將更熱切地抗拒同伴的懇求。

「就在這座荒山野嶺中孤零零的等死，真是太可怕了！」年輕人叫道，「勇敢的士兵不在戰場上畏畏縮縮。如果是死在親友的守候之中，即使是女人都能平靜的死去。可是在這個鬼地方——」

「即使在這個鬼地方，我也不會害怕，魯本・波恩，」馬文打斷他的話，「我不是一個怯懦的人；縱然我是，上天也會眷顧我。你還年輕，生命對你而言，十分寶貴。在你臨終的時刻，所需要的安慰比我更多。等你把我埋入黃土以後，只剩下孤零零的一個人，在夜間的樹林裡等待死亡，你會感到死亡的痛苦。此刻還來得及，你可以逃脫呀，我不會只顧及自己的處境，而慫恿你慷慨無私。若是你替我著想的話，趕緊離開吧！讓我為你祝禱平安，然後安安靜靜地結束此生，不再受世間的憂傷煩惱。」

「可是您的女兒——叫我有何面目去面對她呢？」魯本爭辯道，「她一定會問起她父親的下落？我曾經發誓過，就算賠上自己的性命，也一定會拚命地保護你。難道我可以告訴她，從戰場上走出來以後，您和我一起趕了三天的路程，半途中被我拋棄在荒野中，一個人等死嗎？現在躺在您身邊，和您一起同歸於盡，豈不是比平安回去、告訴多嘉絲這些話還要更好嗎？」

「告訴我女兒，」羅傑・馬文說道，「雖然你受了重傷，又疲累又虛弱，而我又行路蹣跚，可是你卻扶著我走了許多里路，最後才在我的懇求下離開我，因為我不願意自己的靈魂染著你的鮮血。告訴她，你在任何痛苦和危險關頭，一直對我忠心耿耿，如果你能用自己的生命拯救我，你願意流盡最後一滴血液。告訴她，你對她而言，比一位父親更加寶貴，我祝福你倆；臨終的時候，我希望看見你們並肩共渡漫長幸福的快樂人生。」

馬文說出這些話的時候，幾乎由地上抬起身來，他最後幾句話的力量似乎能撼動孤寂的樹林，讓它也充滿快樂的憧憬。但是一等到他耗盡力氣，又癱軟在枯樹葉堆成的床鋪上，魯本在他雙眼中看見的神采也隨之消逝了。他覺得在這樣的時刻還想到自己的幸福，真是件罪惡、愚蠢的事。長者注視他臉色間的變化，想哄他快樂。

「也許我說自己活不到兩天，是句騙人的話哪，」馬文接著說，「或許救兵快到了，我的傷勢還可以復原。逃在最前面的人必然已經把我們這場決戰的消息傳到了邊疆，他們會派人來營救傷兵。如果你能遇見他們，就指點他們到這兒來。說不定，我還能再回到自己家中的火爐邊呐。」

垂死的人在訴說自己毫無根據的希望時，臉上掠過一絲悲傷的微笑。然而，他的這一番話卻對魯本起了作用。任何自私自利、多嘉絲所面臨的孤苦無依，都不能說服他在這種時刻遺棄同伴——只要想到或許還有機會挽救羅傑・馬文的生命，他樂觀的天性就振奮起來，斷定尚有希望得到他人的救助。

「您說的這些話當然十分有道理，但願朋友們就在不遠的地方，」他提高嗓門說道，「戰事才剛開始，就有個膽小鬼在沒傷著一根頭髮的情況下，迅速地逃了回去。一旦得知這個消息，我方邊疆任何一個真正的男子漢大丈夫，都會武裝起來，扛過他肩上的槍。雖然說，沒有人會巡邏到這麼遠的樹林深處，但是如果我再走上一天的路程，也許會遇見一群人。說老實話——」他懷疑自己的動機，於是轉身看著馬文，又說道：「如果您在我目前的處境之下，會不會在我活著的時候，拋下我獨自離去？」

「已經是二十年前的事了。」羅傑・馬文長歎一聲，心中暗自承認他即將說的事情，與目前的情況不太一樣，「已經二十年啦，自從我和一位好朋友從蒙特利爾逃脫印第安人的掌握，我們倆在樹林裡面奔跑了許多天，終於因為又累又餓，朋友癱倒在地上。他懇求我扔下他，自己逃走。因為他知道，如果我留下來陪他，兩個人會同歸於盡。懷抱著尋找到救兵的一線希望，我把一堆枯葉鋪在他的頭下，當作枕頭，自己匆匆向前趕路了。」

「那麼，您及時回去救他了嗎？」魯本問，急於了解下文，彷彿這件事能預告自己的成功。

「我回去救他了。」長者回答，「那天日落之前，我就遇到一個獵人的營地，把獵人們帶到同伴等死的地方。如今他十分健壯，住在邊疆遠處，操持自己的農場吶。而我卻負傷躺在這荒野深處。」

這個例子很能影響魯本的決心，而且，其他許多動機的力量也不知不覺間推動他前進。馬文感覺到自己幾乎要成功了。

「好啦，現在就走吧，我的孩子，願上帝保佑你！」馬文道，「一旦遇見了朋友，別再和他們一起回頭，免得你的傷口惡化，令你疲憊不堪。只要派來兩三個人到這兒來找我就行了。相信我的話，魯本，你往回家的路上多走一步，我的心就會輕鬆一分。」然而，當他說出這些話時，臉色和聲音都隨之變化。畢竟，獨自一人在荒野中斷氣是件恐怖的事。

魯本・波恩半信半疑，終於從地上站了起來，準備動身離開。首先，他違背馬文的意願，摘採了一堆植物根部和芳草，他們過去兩天就靠這些東西果腹。把這些東西放到馬文的身旁，他又掃了一堆枯葉子，鋪好一張臥床。然後，他爬上岩石頂上粗糙不平的那一面，把那顆小橡樹往下扳，在樹頂綁上自己的手巾。這種事先的準備並非沒有必要，這麼做可以讓其他來此處的人尋找到馬文，而且，這塊岩石除了其寬闊平滑的正面以外，遠遠地看，其他部分都隱藏在濃密灌木下面。這條手巾原來包裹著魯本胳臂上的傷口，他一面把它綁在樹上，一面憑藉上面的血跡發誓：自己一定會再回來，無論是搭救馬文的生命，或是安葬他的遺體。然後，他從岩頂爬下來，站在一旁，低頭傾聽羅傑・馬文的臨別囑咐。

長者憑藉自己多年的經驗，詳細指點魯本如何穿過沒有路徑的深林。他的聲音鎮靜而誠摯，好像正將這個年輕人送往戰地前線或參與打獵，而自己平平安安的待在家裡，絲毫不像在進行此生最後一次的道別。然而，話快說完時，他動搖了原先的鎮定與堅強。

「把我的祝福捎給多嘉絲。告訴她，我最後一次的祈禱是為了她和你。請她不要因為你把我留在這兒，就耿耿於懷，」──魯本聽到這句話，深受良心譴責──「因為如果犧牲你的一條性命就能夠拯救我的話，你也不會捨不得。在為她的父親哀悼一陣子以後，她就會嫁給你，願上蒼保佑你們擁有長久的幸福！願你們的孩子能守候在你們臨終的床頭！還有，魯本，」在死亡終於即將到來的時刻，他有些軟弱，說道，「等你的傷口癒合，而體力也恢復之後，不要忘記再回來一趟──回到荒野的這塊大岩石來，把我的屍骨埋進黃土，再替它們祈禱一聲。」

殖民地邊疆的居民對於葬禮懷有一種近乎迷信的尊重，或許是來自印第安人的風俗，因為印第安人無論面對的是活人或死人，都一樣地善戰不休。所以，為了掩埋死於「荒野之劍」的人，這些居民往往又必須犧牲更多的生命。因此，深知此事的重要性，當魯本承諾羅傑・馬文的請求時，他表現出莊嚴鄭重的神情。而值得注意的是，馬文臨別的囑咐已經道出他的全部心思；他不再試圖說服魯本前去尋找救兵、保全他的性命。魯本心裡也清楚地明白，自己再也見不到馬文活著時的面孔了。他天性仁厚，願意冒著任何危險，留下來陪伴馬文，直至他死亡的那一幕結束。然而，對於生命和幸福的渴望，終於在他的心底占盡了上風，再也無法抵抗它們。

「夠了，夠了，」羅傑・馬文接受了魯本的諾言，說道，「走吧，願上帝助你一臂之力！快點走吧！」

年輕人默默握緊了拳頭，轉身離去。然而，當他緩慢、蹣跚地踏出步伐，才走了幾步路，又聽到馬文呼喚他的聲音。

「魯本，魯本，」他的聲音微弱。於是魯本返身跪在奄奄一息的人身旁。

「扶我起來，讓我靠著這塊岩石，」他最後要求道，「讓我的臉朝向自己家的方向，這樣你穿過林子時，我可以多看見你一會兒。」

魯本按照馬文的意思，扶起同伴的身軀，為他調整坐姿以後，重新獨自踏上旅程。起初，他走得極快，超出了他的體力所能負荷的範圍；因為有時候，人們的行為雖然合情合理，卻會感受到一種愧疚心的折磨。他只想趕快走出馬文目光的界限。踩在腳底下的落葉沙沙作響，走出一段遠遠的路程以後，他又悄悄地走回來，滿懷狂亂痛苦的好奇心，他躲在一棵大樹刨露出來的泥土樹根的後面，聚精會神地凝望這個悽愴的人影。晴空無雲，在燦爛的晨曦中，樹木和灌木一起吸吮著五月清新的芳香。但是，大自然似乎愁眉不展，好像是在憐憫人世間的痛苦和悲傷。羅傑・馬文正舉起雙手、熱情祈禱，隻字片語穿過安靜的山林，進入魯本的心房，以無法形容的痛苦折磨著他，他感到苦不堪言——那是在祈求魯本與多嘉絲的幸福啊。年輕人傾聽著，感覺到良心強烈地懇求他返身回去，重新在岩石旁邊躺下；體會到自己在最後關頭所拋棄的這位仁慈寬厚的長者——他的命運太過悲慘，死神即將像一具殭屍般，緩緩潛形逼近，偷偷摸摸地穿過樹林，在一棵又一棵的樹後面，探出安靜且猙獰的面目。但是，如果自己再耽擱一天，也會遭受同樣的噩運；再說，倘若自己逃避這種無謂的犧牲，如果他避免一個這麼無謂的犧牲，又有誰會責怪他呢？於是，他再望了最後一眼，一陣輕風吹拂繫在小樹上的手絹，提醒魯本記住自己的誓約。

重重困難阻擋受傷的旅人返回家園。到了第二天，由於天空烏雲密布，他無法根據太陽的位置調整路線，他不知道自己每次竭盡全力前進的結果，只是離家越來越遠。他只能依靠林中的野果填補轆轆飢腸。的確，鹿群時而從他身旁跳躍，野雞也時而被他的腳步驚飛，但是彈藥已在戰場上耗盡，無法獵殺野獸。他為了一線生機，只能拚命不斷地往前走，卻使他的傷口越來越疼痛，漸漸磨損體力，腦筋也弄得像一團亂麻；但是，即使在神經錯亂的胡思亂想之中，年輕的魯本仍然不肯放棄生命，最後由於寸步難行，才癱倒在一顆樹下，被迫在那兒等死。

這便是一群人發現魯本時，他所身陷的處境。這群人乃是在戰況的消息傳到殖民地時，奉派前來搭救倖存者。他們把魯本抬到附近最近的一座農村，而這個地方恰巧正是他自己的家。

多嘉絲以往昔的純情守候在受傷的情人床邊，照顧他、用女人特有的柔腸細心撫慰他。一連多日，魯本昏睡不醒，他的記憶遊蕩在戰爭與逃亡中所經歷的危險和艱困，無法明確回答人們急於提出的問題。這個時候，大家尚未得知「羅沃爾之役」的細節，出征戰士的母親、妻子和子女，都無從了解親人是被俘虜，或是已犧牲性命。多嘉絲也是憂心忡忡，默默焦急。直到一天下午，魯本從昏睡中睜開雙眼，似乎比之前幾次，意識更為清楚。她看見他恢復神志，便無法再壓抑對父親存亡的懸念。

「魯本，我的父親呢？」才開口說話，就發現她的心上人臉色遽變，於是趕緊住口。年輕人像是難以忍受疼痛，一陣紅暈湧上他憔悴削瘦的臉龐；衝動之下，他想趕緊捂住自己的臉，但絕望之中，又掙扎著從床上坐起來，激烈為自己辯護，反抗他想像中的指控。

「多嘉絲，妳父親在『羅沃爾之役』中受了重傷，他不願拖累我，只讓我把他扛到湖邊，在那兒喝點水解渴，然後等待死亡。但是我不願意在困境中拋棄老人，雖然自己也渾身是血，還是費盡力量，扶著他一起往前走。我們倆走了三天三夜，出人意料地，妳父親撐過來了。但是到了第四天清晨，我醒來以後，發現他筋疲力竭十分虛弱，不能挪動他的腳步，他的生命即將消耗殆盡，後來──」

「他死了！」多嘉絲虛弱地驚叫。

魯本無法承認自己在她父親生死未卜的時候，就由於自私地眷戀生命，尚未等到他咽氣就匆匆離開了。他低下頭，一言不發，羞恥又疲憊地癱倒床上，把臉埋在枕頭裡。

多嘉絲的夢魇成為了事實，她淚流不止。

但是因為早已預料到這個結局，所以她不太震驚。

「魯本，你是否在荒野中掘墓，把我可憐的父親埋葬了？」她一片孝心問道。

「縱然當時我的雙手虛弱無力，還是為他盡了一份心力。」年輕人低聲說道，「他的頭頂上有一塊巨大的墓碑，我對天發誓，我願意和他一起安眠！」

多嘉絲察覺到這些話有點激昂，也就不再多問了。想到父親未曾暴屍荒野，令她安心許多。她向朋友訴說魯本的英勇和忠誠，結果，每當這個可憐的年輕人蹣跚走出病房，曬曬太陽，想呼吸點新鮮空氣時，便得到眾人的讚美，而飽受良心譴責。大家都認為這位年輕人與美麗的少女十分匹配，因為他在馬文臨終前不離不棄。這個故事與愛情無關，所以只須短短交代一句——在幾個月之後，魯本成為多嘉絲・馬文的丈夫。婚禮上，新娘滿臉嫣紅的光采，新郎卻臉色蒼白。

如今，魯本心中常懷難言之隱，對於最摯愛信任的妻子也必須小心翼翼地嚴守祕密。他深深懊悔，痛恨自己是道德上的膽小鬼，幾度欲言又止，不敢向妻子吐露真相。但是，為了自尊心、害怕失去妻子的愛，又懼怕遭受世人的譴責，他只好維持謊言。他覺得自己拋下羅傑・馬文，並沒有犯下什麼過錯，如果當初他留在那兒，只是無謂地多犧牲另一條生命，也只會增添老人臨終前的痛苦而已。但是隱瞞事情的真相，卻使他原本正當的行為蒙上一層罪惡的陰影；魯本一面痛苦地來回替自己辯護，一面遭受良心的譴責，恰似犯下祕密罪行的罪犯應該受到的懲罰。魯本翻來覆去的想，他幾乎覺得自己是個謀殺犯。經過了許多年光陰，一個念頭偶爾在魯本的腦海中浮現，他明白這個念頭十分多餘且愚蠢，卻又無力將它驅散，那是一種揮之不去的折磨幻想——岳父仍然活著，坐在那塊岩石上的枯葉床鋪，等待魯本去履行諾言。這種錯覺反覆出現，魯本心裡也明白它不是真實的影象。但是在心平氣和之際，他總是感覺到有個未曾履行的莊重誓言，荒野中有一具未曾入殮的屍體在召喚他。但是，他不能回應那聲召喚，還不停地搪塞種種藉口和謊言。如今，再請求朋友們幫忙他前去埋葬屍體，卻為時已晚啦，況且，邊界人常有的迷信恐懼也阻止他單獨前往。在那片荒蕪小徑和漫無邊際的樹林中，他不知道往何處去找那塊平滑且刻字的岩石？他早已忘記回去的路，對當時最後一段的旅途更是毫無印象。然而，在他心靈的深處，卻有一個持續的衝動、一個只有他才聽得見的聲音，驅使他去實踐自己的諾言。他有個奇異的想法，假如自己試著去尋找一遍，必定能直接找到羅傑·馬文的骸骨。但是年復一年，魯本沒有服從那聽不見卻感受得到的召喚，祕密的心事彷彿化身為一條鎖鏈，束縛了他的精神，毒蛇般咬噬他的心靈，他終於變成一個悲傷、沮喪、鬱鬱寡歡的人，輕易地暴跳如雷。

婚後才不過幾年，魯本和多嘉絲興旺的家境開始衰落。魯本僅有的財產是一顆堅強的心和兩條粗壯的胳膊。而多嘉絲是亡父的唯一繼承人，她把農場交給丈夫掌管。從前，這個農場的主人悉心耕作田地，它的收成比邊界上任何一塊田地都更豐盛。可惜，魯本卻疏於打理，其他農夫的莊稼一年比一年豐收，他的田產卻逐年荒蕪。當初，與印第安人激烈的戰爭中，男人一手扶犁一手拿毛瑟槍，無論危險勞力的成果是否生長在田地裡或是收進穀倉，不被野蠻的敵人蹧蹋便是天大的福報；如今，戰事已歇，農業也恢復正常運作，魯本卻沒有因此而獲益。雖然，他偶爾也在自己的田地裡操持農務，收割的成果卻不見好轉。而他那新近加劇的暴躁脾氣遠近馳名，與鄰近居民不可避免的交往中，經常發生爭執，結果召來無止盡的官司，這也是促成他財力日衰的另一項原因；新英格蘭蠻荒時期的居民早已習於在解決爭端的時候，盡可能採取法律的途徑，因此魯本與鄰人間的訴訟案件也頗為可觀。總而言之，結婚許多年後，他終於破產，如今只剩下一條權宜之計，去對抗那窮追不捨的噩運——他要前往森林深處，去未曾開墾的荒野中尋求生存。

魯本和多嘉絲的獨子賽拉斯年紀剛滿十五歲，這個孩子青春英俊，有光明的前途，尤其具備邊疆墾荒的種種本領，並已經開始嶄露頭角：他健步如飛、射擊精準、機警靈敏，而又意氣昂揚。只要再提起與印第安人開戰的事，每個人都認為塞拉斯・波恩會是殖民地的未來領袖人物。魯本深愛這個男孩，把自己天性中的美好樂觀和欣喜、一切愛心都傳給了兒子；在他眼中，深愛且可愛的妻子多嘉絲也比不如兒子寶貴。魯本心中不可告人的心事和孤獨的性情已逐漸使他變成自私之徒，他已經無法再深愛他人，除非目睹且感覺到某種與自己心靈相似的事物。從塞拉斯身上，他辨認出自己從前的影子，有時候，也受到兒子精神的感染，重新恢復樂觀積極的生活。魯本帶著兒子出門遠征，他計畫找一片荒地開墾、砍伐焚燒上面的樹木後，努力耕種，以便將家園遷移至此。在度過了忙碌的兩個月秋天以後，魯本父子回到農村，在那兒度過最後一個冬天。

次年五月初，這個小家庭切斷了與熟悉事物的聯繫，也切斷對這片土地絲絲縷縷的感情，與寥寥幾位在他們潦倒時，仍然願意與他們結交為朋友的鄉親道別。臨別之際的傷感對他們三個人來說，都是種特殊的慰藉。魯本心情抑鬱、喜怒無常又憤世嫉俗，與平日一樣眉頭深鎖、目光低垂地大步向前邁進；他似乎絲毫未感到惋惜，縱使有，也決不承認。多嘉絲是一個純真多情的人，雖然淚流滿面地割捨許多牽腸掛肚的事物，所幸心中最重要的親人也會和她一同踏上旅途，往後的一切只能聽從上帝的安排。男孩子抹去眼角的幾滴淚珠，一心只想在人跡罕至的森林中，享受冒險的樂趣。

哦，誰不曾在白日夢的激蕩中，希望自己在夏日的一片荒野上漫遊，身邊挽著美麗溫柔的人兒？在血氣方剛的青年時期，誰不想自由無羈的闖蕩天涯，除了波濤洶湧的大海和白雪皚皚的山脈是眼前的障礙外，他歡騰的腳步通行無阻。到了心情平靜的中年，誰不想在清溪流過的谷地中，挑選一塊大自然眷顧的富足家園。而度過漫長的純潔歲月後，春去秋來，鬢髮已悄悄染霜，他才驚覺自己已是兒孫滿堂，成為一個民族的族長、一個村莊的祖先。到了那個時刻，他迎接死亡的神態，就像我們勞動一天後等待甜蜜的夢神，而他的子子孫孫也會為他可敬的遺骸悲慟哀悼。傳說中的他將被賦予傳奇的色彩，數百年後，遙遠的後裔將會感受到他是崇高輝煌的祖先。

然而，我們這個故事中的主角，在陰沈的亂樹叢中艱難跋涉，迥異於上述白日夢者的幻境。但是，他們自由自在的生存方式含有某種大自然的野性，無拘無束。現在唯有尾隨他們而來的深切世俗煩擾，才會阻擋他們盡情享樂。一匹強壯多毛的駿馬負載他們全部的財產，再馱上多嘉絲也毫不退縮。多嘉絲從小受過刻苦生活的磨練，開始的幾天，一直堅持在丈夫的身邊步行。魯本父子肩扛毛瑟槍、背著鋤頭，健步而行，各自以獵人的目光搜尋可供食用的野獸。飢腸轆轆時，他們就在山林潔淨的溪泉邊駐足，升起炊煙，又跪下去掬起泉水解渴，泉水甘冽，小溪潺潺，彷彿接受情人初吻的少女一樣，嬌羞的發出輕聲歎息。晚間，他們在樹枝搭成的小屋棚下安睡，在第一道晨光中甦醒，精神飽滿地迎接又一天的旅程。多嘉絲和兒子一路上興致勃勃，甚至魯本偶爾也喜形於色，但是他心底有一股冰涼浸骨的悲傷，他將它比喻成穿越峽谷和幽谷的小溪流；雖然上面覆蓋著鮮亮蔥綠的樹葉，小溪流的深處卻堆積著皚皚白雪。

賽拉斯十分習慣在樹林中旅行，因而發覺到父親沒有按照去年秋天遠征的路線行走。他們現在正朝向更偏遠的北方，從殖民地聚落出來一直朝北走，踏入只有野獸和野蠻人出沒的區域。兒子有時候提醒父親這一點，魯本認真聽著，也按照兒子的話調整兩次方向，然而改變了方向以後，卻心神不寧，他敏銳的目光逡巡著四周，又直盯著前方，似乎在防備潛藏於大樹幹後面的敵人；沒有發現可疑的蹤跡，又頻頻向後看，好像深怕有人追擊。賽拉斯看出父親又逐漸走回原先的方向，雖心懷疑慮，卻忍著不說話；雖然這條路程這麼遙遠，又有點兒神祕，但是他生性喜愛冒險，絲毫不會為此感到失望。

第五天下午，一家人停下腳步，在黃昏前一小時，他們就整頓了一個簡陋的營地。在剛才走過的幾哩路瞬間景色大變，這一帶地勢高低起伏，彷彿在大海上凝固的巨浪。在一片荒涼之地，這三個人搭建起簡陋的屋棚，燃起了篝火，想起一家人強烈的親情自成一體，與世隔絕，感受到一股寒冷又激動的情緒。幽黑陰森的古老松樹俯視著他們，每當山風吹過樹梢，林中便響起了一陣悽悽慘慘的聲音，難道，古老的松樹懼怕人類會揚起斧頭、砍斷它們的樹根，才發出呻吟？多嘉絲準備做飯，魯本父子打算出發打獵，這一天，他們在路上沒有獵到什麼野獸，所以，趁著多嘉絲做飯的時候，賽拉斯答應就在營址附近走動，他的身手矯健靈活，就像他想要獵殺的鹿一樣，蹦蹦跳跳地走了。身為父親的魯本看著兒子的背影，心頭掠過一陣歡欣，準備要往另一個方向去碰碰運氣。

多嘉絲坐在枯葉點燃的火堆旁，一樁多年前連根拔起的大樹根上，青苔遍布、腐朽破爛。她一面照料緩緩沸騰的鍋子，一面翻閱當年的《麻薩諸塞州曆書》，這本書和另一本黑字體《聖經》是全家人僅有的藏書。沒有人會比那些與世隔絕者更加注意光陰荏苒。多嘉絲大概覺得這項信息十分重要，她提醒丈夫今天是「五月十二日」，丈夫猛然驚起。

「五月十二日！我應該要清楚地記得這一天，」他喃喃自語，一時間心亂如麻，「我現在是在哪裡？要漂泊到哪裡去？我把他丟在哪裡啦？」

多嘉絲習慣了丈夫反覆無常的情緒，對於這些話不以為意。她擱下手邊的曆書，想起久已塵封的傷心事，流露出溫柔的人早已冰冷逝去的悲傷，說道：「十八年前，大約五月的這個時候，可憐的父親離開了塵世。魯本，幸虧在最後的時刻，他身邊還有一隻仁厚的胳膊扶持著他的頭，善良的聲音撫慰他的心。從那個時候起，每當我想到你竭力照顧他，便覺得安慰。唉，一個人孤零零地死在這座荒野的山林裡，是多麼的駭人啊！」

「多嘉絲，祈求老天爺吧，」魯本傷心哽咽地說道，「祈求上蒼別讓我們一家三口中的其中一人，孤零零死於這片荒僻的曠野中！」說完這句話，他飛奔而去，扔下妻子在幽暗的松樹下守著篝火。

隨著多嘉絲無意間說出的一番話，使他內心一陣劇痛，走了一會兒，心情才稍稍平復，匆匆的步伐才緩慢下來。可是，龐雜的念頭令人煩躁，他盲目闖向四方，不像獵人，倒像夢遊者。不知不覺間，彎彎曲曲的繞來繞去，仍然在營地附近繞圈子，竟然沒有注意到自己走進一片廣袤濃密的樹林邊緣，看起來不像是松樹林，反而像許多橡樹和其他硬木組成的樹林。樹根周圍簇擁了濃密的灌木，但是樹與樹之間還有些空隙，中間厚厚地覆蓋著落葉。每當樹影婆娑、枝葉嘎嘎作響的時候，森林便彷彿從沈睡中醒來，魯本就直覺地舉起肩上的毛瑟槍，機警地朝四處張望。但是沒有發現野獸蹤跡，又墮入沈思之中，他覺得奇怪，懷疑是什麼奇怪的勢力使他脫離原先預定的路線，而走進了這片荒野深處。無法洞悉隱藏在靈魂深處的祕密，他只有相信是一種超自然的聲音呼喚他前進，是這股超自然的力量在阻止他後退。他認為上蒼要給他一個贖罪的機會，但願能順利找到那堆久未掩葬的骸骨，將它們葬入黃土，內心就會得到一絲安寧。正在想這些事的時候，忽然聽見林中遠處響起一陣窸窣聲，他察覺到一叢灌木後面有個東西在移動，獵人的本能立刻促使他舉槍射擊。魯本・波恩聽到一聲低沈的呻吟，沒想到野獸臨死之前也會表現出如此的痛苦。起先，魯本並未注意到什麼異狀，此刻，往事敲醒了他，似乎想起些什麼？

剛才射中的濃密灌木長在一片山丘的頂端，這些樹挨擠著彼此，圍繞著一塊巨大岩石。岩石的表面平滑，就像一個巨大的墓碑。鏡子反射往事一般，魯本很快地想起它，甚至認得出那塊岩石上面的紋路，彷佛是被人遺忘已久的文字刻下的碑文。一切都沒有改變，只是密實的灌木遮住岩石下的下半部，就算是羅傑・馬文仍然坐在那裡，也看不見了。魯本站在從前站過的地方，他旋即發現歲月所造成的另一個變化；當年他曾經在一株小橡樹的枝頂繫上自己血漬斑斑的手絹，他用那顆橡樹來象徵自己的誓言。那顆橡樹如今已長得又高又大，雖然尚未成熟，卻已經是枝葉扶疏。可是，這顆樹看起來有些怪異，令魯本膽顫心驚：中間和低矮的樹枝生機勃勃、藤蔓爬滿樹幹周圍，直垂落到地面，但是橡樹的上部凋萎了，顯然經過一次害蟲的襲擊，最頂部的樹枝竟完全枯萎。魯本想起那條手絹曾經在這根樹枝上隨風飄揚，十八年前它是那麼的青蔥可愛，摧毀它是誰之惡呢？

父子二人出去打獵以後，多嘉絲繼續做晚飯。他們的林中餐桌是一棵頹倒在地、長滿青苔的樹幹。她在樹幹最寬的地方鋪了一塊雪白的桌布，擺設幾件明亮的白鑞餐具——這套餐具曾是她在邊界殖民地村落最引以為傲的器皿。在大自然荒蕪一角，這一點點居家的慰藉別具風味。夕陽仍在高地上的樹梢流連，但是營地的空谷裡已經暮氣昏沈。篝火的光芒更加紅了，照亮松樹高高的身軀，閃爍上升、盤旋在這片空地的稠密樹林上。多嘉絲心中沒有傷悲，覺得與其待在毫不關心她的冷漠人群中間孤孤單單，還不如跟著兩個心愛的人一起踏上荒野的征途。她一面忙著搬動幾塊朽木，鋪上落葉，當作魯本和兒子的座椅，一面唱著年輕時學會的歌曲，歌聲在幽暗的森林中蕩漾，旋律並不優美，出自於一個不知名的遊唱詩人之手。它描寫冬夜邊疆裡的一間茅屋，因為風兒吹落下來的雪堆成為屏障，使茅屋內的一家人免於受到野蠻人的侵襲，在簡陋小屋的火爐旁和樂融融。整首歌的構思別出心裁，具有不可名狀的魅力，最突出的卻是其中反覆出現的四句歌詞，宛若明亮爐火，展現了人們的歡欣。詩人透過幾句簡單的歌詞，神奇地注入了天倫之樂的精髓，和諧地融合了詩與畫。多嘉絲唱歌的時候，似乎又重新回到邊疆家園的懷抱，眼前不再是陰鬱的松林，耳中也不再是沈悶的風聲。風依然在她的周遭吹散，然而，每當她開始唱歌時，風聲呼嘯穿過樹枝，而後又逐漸平息，在歌聲的壓迫下，化為一聲歎息。就在這個時候，她聽見營地附近一聲槍響，使她猛然驚醒。她不甚明白，是突然之間傳來的槍聲，或是篝火旁的孤獨寂寞，令她不寒而慄，可是她接著開懷大笑，心中充滿母親的驕傲。

「我英俊的年輕獵人！我兒子射中了一頭鹿！」她高興地叫道，想起槍聲來自賽拉斯狩獵的方向。

她等待了一會，期待兒子輕快的腳步聲踏響在沙沙落葉上，凱旋歸來。但是，他沒有立刻出現。於是，這位母親發出愉快的嗓音，興高采烈地向樹林高聲呼喚：

「賽拉斯！賽拉斯！」

由於仍然不見兒子的蹤影，而槍聲又在附近，她決定親自去找他；再說，也許需要她幫忙把鹿肉抬回來。她為兒子的槍法得意洋洋，一面按照早已沈寂的槍聲方向走去，一面唱歌，希望兒子知道母親來了，跑來迎接她。每顆大樹幹和每叢濃密灌木的葉片後面，她都捎上一眼，希望找到躲起來的淘氣兒子。太陽此刻已經西沈，枝葉間的餘暉朦朦朧朧、幻影幢幢，好幾次她依稀看見兒子在枝葉間探出頭來，又有一次，他似乎就站在一塊粗糙峻峭的岩石下面，向她招手，她凝神一看，卻發現它只不過是一棵橡樹，細小的枝葉圍繞在地面上，伸得最長的小枝葉在微風中搖曳。她繞過岩石一圈，突然撞見自己的丈夫。他從另一個方向走過來，正倚靠在槍托上站著，槍口貼在落葉上，顯然正在注視腳下的一個東西，全神貫注。

「魯本，怎麼回事？你獵殺了一隻野鹿，又在牠身邊睡著了吧？」多嘉絲一看到他的姿態，就笑著說道。

魯本僵立在那兒一動也不動，也不回頭看看妻子。剎時間，不知來自何處的無名恐懼使她全身的血液冰涼顫抖；她發現丈夫臉色慘白，五官僵硬，除了深深的絕望，再也流露不出任何表情，而且，那副模樣表示：他絲毫沒有察覺到她就在身邊。

「魯本，看在上帝的份上，說話呀！」多嘉絲叫道，聲音淒厲，比四野死亡一般的寂靜更駭人。

丈夫驚醒過來，盯著她的臉，把她拉到岩石前面，用手指了指。

哦，天哪！那不是兒子嗎？他睡著了，卻是無夢的沈睡，躺在森林的落葉上，他的臉蛋枕在胳臂上——鬈髮拋到額頭後——四肢塌軟。這個少年獵人是否突然間被疲勞壓垮了？母親的呼聲是否能他喚醒？她明白兒子死了。

「多嘉絲，這塊大岩石就是妳親人的墓碑，」丈夫說道，「妳的淚水會同時灑在妳的父親和兒子身上。」

她聽不見他的聲音，一聲淒厲的慘叫發自不幸靈魂的內心最深處，多嘉絲癱倒在兒子遺體旁邊，失去知覺。就在這個時候，那顆橡樹最頂端的松枝在靜止的空氣中突然間倒下，化作飄揚的碎片，灑落在岩石上；灑落在落葉、魯本、他的妻子和兒子身上；也灑落在羅傑・馬文的遺骸上。魯本傷心欲絕，深受震撼，淚如泉湧。這個已毀滅的亡者前來兌現當初負傷青年的諾言。魯本已經贖清了罪過——詛咒解除了。那一刻，他流下來的鮮血比自己身上的血液更為珍貴。於是，一聲祈禱——多年來的第一聲——從魯本・波恩的唇邊直升天堂。

註：

1. 羅傑・馬文的安葬——*Roger Malvin's Burial*，霍桑於一八三二年、一八四六年納入短篇小說集《古宅青苔》（*Mosses from an Old Manse*, 1846, 1854）。

6

追求美的藝術家

1

一位老人挽著他漂亮的女兒沿街走來，此時正值黃昏，兩人的身影浮現出蒼茫暮色，踏入一片光亮；這片光芒從一家小店鋪的櫥窗裡透射出來，照亮了陰翳夜色下的行人道。這是個向外突出的櫥窗，窗內懸掛著各式各樣的錶——金銅色、銀色的，也有一兩支真金質地的錶——它們的臉龐全部都背對著街道，好像在鬧脾氣，不肯告訴路人現在幾點鐘了。店鋪裡，一個身影側坐櫥窗前，他蒼白的臉孔正向前傾，全神貫注在一件精巧的機械上；一盞有罩的台燈把光線聚攏在上面，一位年輕人出現在眼前。

「歐文・華藍又是在做些什麼呢？」老彼得・霍文登喃喃的說，他是個退休的鐘錶匠，也是這位青年從前的師傅，他直納悶這個年輕人在消磨些什麼事物，「這個小伙子在做些什麼事情呢？過去六個月來，我每回路過鐘錶店，總是看見他這樣賣力工作。不過，這個樣子與他平常持續不斷地愚蠢行為相比，倒是一大進步，但是我是個鐘錶行家，我敢肯定這小伙子現在忙碌的工作，不是為了修理鐘錶的機械零件。」

「爸爸，」安妮對這個問題不感興趣，「或許歐文正在發明一種新的計時器呢，我相信他心靈手巧，有足夠的發明智慧。」

「呸，就憑他那一點點技巧，發明出來的東西決不會比荷蘭玩具好。」她父親回答，從前，他還是歐文・華藍的師傅時，常為這位年輕人別出心裁的天才苦惱。「讓他該死的發明見鬼去吧！就我所知，它所造成的後果不過是把我店鋪裡最好的手錶弄得走不準了。就像我先前所說的，如果他那點本事能創造出比小孩玩具更加重要的東西，太陽都會被他弄得偏離軌道，時序也會被他攪亂。」

「噓，爸爸，小聲點，他聽得見你，」安妮悄聲向他耳語，捏了捏老人的手臂，「他的耳朵和感覺一樣靈敏，你知道他有多麼容易焦慮不安，我們還是往前走吧！」

於是彼得・霍文登與女兒安妮不再談話，兩人緩步走開。不久以後，來到城中一條偏僻的小街，路過一家鐵匠鋪敞開的大門。由大門向內看，只見裡面有個鎔鐵爐，時而因風箱的吞吐而火光閃閃，照亮幽暗高聳的屋頂，時而照亮滿地煤炭的一個狹小區域，全部仰仗風箱巨大皮肺呼吸間的律動而定。火光閃亮的時候，一眼就能看清在店鋪遠處角落的物件，和牆上懸掛著的馬蹄鐵；火光暗淡的時候，火焰似乎只是在朦朧的空間裡發出微光。在這火光與昏暗交替之間，鐵匠的身影四處晃動，一明一暗，生動如一幅畫，值得觀賞。屋子裡，明亮的火焰與沈重的黑夜互相搏鬥，彷彿各自都想從對方身上，奪走鐵匠優美的力量。一會兒，鐵匠從燃燒的爐火中抽出一根熾熱的鐵條，然後把它擱在鐵砧上，舉起力大無窮的胳膊，四周立刻包圍在數不清的火花之中，隨著他的鐵鎚子一鏗一鏗地猛力敲打，無數的火花散布在周圍黑暗中。

「瞧，這才是一幅愉快的景象吶，」老鐘錶匠說道，「我知道如何去錘鍊金子，但是歸根究柢，還不如當個鐵匠。他的勞力花費在實際的事情上。妳說呢，女兒？」

「請別說得這麼大聲，爸爸，」安妮悄聲說道，「羅勃・丹福會聽見的。」

「聽見了又怎麼樣？」彼得・霍文登說，「我再說一遍，現實的情況是，憑一個鐵匠赤裸強壯的胳膊謀生，才是件有益健康的好事。而鐘錶匠呢，被大齒輪套小齒輪轉得暈頭轉向，健康和視力也不行了，就像我自己一樣，才剛到了中年，便不能再做本行了，改行又不合適，可是又沒有賺到錢足以過舒服的日子。所以，我要再說一遍，給我力氣去賺錢，懂得這個，才能趕走一個人的荒唐念頭！你曾聽說過有哪位鐵匠像那邊的歐文・華藍一樣，是個傻里傻氣的笨蛋嗎？」

「說得好，霍文登叔叔！」羅勃・丹福從熔爐邊大喊，嗓門又亮又深，十分愉悅，餘音繞樑，「安妮小姐贊不贊成這個道理？我想她呀，一定認為修理小姐們的手錶比起敲敲馬蹄鐵，或做做鐵烤架高尚得多！」

安妮不等父親回答，便拉著他走開了。

但是我們且回到歐文・華藍的店鋪，再好好琢磨一番他的生平經歷和性格。不論彼得・霍文登、他的女兒安妮，或者是歐文的老同學羅勃・丹福，或許都認為這件事不值得一提。自從歐文小小的指頭能握住鉛筆刀以後，他就展露了別出心裁的技巧；有時候，他利用木頭雕刻一些精緻的小玩意，譬如花朵和小鳥；有時候，又一心一意想鑽研機械的奧祕。但是，他總是為了追求美觀，而不以實用為目的。他不像同學中的小工匠，在穀倉的屋角上安裝小風車，或在鄰近的溪流中架一坐水車。那些發現這個男孩與眾不同的大人們，認為值得更進一步認真觀察這個孩子，有時候猜想這個孩子企圖模仿大自然美妙的律動，譬如小鳥的飛翔啊，或小動物的活動啊，等等。事實上，這個孩子的心靈似乎愛好美麗事物，他朝著這個新的方向發展，也許將會造就他成為一位詩人、畫家，或雕塑家。他的心靈優雅高尚，也像任何精美的藝術一樣，毫無功利主義的粗俗。他尤其厭惡僵化死板的普通機械運作過程。有一次，人們邀他去參觀一台蒸氣機，以為能滿足他對機械原理的直覺理解力，可是他的臉色變得蒼白，感到噁心，好像見到了什麼妖魔鬼怪。造成這個恐懼心理的部分原因，是因為蒸氣機這個「鐵傢伙」的體積大小和驚人的力量。歐文的心靈就像是一架微觀的，天生偏向於精細的事物；也自然而然地與他瘦小的身材和靈巧纖細的手指完全一致。這倒不是說他的審美觀因而縮小到細緻的感覺，美的概念與大小無關——適用於小至只能用顯微鏡察看的空間，或大到唯有劃過天空中的彩虹，才能度量的廣闊宇宙。但是，無論如何。他審美的目標與才能之中所包涵的精細，卻使原本能夠欣賞歐文・華藍天才的世人們，更加無法鑑別了。他的親屬們無計可施——大概百般無奈——認為最好的辦法是送他去當鐘錶匠的學徒，希望藉此調教他不尋常的創造力，將他的才能發揮在實際的目的上。

彼得・霍文登對這個學徒的看法已經發表過了。對於指導這個年輕人，他也感到無能為力。的確，歐文掌握這個行業的竅門迅速得不可思議，卻將鐘錶生意的遠大目標完全拋諸腦後，或者說是打從心眼底蔑視這門生意的宗旨。哪怕時間會融入永恆，他對於測量時間也毫無興趣。不過，由於歐文欠缺強壯的體魄，只要是在師傅的管轄、嚴格教誨和監督之下，就還可以約束他的怪癖——古怪的創造力。然而，一旦學徒期滿，師傅又因為視力衰退而不得不把這家小店鋪轉讓給他時，大家才發現日復一日由歐文・華藍去帶領時間老人前進，是多麼不適合。他最具理性的一項設計就是把演奏音樂的裝置連結到手錶內的機械上，以便生活中一切刺耳的聲音都變成動聽和諧的音調，使光陰的每一瞬間都猶如金光燦爛的水珠，和諧悅耳地融入「過去」的深淵。如果有哪戶人家把家傳的鐘交給他修理——那種歷史悠久、形象高大、度量過幾代人的生命，幾乎與人性融為一體的東西——他就會自作主張，在年高德劭的古老鐘面上，裝上一組舞蹈或送葬行列的小人偶，象徵十二個歡樂或憂傷的鐘頭。這種異想天開的奇怪做法，發生了幾次，就破壞了人們對於年輕鐘錶匠的信任——尤其是那些性格穩重、講求實際的人，他們認為，「時間」可不能隨便戲弄；不論把它當作今生成功的手段，還是來世富貴的本錢。光顧小店鋪的客人迅速減少——倒霉透頂，但是對於歐文・華藍而言，或許是從天而降的運氣，正中他下懷。連續幾個月以來，他越來越沈迷於一件神祕工作，這件工作吸引了他的全部科學知識和靈巧手藝，同時也充分利用了他獨特的天賦。

老鐘錶匠和他漂亮的女兒從夜色蒼茫的街道上凝望他，令他心神一陣煩躁不安，雙手也抖得厲害，無法再做眼前的精細工作。

「是安妮啊！」他喃喃地說道，「我早就應該知道是她啊。在聽見她父親的聲音之前，我的心就開始跳動了。啊，心怦怦地跳！今天晚上是再也不能做這份精細的工作了。安妮，最親愛的安妮！妳應該使我的心和手堅定，不要使它們這樣劇烈顫抖啊。因為，我盡力將『美』的精神創造成具有形體的東西、使它活動，這些全部都是為了妳呀！哦，狂亂跳動的心，安靜下來吧！如果這件工作就此受到阻礙，到了夜裡，迷亂不寧的夢境就會來打擾我，使我明天無精打采。」

他千方百計使自己的心緒平靜下來，再繼續手邊的工作，這個時候，店門開了。進來的不是別人，正是彼得・霍文登在鐵匠鋪的光影閃爍間，駐足欣賞的那位強壯男子。羅勃・丹福送來一個小鐵砧，是年輕藝術家最近訂製的。歐文細看小鐵砧，表示這件東西正合自己的意思。

「當然啦，」羅勃．丹福宏亮的嗓門響徹小店，就像低音提琴所發出的聲音，「在鐵匠這個行業中，沒有任何人比得上我的技藝，不過，話說回來，我的拳頭和你的雙手一比，就太醜陋囉。」他一面呵呵大笑，一面把自己的大手伸到歐文纖巧的手邊。「但是，那又怎麼樣？我捶一下長柄大鎚，所用的力氣比你當學徒以來所花費的全部力氣，還要大得多。我說得沒錯吧？」

「很有可能，」歐文的聲音又低又輕，回答道，「力氣本是個塵世間的怪物，我不敢自命不凡。我所擁的力氣，不管是大是小，全部都是屬於精神上的東西。」

「也許是吧。咦，歐文，但是你現在正忙些什麼？」老同學問，他宏亮的聲音使藝術家畏縮，尤其他所說的這個問題觸及他腦海中最迷人、神聖的美夢。「大家都說你正在設法找到『永恆的運動』咧。」

「永恆的運動？那是廢話！」歐文脾氣暴躁地回答，做個厭惡的手勢，「永遠也找不到這件東西。不過是欺騙那些被物質迷惑、鬼迷心竅的人罷了，我才不會上當！再說，即使有可能發現這樣東西，也不值得我費盡心思，因為最後的結果只是把這項奧祕用於蒸氣和水力所引發的作用。對於成為『發明新型軋棉機的鼻祖』，我沒有野心。」

「那樣可就太離譜啦！」鐵匠縱聲大笑起來，笑聲震動了歐文和他工作台上的鐘形玻璃罩。「不會，不會，歐文！你創造的東西絕對不會是鋼肌鐵骨。好吧，我不打擾你了。

晚安，歐文，祝你成功。如果你需要幫忙，只要是鎚子捶一下鐵砧就可以辦到的事，只管來找我吧！」又大笑了一陣，這個大力士便離開了鐘錶店。

「真是奇怪的事，」歐文・華藍輕聲自言自語，手臂撐著腦袋，「一碰到羅勃・丹福，我的一切思索、目標、熱情追求『美』的一切嚮往，以及創造『美』的意志力——一種更精緻微妙的力量，這個世俗巨人完全無法理解——這一切的一切，只要遇見了羅勃・丹福，就會變的那麼空虛、那麼無聊！若是常常和他見面，他就會把我逼瘋！他那粗野的力量擾亂我的心緒、玷污我的心靈。但是我自然有力量變得堅強，決不會向他投降！」

他從一只玻璃罩裡取出一塊極小型的機械裝置，放在台燈的光束下面，透過放大鏡仔細端看，再用一種鋼鐵製成的精密工具進行操作。然而，剎那間，他驚嚇得向後一跌，倒在椅背上，握緊雙手、神色恐懼，小巧的五官扭曲變形，竟像巨人般令人難忘。

「天哪！這是怎麼回事？我做了些什麼？」他驚呼，「這個幻想—那野蠻力量的影響——迷惑了我，它把我弄得腦筋不清楚、感覺也糢糊了。我的手指碰錯了一下——這致命的一擊——從一開始我便擔心害怕的一擊。一切都完了——幾個月的辛勞、心血、我一生的目標都毀滅了！」

於是，他陷入絕望的深淵，枯坐在那兒，直到連接插座的台燈閃爍了幾下，燈泡熄滅了，這位美之藝術家被拋入一片漆黑之中。

於是，在想像中滋長、稱心如意的那些理念，是那麼的寶貴，而且超越世人的價值觀念，卻在「現實」面前撞得粉碎，終至幻滅。理想的藝術家必須有堅強的意志力，然而，這種堅強幾乎與他精細的特質勢不兩立；他必須抬起胸膛對抗全世界，在世人不相信他的時候，他必須特立獨行，對於自己的天才和奮鬥目標能夠堅持到底，不隨俗俯仰，做自己的唯一信徒。

有一段時期，歐文・華藍在這種嚴格而又不可避免的考驗面前屈服了。連續好幾個星期，他意氣消沈，兩手抱頭，使鎮上居民簡直看不見他的臉孔。最後當他又抬起頭來，面對陽光時，那張臉龐上只有冷漠、無奈，以及無以名狀的變化。然而，在彼得・霍文登的眼裡、在那些明智的人眼底——他們認為生活應規律得像鐘錶的機械一樣運作——這種改變實在是件好事。如今，歐文勤勉的掌管鐘錶店生意，全神貫注地檢查老舊的銀錶，令人感到十分驚奇。這支錶的主人喜出望外，對歐文的慎重態度極為滿意，他極為珍重它，把它放在小錶袋裡，幾乎已成了他生命的一部分，所以十分介意人家如何對待這支錶。由於贏得良好的口碑，地方當局請歐文・華藍去調整教堂尖塔上的大時鐘。這項公共利益的大事，他服務得非常出色，送給小鎮準確無誤的「時間」，因而商人們在交易場所表揚他的功勞，護士送藥到病房時輕聲感激他，情人準時赴往約會時，也會祝福他，鎮民也因能準時進餐而感謝歐文。總而言之，他精神上的重負使一切井然有序。不僅他的的生活如此，一切聽得到教堂鐘聲噹噹作響的地方，也是如此。現在，雖然有件小事不值得一提，卻說明了他目前的精神狀況；當顧客們請他在銀湯匙上鐫刻姓名或姓名首字母時，他只用最清晰易懂的字體，省略了種種花俏的裝飾，不再像以前那樣使用與眾不同的花體字。

在這愉快的轉變時期，一天，老彼得・霍文登前來拜訪昔日的學徒。

「喂，歐文，」他說道，「我很高興各處的人都在誇獎你，尤其是鎮上那口鐘，一天二十四小時都在為你歌頌哪。只要扔掉你那套所謂『美麗』的荒唐廢話——我不懂這些玩意兒，別人不懂，甚至你自己也不甚了解——只要你擺脫了這些沒有用處的東西，你的人生就一定會成功。準是這樣沒錯，只要你按照現在的道路走下去，我會願意交給你這支珍貴的老錶，讓你修理修理嘍！在這世間上，除了我女兒安妮，它是我最重視的一件東西。」

「先生，我碰也不敢碰它一下。」歐文垂頭喪氣，一見到老師傅，他就感到心情沈重。

「慢慢的，」老師傅說，「時候到了，你一定能夠修理它。」

老鐘錶匠依仗昔日的師傅身分，隨意翻看歐文當時手上的工作和其他正進行修理的其他東西。藝術家簡直抬不起頭來。沒有什麼能比這位老師傅冷靜和缺乏想像力的精明睿智，更能相悖於年輕人的天性了，只要與這個精明的人一接觸，除了物質世界最密實的東西，任何東西都會化作一場虛夢。歐文在內心呻吟，祈求上天拯救自己，快讓此人從視線中消失。

「可是，這又是什麼？」彼得・霍文登突然大叫起來，拿起一個布滿塵埃的鐘形玻璃罩，下面露出一種機械裝置，像蝴蝶小小身軀一般纖美精巧。「歐文呀，歐文！這是什麼？在這些小鐵鏈、小齒輪、小槳片裡面有巫術咧！瞧吧，我只要用食指和拇指捏一下，就可以把你從未來的災難中解救出來。」

「千萬不可以，看在老天的份上，」歐文・華藍一躍而起，尖聲叫道，「如果你不想把我逼瘋，就不要碰它！你用手指頭輕輕一壓，就會永遠毀滅我了。」

「是嗎？年輕人！」老鐘錶匠盯著歐文說道，那帶著世俗刻薄的批評目光足以深入他的心底、折磨他的靈魂。「好吧，那就順著你的心意做吧！但是我必須再次警告你，你邪惡的靈魂就藏在這小小的機械裡面。我替你除掉它，好嗎？」

「你才是我的邪惡靈魂！」歐文情緒激動——「你和這個無情粗俗的世界！你壓迫在我身上的沈悶思想、失望沮喪，才是我的絆腳石。不然，我早已達成上天賦予給我的使命了。」

彼得・霍文登搖了搖頭，滿臉輕蔑和憤怒的神情。以他為代表的一些人，對於不遵循世俗道路、追求名利，只追求其他的目標的人，自以為是地把他們都看作傻瓜，認為自己有這種權利。而後，老師傅豎起一根手指、臉上帶著嘲諷的表情告辭了。之後好幾個夜晚，這副表情都纏繞著這位年輕藝術家的睡夢。師傅前來造訪之前，歐文正準備拾起過去放棄的事業，做個普通的鐘錶匠，但是由於這次的干擾，又把他拋回好不容易才擺脫的狀態。

傾向於呆滯的這段期間，雖然他表面上懶懶散散，內心卻本能地養精蓄銳。隨著夏日流逝，他幾乎完全不務正業，任由時間老人——到現在為止，這位老先生還是由他所掌控的鐘錶為代表——在生活中任意遊蕩，將一連串糊里糊塗的時鐘攪得一團糟。人們都說，這位年輕人蹉跎白天的光陰，在樹林間、田野上、溪水旁徘徊，虛擲人生；孩子般地追逐蝴蝶，或觀看水面中昆蟲的行動取樂。他細心注視這些活生生的玩物，看牠們如何在微風中遊戲；捕抓到活蹦亂跳的昆蟲以後，認真檢查牠的結構，那份專注的模樣，真是令人覺得不可思議。花費寶貴時間去追逐蝴蝶，卻是他理想的研究工作、他所追求的理想象徵；他曾為這份追求付出大量的心血。但是，「美麗的理念」是否會像它所象徵的蝴蝶一樣，屈服於他的手掌心？這些日子對藝術家而言，無疑既甜蜜又稱心如意，充滿燦爛的構思。這些構思在他的智慧中閃閃發亮，聰明的想法像蝴蝶飛過外界景色一樣閃過他的思想世界，剎時間對他而言都是真實的，就像蝴蝶在天空中翩翩飛翔。

此刻，它們具有活生生的形體，不必為了使肉眼能夠看見，而辛勞、困惑、失望。唉，一位藝術家，無論在詩歌或任何其他的體裁中，都不會只是由於內心享受「美」，而感到心滿意足。他必須越過幻想邊界，追逐瞬間飛翔的奧祕，以有形的手掌握住它，摧毀它那脆弱的生命！歐文・華藍感到一股衝動，想把自己的理念變成外在的現實，正如詩人和畫家從視覺的豐富印象中，進行不完美的模仿，將世界變成一種較模糊、朦朧的美。

如今，夜晚成為他慢慢重新實現自己唯一計畫的時間。這項計畫凝聚了他所有的智慧。每天一到黃昏，他總是悄悄蹓進城，把自己鎖進小店鋪裡面，接連幾個鐘頭，耐心細膩地工作。有時候，他會被巡夜人的敲門聲嚇一跳，因為在世人安睡的時刻，巡夜人卻看見歐文・華藍的百葉窗間的縫隙透出了燈光。對於藝術家敏銳病態的頭腦來說，白晝似乎是一種干擾，會妨礙他的工作。所以，在陰雲密布、狂風暴雨的日子，他會把腦袋埋進手中，靜坐在那兒，使自己敏感的頭腦包裹在無窮無盡、恍恍惚惚的遐想之中，放鬆思緒，以便逃避夜間辛勞又緊張的工作、擺脫準確又清晰的思考。

有一天，他正以這副模樣恍惚著，安妮・霍文登走進他的店鋪，將他從冥想中喚醒，這位小姐像顧客似地儀態大方，又像童年友伴般地熱情。她的銀頂針磨出了一個洞，想請歐文修補一下。

「可是，我不知道你是否願意做這件小事？」她笑著說，「因為如今，您把全付心思、精神都注入在機械中。」

「安妮，妳這個想法是從那兒來的？」歐文感到意外，說道。

「哦，是我自己想到的。」她回答，「很久以前，當你還是個小男孩的時候，曾經這樣告訴我。可是，你願意修補這個破頂針嗎？」

「安妮，為了妳，叫我做什麼都可以，」歐文．華藍說道——「什麼都可以，即使是去羅勃．丹福的鐵匠鋪工作。只要妳開口，我就願意。」

「那可就好看了！」安妮瞥了一眼這位藝術家瘦小的身材，以一種難以察覺的輕蔑反駁聲回答，「好吧，喏，頂針在這兒！」

「妳那個念頭真是有夠奇異！」歐文說，「就是妳剛才說——把物質精神化的那個念頭。」

此時，他暗自想到：這位小姐比世界上任何人都更能明白他的心思。如果他能擁有世上唯一的心上人的同情，當他獨自一人奮鬥時，將會得到多麼大的幫助和力量啊！那些超凡脫俗、與芸芸眾生脫節的人們——不是超越世人，就是把世人拋諸腦後——常常會感覺到某種心寒，使他的靈魂戰慄，彷彿墮入極地冰凍的荒蕪中一樣。一切先知、詩人、改革家、罪犯或任何懷有人性的渴望，卻只是因為特殊的命運而與世人隔絕的人——這些人所能感覺到的東西，不幸地，歐文也領略到了。

「安妮，」想到安妮是他的真正知音，臉色變得蒼白，他大聲說道，「我多麼想把自己所追求的奧祕告訴妳啊，我想，只有妳會給予它公正的評價。我知道，只有妳才會對它心懷敬意，在現實中，我決不會指望功利無情的世人們會尊重它。」

「我不會這麼做嗎？我當然會！」安妮・霍文登開懷地笑了，她說，「過來，過來，告訴我這個轉來轉去的小陀螺的用處。它做得這麼精緻，簡直可以給麥布女王[2]當個小玩意了。瞧！我可以讓它轉動起來。」

「不要去碰它！」歐文嚇得大叫，「不要去碰它！」

安妮只不過是用針尖輕輕碰了它一下，藝術家便狠狠地捏住她的手腕，力氣大得使安妮尖叫起來。他臉孔上痙攣著憤怒與痛苦的表情，安妮不禁大吃一驚。接著，他的頭低垂，雙手掩面。

「走吧，安妮，」他低聲說，「我欺騙了我自己，活該自做自受。我渴望有人會同情我，我想像、做夢都以為妳會同情我。但是，妳也沒有那支開啟我內心祕密的鑰匙。妳剛才輕輕碰觸一下，就已經毀了幾個月以來的心血，毀了我一生的夢想！這當然不是妳的錯，安妮，但是妳的確毀了我。」

可憐的歐文・華藍！他的確錯了，但是也情有可原，因為如果還有某個人會懷有敬意地去看待他自認為如此神聖的工作，那一定是女人的心。如果，安妮・霍文登感應到這份深切的愛情信息，或許不會令他失望。

接踵而來的那個冬天，年輕藝術家消磨光陰的方式，令一切至今認為他無可救藥的人們心情舒暢，印證了他們的想法；那些人認為，年輕藝術家命中注定成為一個廢物、倒霉透頂的人。一位親戚亡故了，使他得到一筆小小的遺產，於是不必為了謀生而辛苦工作。而且，他失去偉大目標的影響——至少對他而言，是偉大的目標——就是終日縱情於一些嗜好，以為能借助它們支撐自己脆弱的身心。然而，天才的超凡特質一旦被掩蓋，便更難受到世俗的駕馭；因為上帝在他們的性格之中所精心安排的平衡，已經失去平衡，而那些鄙棄世俗的人，則會借助其他種種途徑來尋求平衡。歐文・華藍親身驗證縱情狂飲是多麼地快樂，他透過金色的酒杯看世界，無以自拔地琢磨杯緣歡快的泡沫所給予的種種幻想。這種幻想使空氣中充滿快樂又瘋狂的身影，但是，旋即變得鬼影幢幢、悽悽涼涼；即使這令人絕望喪氣，又無法避免的變化來臨，年輕人依然舉杯痛飲，絲毫不去理會酒氣在生命裡罩下一層陰影，又讓陰影中滿溢嘲弄他的幽靈。如今，藝術家感覺到一股刻骨銘心的厭倦之意，比較起濫飲所喚起的任何愁苦與恐懼，這份厭倦更加令人難以忍受。酗酒時，就算心中滿懷煩惱，他還記得這一切不過是一場幻覺，然而，厭倦卻讓人了解，他的現實生活就是一場沈重的痛苦。

發生了一件微小的事，讓他脫離危險的狀態，得到了救贖。不止一個人親眼目睹這場事件，然而，即使是最精明的人，也不可能解釋或猜測歐文・華藍心中的想法。事情極為簡單，一個暖和的春日午後，藝術家和他的一群放蕩的朋友尋歡作樂，面前擱著一杯酒，閒坐在那裡。突然間，一隻色彩斑斕的蝴蝶飛入敞開的窗戶，在他頭頂翩翩飛舞。

「啊！」歐文一面開懷暢飲，一面不勝感慨地說，「你這個陽光之子、夏日微風的玩伴，你在黯淡的冬眠之後，又復活了嗎？那麼，也到了我開始動手勞動的時間！」於是，把未喝盡的一杯酒擱在桌子上，起身離開了。從此，再沒有聽聞他沾飲一滴酒。

現在，他又重新踏入林間和田野，像往常一樣徘徊遊蕩。也許，歐文與粗俗的酒徒共飲之時，那隻翩躚入窗的蝴蝶，確實是一個精靈，前來召喚他重返超凡脫俗、純潔理想的生活。或許，他回到陽光燦爛的地方，目的是為了尋找這個時常光顧的精靈；因為，即使夏日光時光已飄然遠去，人們還是可以看見他悄悄朝向一隻蝴蝶飛落的地方，出神注視著牠。當蝴蝶又飛起來時，他的目光也隨之而去，彷彿牠的身影在空中劃出一條軌跡，指引人們一條升往天堂的道路。然而，他又恢復了往常辛勞工作的生活，巡夜人又可以看見從百葉窗洩露出來的燈光。這種不合時宜的辛勞，又是為了什麼呢？鎮民從這些奇怪的現象中，囊括出一種解釋：歐文・華藍發瘋了！對於那些心思狹隘、腦筋遲鈍的人來說，這種解釋多麼靈驗——多麼稱心如意——對於超越世俗常規以外的現象，這種解釋真是何等有效！從聖保羅[3]時代一直到這位可憐的小小的「美」之藝術家，世人都是拿這個法寶去解釋所有聰穎出色者的表現，以及他們言行中的奧祕之處。就歐文．華藍的情形而言，鎮上居民的判斷也許是沒錯。或許他真的發瘋了，沒有人憐憫他——他與鄰人之間有道深深的鴻溝，使他從而掙脫了世俗規範的枷鎖——足以使他瘋狂。也許，他吸收太多光輝的感染，這種光輝與一般的日光融合，令他迷惑得目眩神馳。

一天夜晚，藝術家按照往常習慣，散步歸來。他打開台燈，照亮那件精巧的工件。這份工作幾經打斷，卻總是持續進行，彷彿其中蘊含著他自己的命運。忽然，老彼得．霍文登走進店鋪，他大吃一驚。歐文每次見到這個人，心就涼了半截，對他而言，霍文登是世上最可怕的一個人，因為，他徹底理解自己清楚看見的一切，而對於他不能親眼見證的事物，便堅決不去相信。不過這一次，老鐘錶匠只有幾句親切的話。

「歐文，好孩子，」他說，「請你明天晚上蒞臨寒舍。」

藝術家開始支支吾吾，低聲找尋藉口。

「哦，你一定得來！」彼得．霍文登說，「看在你曾是我家一員的份上。你不知道我女兒安妮已經和羅勃．丹福訂婚了嗎？我們準備了一桌家常菜，慶祝這件事。」

歐文只是「呀！」了一聲。這個小小的單音節就是他全部的話。

彼得・霍文登覺得歐文十分冷淡，毫不關心的樣子。然而，在可憐藝術家的心底，卻是窒息的一聲大喊——他壓抑自己，像是抑止一個邪惡的精靈。但是，老鐘錶匠未曾察覺，年輕人允許自己發洩一次小小的脾氣；他拿起正要開始操作的工具，任憑它掉落在那小小的機械裝置上。他花費了幾個月的心血所製作的東西，一下子被敲得粉碎！

如果愛情不曾介入各種阻礙的力量當中，奪取歐文・華藍巧奪天工的手藝，那麼，他的故事也就不會成為苦心創造「美」的藝術家多舛的人生寫照。外表上，他並不是一個熱烈的情人，他心中強烈感情的騷動和變化，完全禁錮於藝術家的想像當中。而安妮除了女性的一點直覺外，對此一無所知；歐文卻覺得，這份愛情覆蓋了他的全部生命。他忘卻了當初安妮無法做出深切回應的事實，而堅持把自己對藝術成就的一切美夢繫聯到她的身影上。她就是歐文崇拜的精神力量的化身，在她的聖壇上，歐文盼望獻上一件珍貴的貢品。當然，這只是他自欺欺人的想法，安妮・霍文登並不具備這種特質，是他的想像賦予她此種理想特質與形象。他內心中的安妮形象，如同那件神祕的機械裝置一樣，都是他自己構思的造物。如果他擁有美滿的愛情，就能明白自己的錯誤——倘若安妮投入他的懷抱，就能親眼目睹她從天使變成平凡的女人——也許在失望之餘，會讓他集中精力，回頭去追求他唯一僅剩的人生目標。然而，如果安妮和他想像中的形象一樣完美，他的命運就會美侖美奐，只要能從中擷取剩餘的精華，他就能創造出許多美麗的事物，比往日他費盡心思所營造的一切更具價值。但是悲哀戴著面具來到他的身旁——想到他生命中的天使即將被奪去，墮入了一個粗野鄙俗的鐵匠之手，而這個男人既不需要也不懂得欣賞她的珍貴之處——這是命運的乖僻之處，使人生變得太荒誕、太矛盾，不能再抱有其他希望，也無須再擔心種種的失落。歐文・華藍已經一無所有，只能目瞪口呆，枯坐在那兒。

他生了一場大病，痊癒之後，細瘦的身形變了，長了一身的肥肉，瘦削的臉頰變圓了，適合做纖巧工藝的手指也變粗壯了，像發育中嬰兒的手一樣，甚至更為豐滿。他的臉上洋溢一種小孩般的神情，能吸引陌生人親熱地拍拍他的頭——卻又止住手，納悶這是個什麼樣的怪孩子。彷彿他的靈魂已經出竅，任憑肉體像植物般蓬勃生長。可是歐文・華藍並不是白癡，他能夠理智的談話，像一個栩栩如生的話匣子。大家開始認為他是個胡說八道的人，因為他總是不厭其煩地長篇大論曾經從書上得來的知識，譬如那些機械製造的各種奇跡，如今，他才領悟到那全是荒唐無稽的騙局。他列舉亞伯塔・麥格納斯製造的「黃銅人」、培根修士創造的「銅頭」[4]；往下講述近代自動化的小馬車，是專門替法國王子製造的東西；還有一種昆蟲，牠能像活蒼蠅一樣，在你的耳邊嗡嗡鳴叫，其實只是一種巧小的鋼絲彈簧。他又講述了一個鴨子的故事，說牠搖擺而行，嘎嘎地亂叫、覓食，只是，如果有個老實人把它買回去烹飪，便會發現自己上當受騙，原來，牠只是鴨子的機械幽靈而已。

「我現在才懂得，」歐文・華藍說，「所有的這些說法都只是欺人之談。」

接著，他又神祕兮兮地承認，過去曾抱持著不一樣的想法。在閒逸和做白日夢的日子裡，他曾經以為可以神化機械，利用它來展現精神，再增添生命的律動，就能誕生出完美的理想範品——是自然萬物之母想要創造，卻未曾盡力去實現它。然而，他自己對於實現這個目標或計畫本身，卻缺少明顯的認識。

「如今，我把這一切都拋在一旁了，」他會說，「那都是年輕人常用來故意迷惑自己的夢幻。現在，我有一點醒悟了，回頭想起過去的事情，覺得真是可笑呢。」

不幸，不幸啊！沈淪的歐文・華藍！這些跡象表示：他已經不再屬於周圍那個看不見的美好世界，對於無形的東西已經失去信心，現在只像這類型的倒霉鬼所必然經歷的過程一樣，甚至以擯棄親眼目睹的事物為傲，對於許多東西，他視而不見，除了親手觸摸到的東西之外，他一概都不願意相信。這類型人的不幸遭遇，大概都是這樣；他們的精神漸漸枯萎銷融，只剩下遲鈍粗鄙的理解力，越來越認同那些他們唯一理解的東西。然而，歐文・華藍的精神尚未枯萎，也未曾銷融，只不過是在沈睡而已。

他是如何從沈睡中再次甦醒，已無案可稽。或許是因為痙攣性的疼痛刺激了他麻木的神經，或許像以前一樣、蝴蝶翩翩飛來，在他頭頂上盤旋，又賦予他靈感——這個陽光生物總是捎給藝術家神祕的使命——鼓舞他重拾以往的人生目標。不論是痛苦還是快樂，情緒流遍了他的血管；他的第一個衝動就是感謝上帝，使他再度成為一個有思想、有想像，敏銳感性的人。很長一段時間裡，他不屬於這類人了。

「現在動手完成任務了，從來沒有感覺過這樣渾身是勁兒。」他說道。

然而，雖然感覺強壯，他也害怕死亡會突然侵襲，中斷他的工作，令他壯志未酬。於是，他更加努力地工作。所有全心全意去完成崇高使命的人，通常會有這種焦慮。他們將生命視為前往成功之路所必備的一項條件；因為，倘若純粹是熱愛生命本身，就不會害怕失去它，而一旦為了達成某種目標而渴望生命，就會明白生命是何其脆弱。還有一種關鍵的信念，與這種不安全感並存，那就是——當我們從事命中注定、適合自己的工作時，死亡不會傷害我們；因為，倘若不能完全這份工作，全世界都會為之哀悼。難道，心懷雄心壯志、改造人類的哲學家，正鼓起勇氣說出智慧的語言之時，會相信死神即將召喚他脫離生命嗎？如果他就這麼逝去了，要經過漫長得令人厭倦的幾個世紀後——整個世界的生命猶如沙漏中的黃沙，一點一滴地墜落——才會有另外一個智者，才會向世人揭示那個隱而未諭的真理。但是歷史上存在許多例子，說明在任何時代，天才往往早凋；他們雖然擁有最寶貴的精神，卻得不到揮灑自己才華的空間，無法完成塵世間的使命。先知死去，麻木遲頓、懶惰成性的人卻活下來了；詩人的歌才唱到一半，便前往了天國，在凡人聽不見的地方參加合唱隊。而畫家——像奧斯頓[5]這樣——將一半的構思留在畫布上，用不完整的「美」傷透我們的心，自己卻用天堂的色彩（如果這麼說不會失敬的話），完成整幅畫。但是，更有一項可能，是今生這些未竟的藝術構想，永遠也不會在任何地方完成。人類種種最珍貴的計畫經常夭折，可以證明塵世的作為，不論是因為虔誠信仰或是天才的才華，顯得多麼的超凡入聖，其實，全部都毫無價值；除了能將精神付諸行動、予以證明之外。在天堂，所有普通思想都比米爾頓[6]的詩歌更崇高、更悅耳動聽。那麼，對於留在人間、尚未完成的詩篇，他是否願意再添補一段詩歌呢？

還是回頭再說說歐文・華藍吧。要達成他的人生目標，全看他運氣是好是壞。我們且略過他長時間焦慮的思考、滿懷渴望的努力、精心工作的辛苦、傷神焦慮，以及獨自歡慶成功的瞬間，讓這一切都停駐在我們的想像中。且談一個冬夜，藝術家去造訪羅勃・丹福的家園。在那裡，他看到鐵匠魁梧的身軀薰陶著家庭的溫暖，一幅和樂融融的景象就在眼前。而安妮已經成為主婦，感染不少丈夫坦誠堅定的性格。但是，歐文仍然認為，她具有更細膩的優雅氣質，可以詮釋力與美。恰巧，老彼得・霍文登今晚也在女兒家的爐火邊做客。藝術家乍遇老人家的目光，依然是他那份挑剔別人的銳利、冷漠的表情。

「我的老朋友歐文！」羅勃・丹福叫道，一面把藝術家纖細的手指頭握在他慣於鍛鐵的大手中。「你終於來拜訪我們了，真是好極了！我一直擔心你被『永恆運動』衝昏頭了，忘記昔日的老朋友了。」

「能夠見到你，我們感到十分高興。」安妮少婦的面頰泛起紅暈，「這麼久不來看我們，哪像是朋友啊？」

「嗨，歐文，」老鐘錶匠先打聲招呼，然後問道：「你那個美麗的小玩意兒怎麼樣啦？總算搞出個名堂了吧？」

藝術家沒有立刻回答，此時出現一個在地板上爬滾的小孩，著實令他吃了一驚——這小傢伙似乎憑空神祕地出現，身軀卻健壯結實，好像是用大地上最真材實料的物質塑成。這個前途無量的小嬰孩向訪客爬過來，用羅勃・丹福的話來說，他「豎」在地上，用一雙機靈的眼睛注視歐文。身為母親的安妮不禁與丈夫交換了一個驕傲的的眼神，但是藝術家卻被孩子的目光攪弄得不安寧；他覺得這個嬰孩與彼得・霍文登的神情多麼相似啊，簡直就是老鐘錶匠縮小為嬰兒的化身。通過那雙睜得圓圓大大的嬰兒眼睛，重覆著那個惡毒的問題——

「歐文，那個『美麗的玩意兒』呢？你進行得怎麼樣啦？你已經創造出『美』了嗎？」

「沒錯，朋友們，說實話，我已經成功了！」」藝術家眼中閃起一陣勝利的喜悅，露出燦爛的微笑，又浸透著深奧的思想，似乎有些哀傷。

「真的？」安妮的臉龐又浮現少女般的歡樂神情，「現在可以問問，你這個祕密究竟是什麼呢？」

「當然，我今天來這兒，就是為了揭開這個祕密，」歐文・華藍回答，「妳會知道、看見到、觸摸到，並且擁有這個祕密，因為，安妮——如果我還能這樣稱呼童年時代的玩伴——安妮，我製作這精神化的機械、這個展現『和諧運動』與『美』的神祕東西，正是我想要送給妳的結婚禮物！它誠然是件遲來的禮物，但是隨著我們一天一天的老去，周圍的事物就會漸漸褪色，失去鮮艷的色彩，我們的靈魂也會越來越粗糙，所以就更需要『美』的精神。只要——原諒我，安妮——如果妳懂得如何珍視這件禮物，就永遠覺得它不會來得太晚！」

他邊說邊掏出一個珠寶盒，是他親手用黑檀木雕刻而成，鑲嵌著美麗的珍珠花飾，表現一個小男孩追逐蝴蝶的圖畫，蝴蝶又在另一處蛻變為長翅膀的精靈，正飛往天堂。而那名男孩（或少年），為了贏得這隻美麗的蝴蝶，從強烈的願望中獲得巨大的力量，他也從地面上升起，飛入雲端，又由雲端升到飄渺的天界。藝術家打開黑檀木盒子，叫安妮把手指放在盒子的邊緣。她按照他所說的話去做，但是她幾乎尖叫起來，因為一隻蝴蝶忽然閃動著翅膀飛了出來，落在她的指尖上。那華麗的紫翅金斑蝴蝶，一雙翅膀好像一閃一閃地上下拍動，彷彿要展翅高飛。牠那光華燦爛、精緻纖巧的身影，無法用文字形容。大自然最理想最美妙的蝴蝶在這兒完美呈現了。不是在花叢間飛翔、稍縱即逝的小昆蟲，而是翩翩飛翔在天堂的草地上，供小天使和夭亡嬰孩的靈魂追逐嬉戲。它的翅膀上有一層濃密的絨毛，清晰可見，它眼睛的光采透著奕奕的靈氣。爐火的火焰在這個奇跡的四周散發微光——是燭光在牠身上閃爍，但是牠顯然擁有自身的光輝，照亮了牠所停駐的手指和伸過來的手；白色的光芒恰似是一塊寶石。牠美妙絕倫，令人忘記了牠的渺小，即使牠的一雙翅膀巨大到罩著蒼穹，旁觀者的心靈也不會比現在更為歡樂。

「好美啊！好美啊！」安妮驚呼，「是活的蝴蝶嗎？是嗎？」

「活的嗎？當然是啦，」她丈夫回答，「妳以為憑藉凡人的本事，哪能塑造出一隻蝴蝶呢？再說啦，任何小孩子都能在夏天午後抓上十幾隻蝴蝶。幹嘛要自找麻煩去造一隻呢？活的？當然是啦。但是，這個漂亮盒子卻必然是我們朋友歐文的作品，也真正替他贏得了面子。」

此時，那隻蝴蝶又在搧動翅膀，動作栩栩如生，安妮嚇了一跳，甚至感到有些害怕。因為不論她丈夫怎麼說，她還是不能確信：牠到底是活著呢？還是一件奇妙的機械裝置。

「是活的嗎？」她於是更認真地再問一遍。

「妳自己判斷吧。」歐文・華藍站在一旁，盯著她的臉。

此刻，蝴蝶飛到空中，在安妮頭頂飄動，又飛翔到客廳遠處，翅膀一搧一搧地，搖曳出星星般的亮光。地板上的嬰兒用機靈的小眼睛追隨著牠。蝴蝶繞室飛了一圈，又盤旋而下，落到安妮的手指上。

「可是，牠到底是不是活的東西？」她再次驚呼道，她的手指不停顫動，落在上面的華麗神祕的蝴蝶不得不搖擺翅膀，設法保持平衡。「告訴我，牠是活的呢？還是你創造出來的呀？」

「既然牠這麼美，為什麼要問是誰創造的呢？」歐文・華藍回答，「活的嗎？的確是活的，安妮，妳可以說牠含有生命，因為牠吸收了我的生命。在這隻蝴蝶的祕密裡，在牠的美麗中——不僅僅是外形，牠的內部機體也同樣美麗——表現了一個『追求美的藝術家』的智慧、想像、感性和靈魂！沒錯，我創造了牠，但是，」——說到這裡，他的臉色一變——「如今，這隻蝴蝶對我而言，已不是少年時代白日夢中所遙遙望見的東西了。」

「不管怎麼說，牠總是件漂亮的東西，」鐵匠帶著孩子般的欣喜咧嘴笑道，「不知道牠願不願意委屈一下，落在我那又大又笨的手指頭上？安妮，把手靠過來！」

依照藝術家的指引，安妮把指尖挨近丈夫的指尖上。片刻之後，蝴蝶就從這隻手指飄到那隻手指尖上。它又拍拍翅膀，打算開始第二次的飛行，卻與上一次不太相同。牠從鐵匠粗壯的指頭上起飛，盤旋的圈子越來越大，直飛向天花板，又在房子繞著一個大圈圈，以波浪般搖晃起伏的動作，回到原來起飛的指尖上。

「哎唷，這真是鬼斧神工啊！」羅勃・丹福喊道，用他所能想出來的話，給予最由衷的讚美。的確，如果他就此打住，那麼即使是最擅於言辭、觀察敏銳的人，也不能說出更多的話。可是他又接著說：「我承認，我可沒有這樣的本事。不過，這又怎麼樣呢？我敲一下大鐵鎚，就比我們的朋友歐文浪費整整五年的時間去製造這隻蝴蝶，更有用處！」

此時，小嬰孩一面拍手，一面咿咿呀呀地發出聲音，顯然是想要這隻蝴蝶給他當作玩具。

同時，歐文側目瞥視了安妮一眼，想知道她是否同意丈夫對「美」與「實用」之間的看法——究竟誰更寶貴呢？只是，她對他本人的親切態度中，她凝視他親手創造的奇跡，以及，她對他理想的具體實現所表示的驚異與讚美，透露著一股隱密的蔑視——太隱密，也許連她自己也沒有意識到，而只有這位藝術家直覺的洞察力才能察覺。然而，歐文在追求理想目標的後期階段，已經超脫到另一層境界，對於這樣不愉快的事情，已不再感到傷心。他知道，無論是世人或是世人所代表的安妮，對他再如何盡力讚美，永遠也說不出最恰當的話，找不到最適當的感覺，來作為一位藝術家的最好報償。而藝術家卻用一件小小的東西，展現了一種崇高的精神——將俗物轉化為精神上的財寶——終於，以自己的作品展現了美。他不是到最後一刻才明白：一切高超行為的報償，只能從行為本身尋求，否則只是徒勞而已。然而，安妮和她的丈夫，甚至彼得・霍文登，都完全了解此舉實在是了不起，他總算沒有白費多年的心血。歐文・華藍原本可以告訴他們：這個蝴蝶、這件小玩意，這個可憐鐘錶匠送給鐵匠妻子的新婚禮物，事實上是一件藝術珍品，連國王都樂意用榮譽和大筆財富來交換它，並將它當作舉國的珍寶中，最獨特奇妙的稀世珍品！但是，藝術家只是微微一笑，沒有說出這句話。

「爸爸，」安妮以為老鐘錶匠的讚賞，會使他從前的學徒滿心歡喜，於是說，「快過來看看這隻美麗的蝴蝶！」

「好，我來瞧瞧。」彼得・霍文登說，他從椅子上站起來，臉上帶著一抹冷笑，這個神情能讓別人也像他一樣，懷疑任何物質以外的任何事物，表情鄙夷地伸出一根手指，「它可以停在這根手指上，讓它靠過來，等到我摸到它，就會更了解它啦。」

可是令安妮極為驚訝的是，當父親的指尖剛剛挨近她丈夫手指頭上的那隻蝴蝶邊，小昆蟲立刻垂下雙翅，似乎快要跌落到地板上，甚至它翅膀上、身上那些燦爛的金斑——除非她的眼睛會騙人——也隨之暗淡下來，鮮艷的紫色也罩上一層昏暗的黑色，而鐵匠手邊一輪星星似的光采也逐漸微弱、暗淡。

「牠快要死了！快要死了！」安妮嚇得大叫。

「牠的做工很精細，」藝術家平靜地說，「我告訴過妳，牠呼吸了一種思想上的精華——叫做『磁力』。一觸碰到懷疑和嘲笑，牠靈敏又細膩的感覺就會受到折磨，正如那個把自己的生命傾注在牠身上的那個人一樣——靈魂也受到折磨。牠現在已失去了美麗，再過一會兒，牠內部的機械構造就會受到破壞，到無法彌補的程度了。」

「爸爸，挪開你的手！」安妮臉色蒼白，她發出懇求，「我的孩子就在這裡，讓蝴蝶停靠在他純潔的小手上吧。或許，牠會死而復生，色彩會比以前更艷麗。」

她父親帶著尖刻的苦笑，抽回他的手。蝴蝶頓時恢復了自在的律動，色彩也呈現出鮮艷的光環，那最奇妙的特徵——那輪星星般的光芒，重現在牠的四周。最初，當它從羅勃．丹福手上轉移到孩子的小手上時，這個光環變得非常明亮，把小傢伙的影子投射到牆上了。小傢伙模仿父親和母親的樣子，伸出胖胖的小手，帶著天真的喜悅，觀看蝴蝶搧動翅膀。但是，這個小孩臉上有某種奇異的精明，使歐文覺得老彼得．霍文登的一部分特徵投射在這個小孩身上，老彼得嚴厲的懷疑態度已轉變為小傢伙的天真信任。

「瞧，小搗蛋的模樣多麼聰明喲！」羅勃．丹福輕聲對妻子說。

「我從未見過誰家的小孩有這副聰明的表情，」安妮回答，她本有充足理由誇獎自己的孩子，遠遠勝於讚賞藝術家的這隻蝴蝶。「小寶貝比我們更懂得其中的奧祕。」

蝴蝶和藝術家一樣，似乎察覺到這個孩子的天性不能與牠相投合，於是時而發光時而暗淡，最後，牠從孩子的小手上起飛，動作輕盈，似乎主人的精神賦予牠某種靈氣，驅使這個美麗幻影情不自禁地往上飛揚，飛向另一個更高的境界。如果此處毫無障礙，牠很有可能會翱翔飛入天空，變為不朽。可惜，牠的光采只能閃爍在天花板上，而牠精巧優美的翅膀擦撞到世俗上的東西時，一兩點火光宛若星塵，幻覺般地飄落下來，在地毯上閃著微光。接著，蝴蝶拍翅而下，沒有落回孩子的小手，卻飛往藝術家的手上。

「不要這樣！不要這樣！」歐文・華藍輕聲說，彷彿自己的手工造物能聽得懂他的話，「你已經離開主人的懷抱，就不能再回來了！」

蝴蝶猶豫了一下，放射出一道顫抖的光芒，一度掙扎，似乎搖晃地飛向孩子，快要落到他的手指上，卻又在半空中盤旋不定；就在這一刻，那個「大力士的孩子」，一臉外祖父敏銳精明神氣的小傢伙，卻一把抓住這隻奇妙的昆蟲，把牠緊緊捏在手中。安妮尖叫起來！老彼得・霍文登爆發出一陣譏諷無情的大笑。此時，鐵匠用力扳開孩子的小手，只見手掌心躺著一小堆閃閃發光的碎片，而「美的奧祕」已在其中永遠逍逝。至於歐文・華藍，則只是平靜的注視著自己畢生心血的毀滅。然而，這不是毀滅，因為，比起這隻蝴蝶，他自己早已捕捉到更加崇高的事物。一旦藝術家奮力攀登，到達了「美」的崇高境界時，他所創造的那個美之象徵——凡人的肉眼可以察覺到的——在他自己眼中，已失去了價值，而藝術家的精神則在現實的歡樂中泰然自若。

註：

1. 追求美的藝術家——*The Artist of the Beautiful*，霍桑於一八四四年、一八四六年納入短篇小說集《古宅青苔》（*Mosses from an Old Manse*, 1846, 1854）。屬於「心之寓言」。
2. 麥布女王——Queen Mab，神話故事中的精靈，可以幫助世人實現夢境。曾出現於莎士比亞的《羅密歐與茱麗葉》（*Romeo and Juliet*，William Shakespeare）。
3. 聖保羅——Saint Paul，耶穌使徒之一。

4.此處的培根修士指羅傑・培根（Roger Bacon，1214—1294），英國哲學家、科學家、鍊金術士。傳說中，培根花費七年的時間，創造了一顆銅製頭顱，期盼可以親耳聽見黃銅頭像開口說話。日以繼夜看守它，在他不得不休息時，他吩咐僕人邁爾斯在它開口說話的時候，務必趕快叫醒他。銅頭在邁爾斯面前開口說了三次話：「現在時間是！」「時間曾經是」「時光一去不復返」。在一陣令人目眩的煙霧、碰撞聲之後，培根修士驚醒，他衝進黃銅像所在的房間，結果，黃銅像掉在地上，摔成了碎片。

5.奧斯頓——Washington Allston（1779—1813），美國畫家和詩人。

6.米爾頓——John Milton（1608—1674），英國詩人，長詩《失樂園》（*Paradise Lost*, 1667）是其代表作。

雪影

1

雪影——一個童稚的奇跡[1]

在一個寒冬的下午，漫長的風暴過後，太陽投射出冰冷的晴光，滿地新雪。林西家的兩個孩子得到母親的允許，跑到外面去玩雪。年紀大一點的孩子是個小女孩，由於性情溫柔又十分美麗，父母和熟人們都稱她為「紫羅蘭」。而她弟弟名叫「牡丹」，因為他小臉圓圓胖胖，兩團粉撲撲的紅暈，讓人聯想到陽光和大朵的紅花。姊弟倆的父親林西先生是個五金器具商人，在此必須聲明，林西先生是位身手不凡又十分實際的鐵漢，無論遇到什麼事情，他都能堅定不移地採取所謂「常識」的看法。他和別人一樣心腸軟，但頭腦卻僵硬得令人猜測不透，所以和他販賣的鐵罐子一樣空洞。至於孩子們的母親，在忙碌於主婦和母親兩種身分的天昏地暗中，卻富於詩人氣質和超凡脫俗的美貌——宛若一朵精緻嬌美的鮮花，帶點盈盈露珠；雖然度過多愁善感的青春，依然活潑而有朝氣。

這家人住在城市裡，除了屋前的一座小花園以外，沒有更寬敞的地方供孩子們遊戲。小花園前圍著一道白色的籬笆，隔開外面的街道，籬笆邊有一棵梨樹和兩三棵李樹，它們的樹枝灑落片片濃陰，客廳的窗前還生長著幾叢玫瑰，不過現在，果樹和玫瑰的枝椏上已無片葉覆蓋，它們的枝椏裹在層層輕雪中，形成一種「冬天的葉片」，周遭還點綴著下垂的冰柱，像累累果實一樣。此時雖然雪花從灰濛濛的天上飄揚，令人看了又乏味又悶悶不樂，但是，當陽光灑落下來，就變得十分讓人歡快；於是，紫羅蘭和牡丹姊弟央求母親讓他們出門去玩新雪。

「好吧，紫羅蘭——好吧，我的小牡丹，」和藹的母親說，「你們出門去玩雪吧。」細心的母親給兩個小寶貝穿上羊毛外衣、厚厚的襪子，包裹好圍巾，再讓姊弟倆的小腿各套入一雙綁腿式的長統靴，小手上套著一雙毛線的絨絨手套，然後在他們臉頰上各親一下，好當作抵擋嚴寒的護身符。兩個孩子蹦蹦跳跳，立即衝進巨大的雪堆中間。紫羅蘭像隻小雪鳥似地鑽了出來，小牡丹掙扎許久，才露出紅彤彤的臉蛋，一如盛開的花朵。姊弟倆玩得多麼開心啊，看見他們在冬日的園裡嬉戲，你就會覺得這場黑暗無情的暴風雪撲向大地，是為了提供紫羅蘭和牡丹一種新的遊戲。而兩個小孩也像雪鳥一樣，要在天造地設的銀色白雪中，尋找嬉戲的快樂。

最後，他們朝向彼此丟雪球，你扔一個雪球、我也扔一個雪球，兩人渾身上下都灑滿了層層白雪。紫羅蘭瞧著牡丹的小個子咯咯大笑，突然有了個嶄新念頭。

「牡丹，如果你的臉頰不這麼紅，」她說，「你的樣子真像是個雪人。這倒是讓我想到一個好主意！我們堆出一個雪人吧——一個小女孩吧——她會像我們的妹妹，整個冬天都跟著我們一起跑呀玩呀，尋找歡樂，豈不是很好嗎？」

「哦，好呀，」牡丹年紀還小，只會老老實實的大叫，「那當然好囉！媽媽也能看見她！」

「對呀，」紫羅蘭說道，「讓媽媽也見見那個新來的小女孩，但是她一定不能讓小女孩走進暖和的客廳去，因為，我們的小雪妹妹不喜歡溫暖呀。」

於是，兩個孩子開始動手完成他們的大工程，要堆出一個會跑來跑去的雪人。媽媽坐在窗前，聽到他們的談話，對他們一本正經忙碌的樣子，不禁莞爾；他們好像真的以為，可以毫不費事的用雪堆出一個活生生的小女孩。說實話，如果可以創造奇跡，只要像紫羅蘭和牡丹這般努力，深信不疑的去做、單單純純的去想像，而不去思考是否會有奇跡發生。他們的母親這樣想著，她還想：從天空降下來的新雪恰巧是創造奇跡的好材料，如果不是這麼凍手的話。她又看了一會孩子們，高興地觀察他們倆小小的身影，女孩紫羅蘭的個頭比實際年齡還高，體態敏捷優雅、膚色柔和，模樣像某種欣喜的「遐想」，不像是一個血肉之軀。而牡丹則一個勁兒地往橫處生長，一雙結實健壯的小腿跑來跑去，像頭小象一樣。母親低頭工作，繼續手裡的活計兒，我不記得她在做什麼了，不是替紫羅蘭縫製絲綢短帽，就是為小牡丹的短腿織雙襪子吧。但是她禁不住一而再、再而三的朝向窗外，看看孩子們的雪人堆得怎麼樣了。

這幅景象實在太美麗了。兩個聰明活潑的小傢伙忙碌地幹活！瞧他們多麼熟練、多麼在行。紫羅蘭身為總指揮，對牡丹發號施令，而她自己纖細的小手則負責更細緻的裝飾工作。奇怪的是，雪人似乎不像從孩子們的手中堆造出來，反倒像在他們的手中，自己長大起來。姊弟倆手忙腳亂，嘰嘰喳喳，十分熱鬧。對於這個情形，母親頗感驚訝，越看越驚訝。

「我的孩子真是了不起！」她不禁微笑，滿臉身為母親的驕傲，又為自己如此得意而暗自發笑，「有誰家的孩子會一試就能堆出活靈活現的雪人，像個小女孩似的呀？嗯，不過還是別看他們了，我現在必須趕緊縫製牡丹的新罩袍啦。明天，她爺爺就要來了，我得把兩個小傢伙打扮得漂漂亮亮。」

於是她又縫起衣裳，就像兩個孩子堆雪人一樣，忙碌起來；一面飛著衣梭似的穿針引線，一面聽到孩子們悅耳動聽的說話聲，讓她輕鬆愉快地工作著。兩個小傢伙小嘴說個不停，舌頭像小手小腳一樣勤快。有時候，她聽不清楚他們的話，只感到他們情緒興奮，相親相愛地玩得非常開心，雪人也堆得十分順利。偶爾，紫羅蘭和牡丹恰巧提高嗓門，聲音傳入客廳，好像他們正在母親的身旁說話一樣。哦，這些話句句都在她心中回響，即使他們根本沒有說出聰明美妙的話。但是，你必須明白，一個母親用心聽話的時候，比用耳朵聽話的時候多出許多，別人耳中聽來十分尋常的事，她卻如聽仙樂般地滿懷歡喜。

「牡丹！牡丹！」紫羅蘭呼喚著弟弟，他跑到園子的另外一邊去了，「再拿一點那種新雪來，在最遠的那個角落，那片剛降下的雪，我們還沒有踩過。我要拿它來裝飾小雪妹妹的胸脯；這個部分必須非常潔白，要像剛剛落下的新雪一樣潔淨。」

「來了來了，給你，紫羅蘭，」牡丹一面掙扎地踏過雪堆，一面欣然回答，「這些雪給妳，用來做她的雪白胸脯。哦，紫羅蘭，她看起來很－美－啊！」

「是呀，」紫羅蘭一面沈思一面輕聲說，「我們的雪妹妹的確很美。牡丹，我沒有想到，我們倆竟會做出一個這麼漂亮的小女孩來。」

母親聽見了他們的談話，不禁在想，如果小仙女們──或者更美好的小天使們──能夠從天堂下凡，跟她的寶貝們一起嬉戲，用祂們隱形的雙手幫孩子們堆雪人，令它擁有天仙的容貌，那該有多麼好！如此，紫羅蘭和牡丹將不會知道這些來自天國的玩伴──只知道雪人越變越美好──還誤以為全都是他們自己的功勞。

「如果只要凡人的孩子能擁有這種福氣，我的一雙小兒女就能匹配這種玩伴。」母親自言自語，一想到自己為人母親的驕傲，又不禁莞爾。

然而，她仍然緊緊抓住這個念頭，不時瞥向窗外，夢想著可以看見來自天堂的金髮天使，祂們和她自己的金髮紫羅蘭、粉紅臉蛋的牡丹一起嬉戲。

又傳來一陣孩子們忙碌認真卻模糊不清的說話聲，姊弟兩人正齊心協力地努力工作，看起來，紫羅蘭正在發號命令，牡丹則是個搬運工，搬運遠處降下的新雪，這個小淘氣顯然對此頗為內行。

「牡丹！牡丹！」牡丹又跑開了，紫羅蘭大叫著，「把梨樹矮樹枝上的渦卷雪花拿來，我得用它們給雪妹妹做些鬈髮！你可以從雪堆向上爬，牡丹，很容易搆得到。」

「來了來了，姊姊！」小男孩回答，「小心，不要把雪渦卷弄破了。好極了，好極了，多美啊！」

「看！她的樣子多麼美呀！」紫羅蘭心滿意足地說道，「我們現在必須弄些亮晶晶的小冰塊，給她做明亮的眼睛，還沒有完工呢。媽媽會說她非常美麗，但是爸爸會說：『呸！不要胡鬧，快進來，外面一片冰天雪地！』」

「我們呼喊媽媽向外看看吧！」牡丹邊說邊高高興興的大叫，「媽媽！媽媽！快看哪，我們做了一個多麼美麗的小雪妹妹！」

母親放下手中的針線，往窗外看去。恰巧太陽即將落到世界的盡頭——此刻是一年之中白晝最短的一天——夕陽斜照著母親的眼睛，所以，她看不清楚花園中的景象，但是，透過明亮耀眼的斜暉和新雪的光芒，她依然看見一個小小的雪白身影，栩栩如生，而紫羅蘭和牡丹還在忙來忙去。牡丹搬運剛降下的新雪，紫羅蘭則像雕刻家一樣，為模特兒貼上黏土，熟練細心地在雪人身上添雪。母親雖然看不清楚孩子們的模樣，卻心想：從來沒有見過有誰把雪人堆得那麼精緻漂亮，更沒想到它竟然出自如此可愛的一雙小娃娃之手。

「他們倆不論做什麼，都比別家的小孩優秀，」母親得意洋洋，「難怪他們的雪人也堆得最漂亮！」

她又坐下來趕製手上的針線活。因為天色快黑了，而牡丹的罩袍還沒有完工，爺爺乘坐的火車明天一早就會抵達。於是，她的手指動得越來越快，針線飛快地在她指間穿梭。孩子們依然在園子裡忙著堆雪人，她也盡可能留神傾聽他們正在說什麼，有趣地發覺他們好像在自己的勞作上發揮想像力，十分認真地，似乎以為那個雪孩子真的會跟著他們一同遊戲呢。

「整個冬天，她都會是我們最佳的玩伴喲！」紫羅蘭說，「但願爸爸不會擔心她傳染感冒給我們！我們應該喜歡她，難道不是嗎，牡丹？」

「哦，當然當然！」牡丹叫道，「我要擁抱她，讓她坐在我身旁，喝點我的熱牛奶！」

「牡丹，不行不行！」紫羅蘭說，她一本正經，一副聰明的模樣，「千萬不可以！熱牛奶不能給小雪妹妹喝。像她這樣的小雪人，只能吃小冰柱。我們一定不能給她吃任何熱乎乎的東西！」

接著，安靜了片刻，從來都不知疲倦的小牡丹又跑到花園的另一邊了。突然間，紫羅蘭高興地大喊——

「牡丹，快過來看！快呀！」一道光線從玫瑰色的雲朵中射下來，照著她的臉蛋！紅色的光澤也不褪去，好漂亮啊！」

「對呀，好—漂—亮，」牡丹故意一個字一個字地說，「紫羅蘭，瞧瞧她的頭髮，像是金黃色呢！」

「喔，當然啦，」紫羅蘭好像覺得理所當然，平靜地說，「那個金色是從天上金黃色的雲霞映照來。現在，差不多快完工了。不過，她的嘴唇應該是紅色的——比她的臉蛋兒更紅。牡丹，如果我們倆都各親吻她一下，也許她的嘴唇就會變成紅色！」

於是，母親聽見兩聲響亮的親吻聲，似乎兩個孩子都親吻了雪女孩冰凍的嘴唇。但是，這麼做似乎還不能讓雪女孩的嘴唇足夠紅潤，紫羅蘭便又提議讓雪孩子親吻牡丹的紅臉頰。

「過來，小雪妹妹，親親我！」牡丹大叫。

「瞧，她親吻你了，」紫羅蘭說道，「現在，她的嘴唇夠紅了。她還羞紅了臉呢！」

「哦，多麼冰冷的吻呵！」牡丹大叫。

就在這個時候，一股輕風從西邊吹來，撫過花園，也把客廳的窗戶吹得嘎嘎作響。

天寒地凍，母親正想用帶著頂針的手指敲敲窗玻璃，呼喚兩個孩子進來屋內，突然，兩個孩子異口同聲喊著她。他們聽起來十分興奮，語氣中沒有驚訝的成分，像是一件期待已久的事情終於發生一樣，所以他們歡天喜地的呼喊著。

「媽媽！媽媽！我們已經把小雪妹妹做完啦，她現在正跟著我們，在花園裡跑來跑去呢！」

「他們倆想像力真豐富！」母親自忖，一邊替牡丹的罩袍縫上最後幾針，「真奇怪，他們幾乎也把我變成了孩子！現在，連我也不禁相信雪人真的活起來了！」

「親愛的媽媽！」紫羅蘭喊道，「請往窗外看看，我們有個多麼好的玩伴呀！」

母親經過這麼一催，也就不再耽擱，趕緊向窗外看。此時太陽已經無影無蹤，只留下他姹紫嫣紅的餘輝依然留在雲端，使這個冬日的黃昏晚霞滿天。但是，窗戶上和雪地上已不再有任何刺眼的閃光，所以，這位好婦人可以看清楚整座花園間的任何事物。猜猜看，她瞧見了什麼？當然是她那兩個寶貝孩子啊，但是啊，她還看見了什麼東西或什麼人呢？如果你願意相信，她看見花園裡有一個渾身雪白、兩頰玫瑰色，一頭金黃色鬈髮的小女孩，正在和姊弟倆追逐嬉戲呢。她雖然是個陌生人，但是似乎和他們十分親密，姊弟倆對待她也是一樣親密，好像他們三個人從小一起長大，她小小的生命一直是他們的玩伴。母親自忖：一定是某個鄰家的女兒看見紫羅蘭和牡丹在花園裡，就穿過街道，跟他們一起玩。因為此刻陽光正在消逝，戶外的空氣越來越冷，於是這個仁慈的婦人走到門口，想邀請這個小女孩進來溫暖的客廳裡。

但是，打開了屋門以後，她猶豫不決，不知道該不該邀請那個孩子進來，甚至該不該跟她說話。說實話，她幾乎開始懷疑她是不是一個真正的孩子，還是剛降落的大雪所散發出的一輪光圈，被冷冽寒風團團轉地吹來吹去。這位小陌生人的模樣的確很不尋常，據她所知，鄰居之中，沒有誰家的孩子長得像她這般好看。這個孩子的皮膚如此白皙，有嬌嫩的玫瑰色臉頰，前額和臉頰上飄揚著金黃色鬈髮；她的衣裳從頭到腳都是雪白色的，在寒風中飄揚，任何有腦筋的母親都不會替自己的孩子穿上這種衣裳，到凜冽的雪地裡玩耍。一看到她那雙小腳，這位善良細心的母親就不禁直打哆嗦，那雙小腳赤裸裸地，只穿著一雙白色的薄便鞋。然而，她穿得雖然很少，卻似乎絲毫不畏嚴寒，還在雪地裡輕盈地舞蹈，小腳似乎沒有在雪地上留下任何痕跡。紫羅蘭勉強趕得上她，牡丹的腿太短，只好遠遠落在後面。

遊戲間，這個陌生的女孩跑到紫羅蘭和牡丹的中間，一手牽著一個人，高高興興的向前跑跳。但是，牡丹幾乎立刻就抽回了他的小手，用力地搓著，好像手指頭都凍疼了。而紫羅蘭也鬆開自己的手，只是沒有那麼用力，認真地說：還是不要牽手吧。穿白衣裙的小女孩一言不發，仍然像先前一樣歡快地跳舞。即使紫羅蘭和牡丹不想和她玩，她也能和凜烈的西風結為玩伴；西風吹來吹去，颳得她團團轉，好像是她的老朋友一樣。母親一直站在門口看著，納悶這個小女孩怎麼那麼像飛舞的雪花，或者說，一團飛舞的雪花怎麼這麼像一個小女孩。母親叫喚紫羅蘭，輕聲地問道：

「紫羅蘭，寶貝，這個孩子叫什麼名字？她就住在我們家附近嗎？」

「哎呀，媽媽，」看見母親連這麼簡單的事情也不懂，紫羅蘭笑了起來，回答說，「這就是我們剛才做的小雪妹妹呀！」

「是的，媽媽，」牡丹跑到母親面前，抬頭天真的看著媽媽，大叫，「這是我們的小雪人！她很漂亮吧？」

此時，一群雪鳥飛來。牠們很自然地躲開紫羅蘭和牡丹，但是——真奇怪——牠們立刻飛向白袍女孩，在她頭上飛來飛去，停在她肩上，似乎像辨認出老朋友一樣。而小雪人呢，看見這些「冬之老人」的子孫們，顯然也像牠們看見她一樣，十分高興，伸出雙手歡迎牠們。於是，小鳥們不停地拍打翅膀，你推我擠、爭著要停在她的兩隻手掌、十根手指頭上。有一隻可愛的小鳥溫情地靠在她胸口，另一隻伸出尖喙去吻她的紅唇。牠們高高興興的相處融洽，就像平時在大風雪中盡情嬉戲一樣。

紫羅蘭和牡丹看著這個迷人的景象，不禁呵呵大笑，自己的新玩伴和這些長翅膀的小訪客玩得這麼開心，他倆覺得自己好像也置身其中，一樣的歡快。

「紫羅蘭，」母親大惑不解，問道，「不要開玩笑，老老實實的告訴我，這個小女孩是誰？」

「親愛的媽媽，」紫羅蘭認真地看著母親的臉，覺得很奇怪，因為這件事不需要更多的解釋，「我已經告訴妳了，她是我們的小雪人嘛。牡丹和我剛才一起完成的。牡丹也會這麼告訴妳。」

「沒錯，媽媽！」牡丹紅紅的小臉蛋十分嚴肅，他鄭重地說，「她是個雪孩子。難道她長得不美嗎？但是，媽媽，她的手好冷好冷喲！」

母親尚在猶豫，不知道該怎麼想怎麼辦的時候，臨街的大門忽然被推開了，姊弟倆的父親走進來了。他身裹一件藍色粗呢短毛的外衣，毛皮製的帽子一直罩到耳朵上，戴著一雙厚厚的手套。林西先生是個中年人，風霜吹紅了他的臉龐，是一副疲倦又快樂的神情，彷彿辛勞了一整天，愉悅地回到自己安寧的家。他一看見妻子和孩子，眼睛就發亮，但是不由得嘮叨幾句：在這麼嚴寒的冬天，全家人幹嘛站在屋子外面。再說，太陽都下山了。旋即，他發現那個雪白的小人兒在花園裡來回嬉戲，像個手舞足蹈的雪花圈，一群雪鳥在她頭頂上盤旋飛翔。

「咦，那個小女孩是誰？」這個聰明的男人問道，「她媽媽一定是瘋了，才會讓她跑到冰天雪地裡，只穿著一件輕飄飄的白衣裙，和一雙那麼薄的便鞋！」

「親愛的丈夫，」妻子說，「對於這個小女孩，我和你知道的一樣少。我想，她大概是哪個鄰居的小孩子吧。可是，我們家的紫羅蘭和牡丹，」她邊說邊笑，自己竟然正重複一個這麼荒唐的故事，「堅持說她是個小雪人。今天一整個下午，他們倆都在花園裡忙著堆雪人。」

說到這裡，她瞥了一眼孩子們堆雪人的地方，真是奇怪，姊弟倆費盡心力堆的雪人不見了，一點蹤影也沒有！看不見雪人，也看不見雪堆！除了一片空地上留著一圈小腳印，雪地空蕩蕩。

「這真是怪事兒！」她驚呼一聲。

「媽媽，什麼怪事兒？」紫羅蘭問，「親愛的爸爸，你也不明白嗎？這是我們的小雪人，是我和牡丹一起做出來的，因為我們想要個玩伴。是不是，牡丹？」

「是的，爸爸。」紅臉蛋的牡丹附和著，「這是我們的小雪妹妹。她是不是很美麗？但是她給了我一個冰冷的親吻喲！」

「呸，孩子們，不要胡說！」誠實正直的父親嚷嚷道。如前所述，這個善良的父親待人接物向來十分理智。「不要再跟我說，用什麼雪可以堆出活生生的人來。來吧，太太，這個小陌生人不能再待在冰冷的雪地裡。我們快把她帶進客廳！你給她做點熱牛奶和熱麵包的晚餐，盡量讓她舒舒服服的。我去問問鄰居，如果必要，也可以請城裡傳遞消息的人沿街喊一喊，看是誰家走失了孩子。」

說到這裡，這位心地善良的老實人走向小雪人，滿懷世上最真摯的善意。但是紫羅蘭和牡丹卻各自拉住父親的一隻手，懇求他不要讓她進屋。

「親愛的爸爸，」紫羅蘭擋在他面前，大叫道，「我告訴你的都是實話！她是我們的小雪妹妹，不呼吸冷冽的寒風，她就活不下去。千萬不要讓她走進暖和的屋子！」

「的確！爸爸，」牡丹拚命跺著小腳，認真地大喊，「這就是我們的小雪娃娃！她不喜歡熱烘烘的爐火嘛！」

「胡說八道！胡說八道！」對於孩子們愚蠢的固執，父親半是惱怒半是好笑，叫道：「快跑回家，馬上進房子裡去！天太晚啦，不能再貪玩，我得趕緊照顧這個小女孩，否則她就快凍死了！」

「親愛的丈夫，」妻子低聲說——她一直盯著雪孩子，越來越迷惑——「這件事頗為蹊蹺。你會以為我愚蠢，可是、可是——會不會是我們孩子堆雪人的那份天真和好奇心，吸引了一個隱形的天使？或許天使和兩個小傢伙一起嬉戲了一兩個鐘頭？所以就產生了我們所謂的奇跡？不，不！別笑我。我也知道這個念頭多麼愚蠢！」

「親愛的太太，」丈夫開懷大笑，回答，「妳和紫羅蘭、牡丹一樣孩子氣。」

從某個方面來說，她的確如此。她一直保持著孩童般的純真信念，她的心像水晶一樣純潔剔透。而且，她透過水晶般的心靈去看待一切事物，有時候，可以發現十分深刻的真理，旁人卻嘲笑這些真理，認為這些真理荒唐愚蠢。

然而此刻，好心腸的林西先生已掙脫兩個孩子，走進花園。任由孩子們在後面尖叫著，他們哀求父親：讓雪孩子待在寒冷的西風裡。

他一走近，雪鳥便四散逃逸，那個小雪人也往後逃，一面搖頭，好像是在說：「不要碰我！」而且惡作劇似地把他引進最深的積雪中。這個好心人一度滑了一跤，臉朝下地跌到雪堆中，他的粗呢大衣上沾滿白雪，像是一個巨大雪人一般。有些鄰居從窗口看見他，都納悶可憐的林西先生幹嘛在花園裡跑來跑去，去追趕一團被西風吹來吹去的白雪！終於，費盡力氣以後，他把小陌生人趕進一個角落，她無法脫身啦。他的妻子一直在旁目瞪口呆；天色都快黑了，可是雪孩子仍然晶瑩閃亮，渾身的光芒照亮四周，她被逼進角落以後，竟然就像一顆閃亮的星星！她的光華像是月光下的冰珠，閃閃發射出寒光。妻子覺得奇怪，為何林西先生沒有察覺這雪孩子非比尋常的容貌。

「來！快來！妳這個古怪的小丫頭。」林西先生抓住雪女孩的手，大叫，「總算捉到妳啦。不管妳怎樣任性，說什麼也要讓妳舒舒服服的才行。我們會給妳冰冷的小腳穿上一雙暖和的羊毛襪子，再用一條又軟又厚的披肩把妳裹起來。只怕妳可憐的小鼻子已經凍壞啦，不過，我們會想個辦法。快跟我進屋去吧！」

於是，這位一片善心的紳士，雖然鼻子已經凍得又青又紫，臉上依然帶著親切的微笑，拉了雪孩子的小手，往屋子裡走去。雪孩子垂頭喪氣、不情願地跟著他。現在，她身上的所有光亮都消逝不見了，剛才她還像個明亮寒冷的金星，在晴朗夜空、天際邊的一抹寶石色的深紅餘暉，現在卻黯然失色，無精打采、正在融化一樣。善良的林西先生帶她走上門前台階，紫羅蘭和牡丹凝視著父親的臉——淚水盈眶，眼淚還沒順著臉頰流下時，就已經凍住了——姊弟倆再次懇求父親不要帶雪孩子進屋。

「不要帶她進去！」好心的父親驚呼，「咦，妳瘋啦，我的小紫羅蘭——小牡丹也一樣！這孩子全身冰冷，她凍僵啦，小手冷得幾乎把我的手也凍僵了，我還戴著厚厚的手套呢。你們想讓她在外面凍死啊！」

他走上台階的時候，妻子又認真地注視這個白色的小陌生人，目光充滿敬畏。她真不知道自己是不是在做夢，但是總覺得這個孩子的頸上印著紫羅蘭纖細的手指印；看起來像是紫羅蘭堆雪人的時候曾用手輕輕拍了它一下，卻又忘記把手印抹平。

「親愛的丈夫，畢竟，」妻子重提天使們也許像她這個母親一樣，喜歡和紫羅蘭、牡丹一起玩耍，她說，「畢竟，這個孩子的確像個雪人，我相信她就是白雪做的！」

一陣西風吹在雪孩子身上，她又像星星似地閃耀著。

「雪做的！」林西先生一面勉強把不情願的客人拉向好客的門檻，一面重覆他妻子的話，「難怪她的模樣像雪，可憐的小東西，都快凍僵啦！但是一爐火就能解決一切問題！」

不再多言，這位極為仁慈和富於理性頭腦的好心人，把垂頭喪氣的白色小女孩從冰天雪地中拉進了舒適的客廳。小女孩渾身滴答、滴答、滴答，水淌得越來越多。客廳裡，裝滿無煙煤的海德堡火爐正在燃燒，熊熊火光透過鐵門上的雲母片，正發出閃亮的紅光，把爐子上的水壺燒得咕嚕咕嚕，歡快地直冒氣泡，熱氣漫布整間屋子。距離火爐最遠處，一面牆上的溫度計顯示八十度室溫。客廳掛著紅色的窗簾，鋪著紅色的地毯，模樣和空氣一樣溫暖。屋內的氣氛和戶外冷冽的冬日，有著天壤之別，就好像一步從新地島[2]走到印度最炎熱的地方，或是從北極地鑽進火爐。啊，對於白色的小陌生人而言，極地應該是個好地方！

滿腦子理性的林西先生，把雪孩子拉往嘶嘶冒煙、熊熊燃燒的爐邊，讓她站在爐前的地毯上。

「現在她可舒服了！」林西先生一面搓手，一面環顧四周，帶著愉快的微笑說，「孩子，不要拘束，隨妳想做什麼，就像是在自己家裡一樣。」

雪白小女孩站在爐前的地毯上，感覺到爐火的熱風朝她猛獸般撲來，她越來越悲哀，越來越沮喪喲！她渴望地瞟向窗外一眼，透過紅窗簾的縫隙裡，瞥見冰雪覆蓋的屋頂，星星閃爍著寒光，寒夜無比的美妙、迷人。寒風敲得窗玻璃嘎嘎作響，彷彿召喚她過去，可是，她垂頭喪氣地站在爐火前！

然而，頭腦理性的林西先生卻沒有發現不對勁的地方。

「快點兒，親愛的太太，快替她換上一雙厚襪子、裹上一條羊毛披肩或毯子。吩咐朵拉，牛奶一滾開，就給她端點熱呼呼的晚飯。紫羅蘭、牡丹，好好招待你們的小客人；瞧她在這個陌生的地方，多麼不開心。我這就去鄰居家跑一圈，弄清楚這是誰家的女孩。」

母親已經去找披肩和襪子了。不論她的心思多麼細膩精緻，到最後總是和平常一樣，遷就丈夫固執的現實主義。兩個孩子不停嘀咕，說他們的小雪妹妹不喜歡溫暖，可是林西先生還是不予理會，踏出門去了，隨手小心地關上客廳的門。他翻起大衣領子，罩住耳朵。才剛走出臨街的大門，便聽見紫羅蘭和牡丹尖聲叫他，他回頭一看，看見妻子戴頂針的手指正在敲客廳的窗戶。

「親愛的！親愛的！」她大聲喊叫，窗玻璃後面的臉一副惶恐的樣子，「不必去找孩子的父母啦！」

「爸爸，我們早就告訴你！」他一回到客廳，紫羅蘭和牡丹就對他尖叫，「你偏偏要把她帶進來。現在我們可憐的、親愛的——漂亮的小雪妹妹融化了！」

兩個孩子甜美的臉龐流滿眼淚。他們的父親明白在這世間上偶爾也會發生奇怪的事，心中也有點擔心自己的孩子也會融化！大惑不解之餘，他要求妻子解釋眼前的情況。可是，妻子只能回答：她被紫羅蘭和牡丹的叫聲喚回客廳，就不見小女孩的蹤影，只看見一灘白雪，當她注視白雪時，白雪也在地毯上迅速地融化了。

「你瞧瞧吧，就剩下這一灘水了！」她指著爐前地毯上的一灘水。

「都怪你，爸爸，」紫羅蘭淚眼汪汪地指責父親，「我們親愛的小雪妹妹只剩下一灘水啦！」

「搗蛋的爸爸！」牡丹跺著小腳，大聲叫喊——讓我發抖地告訴您——小傢伙還揮舞著小拳頭呢。「我們告訴過你會發生什麼結果！你為什麼還是拉她進來？」

而海德堡火爐似乎透過鐵門上的雲母片，朝向林西先生怒目而視，像一個紅眼的魔鬼，為自己惡作劇得逞而興高采烈。

也許這種怪事極為少見，但是它的確偶爾發生，而理性碰到這種事，就只好認輸。雖然，對於林西先生這種睿智的人而言，雪人的故事也許只是幼稚的小事兒，然而，透過不同方式，它卻能為人們帶來教誨和啟迪。譬如，其中一條教訓是說：任何人，尤其是那些好心腸的人們，在行善之前，最好先認真想清楚它的性質以及它所牽涉的一切事物，再採取行動。對一個人有益的事物，說不定對另外一個人而言卻是場災禍。就以客廳裡的溫暖來說吧，對紫羅蘭和牡丹這樣血肉之軀的孩子而言，十分合適——雖然對他們的健康未必有益處——但是對不幸的雪人來說，卻是場毀滅性的災難。

但是，對於林西先生這樣明智的好心人來說，這則故事的教訓又有何用。他們熟闇於一切——哦，當然！——他們了解過去、現在、未來所發生的一切。就算大自然或他們身邊的某些現象超越了他們的思維方式，哪怕這現象就發生在他們眼皮底下，他們也只是視而不見。

「親愛的太太，」林西先生沈默了一會兒，然後說道，「瞧瞧孩子們的腳邊帶進來多少雪！爐火前的地毯上都是一灘水啦！快叫朵拉拿支拖把來擦掉！」

註：

1. 雪影——一個童稚的奇跡——*The Snow-Image (A Childish Miracle)*，霍桑於一八四四年、一八四六年納入短篇小說集《雪影》(*The Snow-Image, and Other Twice-Told Tales*, 1852)。屬於「心之寓言」。
2. 新地島——Nova Zembla，屬於俄羅斯北冰洋內的群島，全年冰封。位於巴倫支海和喀拉海之間。

2

伊桑・布萊德——未完成故事之一章[1]

傍晚，石灰工巴特蘭姆，一個體型粗壯、態度粗魯的男人，渾身髒兮兮的沾著木炭灰，坐在那兒看管石灰窯，小兒子在一旁用白色大理石碎片蓋著小房子。突然間，下面山坡傳來一陣喧鬧的狂笑聲，並不是快活的笑聲，而是無精打采、甚至相當嚴肅的聲音，好像一陣強風颳來，搖動森林中的樹枝。

「爸爸，這是什麼聲音啊？」小男孩止住遊戲，把小身軀擠到父親兩膝之間。

「噢，有人喝醉了吧，」石灰工回答，「是哪個傢伙從村子裡酒吧出來了，雖然高興，卻不敢在裡面放聲大笑，怕把屋頂掀塌了，所以跑到格雷洛克山坡[2]上，笑得前仰後合。」

「但是，爸爸呀，」孩子比愚鈍無知的中年人敏銳，說道，「他笑起來不像很高興的樣子，我害怕這個噪音！」

「孩子，別傻了！」父親粗嘎的說道，「我就知道你永遠也長不大，你太像你媽媽了，樹葉沙沙的響一下，也會嚇你一跳。聽！那個快活的傢伙來啦，你親眼看看他，就知道他沒懷什麼惡意。」
巴特蘭姆和小兒子說話的時候，一面坐著看管這座石灰窯；而這座窯正是當年伊桑・布萊德動身尋找「難以寬恕之罪」以前，沈思冥索過著孤寂生活的地方。自從那夜發生不祥的罪惡念頭以後，時至今日，已經流逝許多年的歲月，然而，山坡上的石灰窯依然如故。當年，他把各種陰鬱的思緒全部拋進熊熊爐火，熔化成一個主宰他人生的唯一念頭，事隔多年，這座窯毫無改變。它是座簡陋原始、圓塔般的建築，窯高約二十尺，用粗石建成，四周圍著極高的黃土堆，一車車整塊或零碎的大理石拖運上山坡，從窯頂上倒進窯裡。窯的底部有個缺口，像一扇爐門，大小足夠容納一個人彎腰進去，另外還裝了一扇厚重的鐵門。可以看見縷縷煙霧和竄竄火苗從門上的裂縫鑽出來，正像歡樂山的牧羊人常常指給朝聖者看的那個通往地獄的祕密入口[3]。
像這樣的石灰燒窯在那一帶山區十分常見，用途是為了鍛燒山中蘊藏豐富的白色大理石。有些窯建造於多年前，早已經廢棄，窯內空蕩蕩的地面野草叢生，朝向藍天，青草和野花紛紛在石縫之間扎根；看上去就像是一座座古老的歷史遺跡，未來的悠悠時光裡還覆蓋著一層青苔。另一些石灰窯，日日夜夜還有石灰工不斷往裡面添火，是山間流浪閒逛的人最感興趣的地方；他會坐在圓木或碎石塊上，與孤寂的燒窯人聊聊天。燒窯是一種寂寞的職業，但是如果石灰工喜歡胡思亂想，倒也是非常適合冥想的好去處。伊桑・布萊德就是一個例子。往年時，他一面熊熊燃燒這座窯，一面也冥思遐想過許多奇異的事情。

如今，這個看管爐火的人卻與伊森大不相同，除了幾件工作上必要的事情，他一概不去想其他的事。每隔一會兒，他便猛然框鐺一聲打開鐵門，一面撇過去臉龐，躲開難以忍受的熱浪和刺目強光，一面投進一根根大橡木，或用一根根長桿子撥一撥燃燒中的一堆大火。爐子裡面，火焰扭曲翻騰，焚燒中的大理石幾乎在強烈高溫下熔化。爐子外面，四周漆黑的森林反射著火光、顫動搖曳，照出前方一座小木屋光亮通紅的景象，還有小屋門前的泉水、石灰工沾滿炭灰結實的身軀，以及躲在父親影子裡戰戰兢兢的小孩子。而當鐵門再度關上以後，就重現出天上半輪的輕柔月光，徒然勾畫著鄰近山脈朦朧的輪廓。天際不時掠過團團雲彩，依然淡淡地染著夕陽餘暉的玫瑰色紅霞，儘管落在山谷深處的夕陽已經消失得無影無蹤。

父子倆聽見走上山坡的腳步聲，以及有人用力撥開樹下灌木叢的沙沙聲，小男孩更緊緊地貼近父親身邊。

「喂！是誰？」石灰工喊道，他對於兒子的膽怯很不高興，但自己也不免有點受到影響。「快走上前來，像個男子漢，不然，我就要扔塊大石頭，砸你的腦袋啦！」

「你這個歡迎的話十分不客氣，」這個不知名的人走近了，用悶悶不樂的低沈聲說道，「但是，即使在我自己家的爐火邊，我也並不期望得到更好的歡迎啦。」

巴特蘭姆為了看清楚些，他推開石灰窯的鐵門，旋即衝出一股強烈火光，完全罩住陌生人的面孔和身軀。乍看之下，他的外表十分尋常；此人身材又高又瘦，穿了一套粗呢褪色的鄉下衣裳，像趕路似地握一根手杖、足蹬一雙徒步旅行的厚重鞋子。他一面往前走近，那雙眼睛——極為明亮——一面緊緊盯著爐子的熊熊火光，好像看見了、或是指望裡面有什麼值得注意的東西。

「晚安，這位先生，」石灰工打聲招呼，「這麼晚了，你是從那兒來的呀？」

「我是在尋尋覓覓旅行之後，才回來的，」旅人回答，「因為這趟旅程最後總算結束啦。」

「他喝醉了！——不然就是發瘋了？」石灰工喃喃自語，「這個傢伙一定會給我惹麻煩，還是越早把他攆走越好。」

小男孩渾身發顫，輕聲乞求父親關上窯門，不要讓火光照得這麼明亮，因為這個陌生人的臉上有某種神情，讓人覺得害怕，但是又不能視而不見。雖然，石灰工平日裡麻木遲鈍，還是感到有點兒不對勁，注意到有什麼無法形容的東西。這個人瘦削、粗眉大眼，愁容滿面，又有灰白的頭髮披散於前額和臉頰上，深邃的眼窩裡火焰一般地閃爍出光亮，像神祕洞穴裡的兩個入口。可是，當巴特蘭姆一關上鐵門，陌生人就轉身面對他，對他輕聲細語，說話的口氣頗為親切，令巴特蘭姆覺得他畢竟是個頭腦清楚的正常人。

「看來，你的活兒快幹完了，」陌生人說道，「這些大理石已經燃燒了三天，再過幾個鐘頭，石頭就會變成石灰囉。」

「咦，你是誰？」巴特蘭姆驚呼了起來，「你好像跟我一樣，對這個職業十分在行。」

「我也應該如此才對，」陌生人說道，「我有許多年從事這門職業，而且就在此地，就在這座窯呢。不過，你卻新來這一帶不久，你聽過伊桑・布萊德這個人嗎？」

「你是說那個出去尋找『難以寬恕之罪』的傢伙嗎？」巴特蘭姆呵呵笑了起來。

「正是。」陌生人回答，「他已經找到要尋找的東西，所以又回來啦。」

「什麼！那你就是伊桑・布萊德本人了？」石灰工驚愕地說道，「如你所說，我新來不久，他們說你離開格雷洛克山腳已經十八年了。但是，我可以告訴你，那邊村子裡的鄰居們還在叨唸伊桑・布萊德呢，他們說，他離開石灰窯的目的，是為了去辦件奇怪的事。算啦，這麼說，你已經找到『難以寬恕之罪』啦？」

「一點兒也不錯。」陌生人平靜地說。

「如果你不介意的話，我可以打聽打聽，」巴特蘭姆接著問，「這件東西到底在哪裡？」

伊桑・布萊德把手掩在自己的胸口上，回答說：「在這兒！」

接著，他臉上的表情落落寡歡，卻突然迸發出一陣嘲弄的大笑，彷彿無意間意識到自己的荒唐，因為他跑遍世界各地，找到的原來是這個距離自己最近的東西。他探索別人的每一顆心，卻在自己的心底發現這件東西。這種緩慢深沈、心事重重的笑聲，跟剛才那個預報他到來的笑聲一模一樣——幾乎令石灰工心驚膽顫。

這股笑聲使荒涼的山林為之黯淡、陰森森的——這股笑聲不合時宜地出現在錯誤的地方；這種因為心緒錯亂而突然迸發的笑聲，或許是人類發出的聲音中，最可怕的變調。一個沈睡者的笑聲，即使是小孩子——瘋子的笑聲、天生白痴的尖聲狂笑——都是令我們聽了也感到顫抖的聲音，而且總是樂於忘記它們。甚至連詩人曾經想像的惡魔或鬼怪所發出的叫喊聲，也比不上這股可怕的獰笑。就連遲鈍的石灰工也為之神經震顫、感到毛骨悚然——瞅見這個奇怪的陌生人注視自己的內心、爆發出狂笑；笑聲跳進入深沈的黑夜，在群山之間震盪出模糊的回響。

「喬，」巴特蘭姆對兒子說，「快跑到村裡的酒館去，告訴在那兒尋歡作樂的人，伊桑‧布萊德回來啦，他已經找到『難以寬恕之罪』了！」

於是小男孩快步跑出去，辦差事去了。伊桑‧布萊德並沒有表示反對，似乎也不怎麼在意。他只是坐在一根圓木上，目不轉睛地盯著鐵窯門。

孩子跑得看不見了，輕快的腳步先是踏在落葉上，後來又落在岩石山路上，漸漸地也聽不見了。此時，石灰工開始有點後悔叫孩子走開，覺得有小傢伙在場，到底是訪客和他自己的一道屏障。現在，他只好獨自一人應付這個局面，對著一個自認為曾經犯過唯一一件——上天都不予寬恕之罪的傢伙。而那項罪行含糊不清，好像正在保護著他，又使他自己心頭湧上陰影；巴特蘭姆自己的罪行湧上心頭，許多邪惡的記憶鬼影幢幢地翻騰，攪亂他的思緒，紛紛承認自己與窮凶惡極的「主罪」同根生，無論那項主罪是什麼，總是人類腐敗墮落的天性所撫育而成；它們屬於同一類族群，在他的胸腔中和伊桑・布萊德的胸間來回竄，彼此交換隱祕的問候。

於是，巴特蘭姆回憶起關於這個人的傳說。這個人像黑夜的鬼影般，闖到他的面前，在自己的老地方無拘無束。他離開了這麼久，連死人和入葬多年的死人，在任何熟悉的地方，都會比他更有資格感到自由自在。據說，伊桑・布萊德曾經在這座石灰窯血紅的熊熊火焰中，結識了魔鬼撒旦本人，他們曾經交談過。在此之前，這個傳說一直被當作笑譚，可是現在真令人膽顫心驚。根據這則傳說，伊桑・布萊德動身探尋之前，曾經在這座滾燙的石灰窯裡呼喚魔鬼，夜復一夜，和他討論「難以寬恕之罪」。他與魔鬼各自苦心設想出某種罪行的形象；這個罪行既無法補償也無法寬恕。而後，當山頂初露曙光時，魔鬼就爬進窯下的鐵門，在裡面忍受烈火炙烤，直到再度受到召喚，共同分擔那項可怕的任務，將人類可能犯下的罪行延伸到上帝無限憐憫的範圍之外。

巴特蘭姆在這些恐怖思緒中掙扎，伊桑．布萊德卻從圓木上站了起來，猛然推開鐵門。這個動作正配合巴特蘭姆心中的想法，使他幾乎以為可以看見魔鬼，全身紅熱滾燙，從熾烈的火爐中跑出來。

「住手，住手！」他喊道，「看在上帝的份上，現在不要把你的魔鬼叫出來！」雖然恐懼已經克服了他，他還是引以為恥，一面戰慄一面設法笑一笑。

「伙計！」伊桑．布萊德厲聲回答，「我需要魔鬼做什麼？我已經一路上把它甩在後頭啦。只有像你這樣半途中的罪人，才是它下工夫的對象。不要怕，我只不過想按照老習慣，替你調整調整爐火而已，就像我從前燒石灰時那樣。」

他撥動大塊的煤炭，添入更多的木頭，彎身向前注視火焰堆中牢獄般的凹陷處，也不去理會強光照得他滿臉通紅。巴特蘭姆坐在一旁觀看，猜測這位訪客的目的；覺得他若不是想召喚魔鬼，至少也想縱身躍入火堆裡去。然而，伊桑．布萊德默默地縮回身軀，關上窯門。

「我見得多啦，」他說，「許多人心中藏匿著罪惡的欲望，不知比這爐火熾熱了幾倍。可是，我細看這些人的心，卻找不到想要尋找的東西。不，那還不算是『難以寬恕之罪』！」

「到底什麼是『難以寬恕之罪』？」巴特蘭姆問，接著哆嗦地退後一步，唯恐聽見這個問題的答案。

「它是生長在我自己心底的罪惡，」伊桑．布萊德挺直身軀，露出像他這樣的狂熱份子特有的驕傲，回答說，「這是一種不在別處生長的罪惡！是智者的罪惡，壓倒『四海之內皆兄弟』的情感和崇敬上帝的思維，而為了它超凡的主張，不惜犧牲一切！是應該遭受到永恆痛苦的唯一罪孽！若是還能再痛快活上一回，我會毫不猶豫、放肆地再造一次罪孽，至於報應，放馬過來吧！」

「這個傢伙腦袋不清楚了，」石灰工喃喃自語，「或許，他和我們大家一樣是個罪人——不見得比我們的罪孽更多——但是，我敢發誓，這傢伙是個瘋子！」

然而，對於自己孤零零地和伊桑．布萊德在一起，待在這荒涼的山坡上，他感到很不安心。忽然間，他聽到傳來模糊的說話聲，七嘴八舌的由遠而近，還有雜沓的腳步聲，彷彿來了不少人，他們顛簸地走在石子路上，嘩啦地穿越矮樹叢；他不禁感到歡喜。不久，那些慣於在村中酒館逗留的懶漢就出現了，其中有三四個人是自從伊桑．布萊德離開後，就一直在酒館的火爐旁邊灌著甜酒、度過了整個冬天，又有在酒館門廊下抽煙斗的傢伙，混跡了整個夏天。他們一面笑語喧嘩，一面胡亂地吐著粗話。此時，一群人衝入石灰窯前的一小塊空曠地，被目光及一道道火光照亮。巴特蘭姆把窯門再打開一條縫隙，讓火光把這個地方照得透亮，以便這群人和伊桑．布萊德彼此可以看得一清二楚。

這些老相識當中，有一個是驛站長；這個人一度無處不在，在美國各個繁榮的村落旅館中，肯定都會遇見他，如今卻幾乎絕跡了。眼前這類人的活標本已是個枯槁、被香煙抽乾的傢伙，滿臉皺紋，酒糟鼻頭，身穿剪裁時髦的棕色釘銅釦短外套。不知多久時間以來，此人便在酒館占有自己的寫字台和角落，似乎仍然吸著二十年前就點燃的那根雪茄。大家都知道他是個愛說笑話的人，或許不是由於天生的幽默感，而是由於白蘭地威士忌的滋味和煙草的香味，使他從中得到靈感和詞句；這種混合酒精煙草的味道浸透了他全身和全部的思緒。另一張面孔，令大家記憶猶新，現在卻已變得古怪，是人們仍舊禮貌性稱呼的「切爾斯律師」；他是個衣衫襤褸而且邋里邋遢的糟老頭兒，身穿髒兮兮的襯衫和麻布長褲。在他自稱是好日子的那些年頭，這個可憐人是一位律師，精明厲害，一旦村子裡有人涉及訴訟時，常去找他。但是他嗜酒如命，無論是甜酒、果汁酒抑或是烈性酒和雞尾酒，日以繼夜喝個不停，終於不能再做勞心的工作，而淪落到靠勞力糊口的人。套句他自己的話說，他掉進了肥皂桶，換句話說，切爾斯先生如今小本經營熬肥皂的營業，而且肢體已經殘廢，斧頭砍去了他半隻腳，該死的蒸氣機又扯掉了他整整一隻手。不過，那隻手的肉體組織雖然不見了，但其精神上的肢體仍然存在。因為，他常伸出那隻光禿禿的殘肢，一口斷定他仍然活生生地感覺到一隻隱形的手，像真正的拇指和指頭被切除以前那樣，有敏銳的感覺。他雖是個不幸的傷殘者，世人卻不能將他踩在腳下，更無權輕蔑嘲笑他；因為，無論這次的倒霉意外，或是從前遭逢任何厄運時，他始終勇氣十足，不乞求施捨，具有男子漢的氣概，用剩餘的那隻手——而且是左手——自力更生，不屈不撓地與貧困和逆境搏鬥。

這夥人中的另一位，某些方面與切爾斯律師頗為相似，但是不同之處更多。他是村子裡的醫生，五十多歲，應當一提的是，早年人們懷疑伊桑・布萊德神經錯亂時，曾經介紹他替布萊德診斷病情。如今，他已是個面帶青紫色、舉止粗魯，但仍有一點紳士氣質的人；言談舉止之間有點狂野、放蕩不羈的意味。白蘭地酒精如幽靈一般纏住了這個人，使他像野獸般乖戾粗暴，像迷途的人一樣淒涼。但是，據說他具有超越醫學所能給予的巧妙手段，是個治病的天才，所以大家抓住他不放，不讓他沈淪到不能再行醫的地步。於是，他造訪方圓數哩的山間小鎮的所有病人，經常在馬上顛簸地東倒西歪，在病床邊咕噥方言；有時候，也能治癒一兩個垂死的病人。但是，毫無疑問，他也常常把病人提早送進墳墓。這位醫生嘴上永遠叼根煙斗，而且，人們暗諷他詛咒的惡習，說那隻煙斗點燃著地獄之火。

這三位傑出人士走上前，按照各自的方式向伊桑・布萊德打招呼，熱切地請他一起分享一個黑瓶子裡的東西；他們說，他將會發現比「難以寬恕之罪」更值得追尋的東西。沒有任何透過寂寞的沈思冥索且進入極度狂熱的心靈，能夠忍受眼前這種悲劣粗俗的思想和感情接觸。這使伊桑・布萊德痛苦的懷疑——究竟自己是否找到了「難以寬恕之罪」，而且是在自己的內心找到的。他竭盡生命力，甚至耗費畢生心血去研究的那個問題，現在看來，不過是場幻覺而已。

「走開！離我遠一點！」他激動嚴厲地說道，「你們這些粗鄙的畜牲，火焰一般的烈酒已經榨乾了你們的靈魂，讓你們變成這副模樣！我已經受夠你們了。許多年以前，我就探索過你們的內心，卻沒找到一丁點我要的東西。給我滾開！」

「嘿，你這個無禮的惡棍，」醫生厲聲罵道，「你就這樣報答朋友們的善意吶？實話實說吧，你所找到的『不可寬恕之罪』，決不可能比那邊的小孩子喬所能找到的還要多。你不過是個瘋子——二十多年前，我就已經告訴過你，你和這個老弗瑞正好配成一對兒。你瞧呀！」

他邊說邊指向一個衣衫襤褸的老人，是個白髮蒼蒼、臉龐削瘦、目光游移的老頭子。若干年來，這個老人常在山間遊蕩，向旅人打聽他的女兒的下落。那個女孩好像跟一個馬戲團的演員私奔了。偶爾，她的消息也會傳到村子裡，都是些入耳的事情，說她騎在馬背上飛馳，或是在高空鋼索上表演驚人的技藝，一身光鮮亮麗。

這位白髮斑斑的老人走近伊桑・布萊德，飄忽的眼神盯住了他的臉，又認真地絞扭雙手，問道：「人家都說你走遍了世界各地，你一定見過我的女兒。她現在是個大人物了，大家都去看她表演哩。她有沒有托你捎個信兒，跟她老爸爸說她什麼時候回來？」

伊桑．布萊德避開老人的目光。老人家急切盼望得到女兒的一聲問候，而這個女兒正是我們故事裡的愛絲特。伊桑．布萊德曾經懷著冷酷殘忍的目的，在她身上做過心理實驗，並且在實驗的過程中消耗、損毀——或許還毀滅了她的靈魂。

「沒錯，」他轉身避開白髮蒼蒼的流浪漢，喃喃自語，「那不是幻覺。的確是『難以寬恕之罪』！」

就在這個時候，在愉悅的火光下、小屋門前的泉水旁，卻有個歡樂場面。好幾個村子裡的年輕男女急急忙忙的爬上山坡，在好奇心驅使下，想來見見他們童年時代常聽到的傳奇主角——伊桑．布萊德。但是，他們發現他的外貌並無驚人之處——只不過是個曬得漆黑的旅行人，身穿樸素衣服，一雙鞋子風塵僕僕，只顧坐在那兒看著火焰，好像煤炭堆中有幅圖畫一樣——一點也沒有不尋常的地方；他們很快就看膩了，覺得乏味。正巧馬上又有其他的娛樂項目。就在這群人快要離開村子之際，一個背著西洋鏡箱子的德國猶太老頭正沿著山路走向村子；為了想多賺點外快，他一路跟著年輕人走到石灰窯前。

「喂，德國老頭兒，」一個年輕人叫道，「讓我們瞧一瞧你的畫片，如果你發誓它們值得觀賞！」

「哦，當然，首領，」猶太人回答——不知是出於禮貌，或是出於狡黠，他稱所有的人為「首領」——「我一定給你們看一些最高級、最好的畫片！」

於是，他收妥匣子，邀請年輕男女透過西洋鏡箱子的幾個玻璃孔往裡面瞧，展示那些江湖藝人最敢厚著臉皮、給觀眾看的一系列最荒謬絕倫的當代藝術品——那些畫片都是些塗塗抹抹、陳舊不堪、皺皺巴巴、支離破碎、滿是裂痕和髒污、煙草薰黃的可笑東西。有些畫的大概是歐洲的城市、公共建築、荒廢傾圮的城堡；另一些描寫拿破崙的許多戰役、納爾遜的海戰[4]，而在這些圖畫中間，又可以看到一隻多毛的棕色大手。也許有人誤會是「命運之手」，不過它只是這個展覽人的手，他的食指點出各種衝突發生的地點，又一面說明它們的歷史背景。展覽結束以後，德國人叫小喬把腦袋伸進匣子裡去。透過放大鏡，男孩玫瑰色的圓潤臉龐驟然一變，變成一個想像中最古怪龐大、貌似泰坦巨人族的孩子。他咧嘴大笑，一雙眼睛和其他五官洋溢著這個玩笑的樂趣。然而，這張歡樂的臉突然變得慘白，表情也充滿恐懼；因為這個敏感的孩子發覺伊桑・布萊德的一隻眼睛正透過玻璃盯著他。

「首領，你把這個小傢伙嚇著啦，」德國猶太人說道，把彎下去的腰桿伸直，抬起輪廓分明的黑臉孔，「可是，請再看看，我擔保你會看到非常奇妙的好東西。不騙你！」

伊桑・布萊德往西洋境匣子裡注視了片刻，隨即驚嚇得往後退，盯著德國人看。他看到了什麼啊？顯然什麼也沒有看見。因為幾乎同時，有個小伙子也往裡面觀望了一眼，只看到一張空白的帆布。

「現在，我記得你了。」伊桑．布萊德對賣藝人低聲說道。

「啊，首領，」紐倫堡來的猶太人低沈一笑，露出曖昧的神情，低聲說道，「我發現這個東西放在我的鏡匣裡好沈重喲——這個『難以寬恕之罪』！的確如此，首領，憑良心說，整整一天我背著它翻山越嶺，肩膀都累痠了。」

「住口！」伊桑．布萊德厲聲說道，「不然就把你扔進那邊的石灰窯去！」

猶太人尚未展示完畫匣，一隻又大又黑的老狗——大概沒有主人在場，因為一伙人當中，誰也不認識牠——自作主張地成為眾人注目的焦點。牠原先還十分安靜友善，挨著人群兜圈子，為了表示友好，還把毛茸茸的腦袋湊往任何不嫌麻煩的好心人身上，誰願意拍拍它笨重的腦袋，就讓誰拍一拍。可是現在，這隻端莊可敬的四腳動物突然間自作主張地追逐自己的尾巴，開始轉圈圈，企圖咬住自己的尾巴；而更荒唐可笑的是，它的尾巴反常的短小。從來沒見過像牠一樣鹵莽急切地追逐一個永遠也追不到的狂熱，從沒聽過如此可怕的低沈嗥吠、狺狺和猛然撲咬——彷彿這隻滑稽的野獸身體其中一端與另一端有著不共戴天之仇。這隻雜種狗越來越快的繞著圈子轉，它那個搆不著的短小尾巴也逃得越來越快，牠憤怒和仇恨的嗥叫聲也越來越響、越來越凶猛。直到筋疲力竭、而目標仍然遙不可及的時候，這隻愚蠢的老狗才突然停止表演。接下來牠又像當初與這群人結識時一樣，瞬間變得溫和寧靜、懂事達理和態度文雅。

這場表演當然搏得全場圍觀者的歡笑，眾人捧腹大笑、鼓掌喝采，歡呼著再來一次。這隻表演家狗兒則是拚命搖尾巴致謝。但是，牠已經無法再來一次成功的表演，以娛樂觀眾了。

這個時候，伊桑・布萊德又坐回圓木頭上；也許是意識到自己的情況與這隻自我追逐的狗兒一樣，有感而發，他突然狂笑起來，這股可怕的笑聲充分表露他當時的內心世界。此刻，這群人的歡樂不再，他們十分驚駭，深恐這不祥的笑聲會在天際回響，轟隆隆地從一座山傳到另一座山谷，延長他們耳中的恐怖。於是，他們竊竊私語，說天色已深沈——月亮幾乎落下西山——八月夏天的夜晚也漸漸轉涼了——於是匆匆忙忙朝向回家的路上走去，留下石灰工和小喬，隨他們去設法應付不受歡迎的客人。除了這三個人，山坡上的空地一片孤寂，四圍是無比幽暗的森林。在那陰暗的界限之外，微弱的火光閃爍，照亮威嚴的雄偉樹幹；幾乎變成黑色的一簇松針，混雜於顏色淡淡的小橡樹、楓樹和白楊的樹苗之間。四處橫臥著死樹巨大的屍骸，在灑滿枯葉的土壤上腐爛。小小的喬——對於這個怯懦、想像力豐富的孩子來說——寂靜的森林正在屏神靜氣，等待什麼駭人的事情發生。

伊桑・布萊德往火堆裡扔進更多的木柴，關上窯門，回頭瞧瞧巴特蘭姆父子，吩咐他們回去睡覺。

「我自己嘛，睡不著，」他說，「因為我必須要沈思好幾樁心事，我可以留在這兒看管火爐；像往常一樣。」

「你大約還會把魔鬼從火爐裡叫喚出來，與你作伴。我猜想，」巴特蘭姆喃喃說道，他剛才一直與上述的黑色酒瓶親膩不已。「但是，你想看火就看火，隨便你想叫出多少魔鬼吧！至於我，巴不得能打個盹呢。喬，我們走吧！」

小男孩一面跟著父親走進小屋，一面又回頭看看那個旅人，淚水盈眶；因為他柔軟敏感的心靈直覺地感受到：這個男人將自己裹進了悽涼可怕的寂寞之中。

他們走了以後，伊桑・布萊德枯坐著，傾聽燃燒的木頭劈啪響，一面觀看爐門縫隙中噴出來的小火苗。然而，這些一度熟悉的細節抓不住他的注意力；在他的心靈深處，他致力探尋「難以寬恕之罪」時，所造成的逐漸又奇妙的改變。他記起多年以前，當他還是個純樸、富有愛心的人，曾經一面看管火爐一面沈思默想——夜露是如何悄悄降到他身上、黑暗的森林如何向他低聲細語、繁星又如何在他頭頂閃爍。他還記得，自己對待人類如何富於同情心、愛心，對人類的罪惡與憂傷懷有何等的憐憫心；默想自己如何開始琢磨那些啟示他人生的念頭，之後又讓它們成為激勵自己生活的理念；如何心懷敬意探索人類的心靈，視它為最原始的神聖殿堂，而且無論日後受到何種褻瀆，仍然被他這位兄弟視為神聖；又懷著極端敬畏的心情，祈求上蒼別讓自己的探索成功，永遠不要向他揭示「難以寬恕之罪」。後來，隨之而起的巨大智慧，飛躍了起來，又逐漸攪亂了他「理性」與「情感」之間的平衡。那個主宰他人生的「思維」升起了教育的作用，不斷培養他的本領，以達到可能抵達的最高水平點；把他從文盲的勞工層次，提升到星光閃耀的高峰。而人世間無數飽學的哲學家千方百計地想跟著他攀登到最高處，卻徒勞無功。超越的智慧不過如此！但是「心靈」又在何處呢？說句老實話，它已經枯萎——皺縮——硬化——毀滅啦！它已不再與世人的心共同悸動。他已經脫離人性彼此吸引的鎖鏈，他已不再是人類的同胞，不能用這支聖潔同情心的鑰匙，開啟我們共同本性的牢房，以便有權利分享其中的所有祕密。如今，他只是個冷漠的旁觀者，將人類視作實驗的對象；最終，男男女女都變成他手中的傀儡，用金屬絲扯動著牽線，按照他的研究需要，最後把他們擺布到特定的罪惡程度。

於是，伊桑・布萊德變成了一個魔鬼。自從他的道德本性不再與他的智力同時改進以後，他就變成了魔鬼。而現在，他盡力做了最大努力，朝向某種不可避免的發展——畢生心血所灌溉的絢艷多采的花朵，所結出的甘美豐饒的果實——他終究創造出了「難以寬恕之罪」！

「我還尋找什麼呢？還想去圖謀什麼呢？」伊桑・布萊德自言自語，「我的任務已經完成，已經順利完成了！」

他從圓木上跳起，步履敏捷地爬上石灰窯四周石頭堆起的小土丘，到達窯頂。窯頂的直徑大約十尺，往下可以看見窯內一堆大理石碎塊的表層。這些數不盡的大理石碎塊都被烈火燒熾得赤紅閃亮，往上噴出大股大股的藍色火焰，火苗像是在一個具有魔術的圓圈裡，高高地往上竄動、瘋狂地跳躍，不斷用各種動作下沈上升。當寂寞的人俯身向前注視這可怕的火堆時，一股熱浪迎面向他撲來，足以在剎那間把他燒焦成一團。

伊桑・布萊德挺直身軀，高高地舉起雙臂，藍色的火焰在他臉上閃耀，散發出狂野恐怖的光芒，如此，才能相稱於他面部上的表情；那是一個魔鬼即將縱身躍入無比艱難的深淵之前，所展露的神情。

「啊！大地的母親，」他吶喊道，「祢已經不再是我的母親啦，在祢的懷抱中，我的形骸永遠不會消失。哦，人類！我已經拋開你的同胞情誼，把你慷慨的心房踐踏在腳下！哦，從前照耀在我身上的天堂的星辰，彷彿用光線指引我向前向上，再見了，一切的一切，永別了！來吧，致命的火焰——從今以後，你就是我的好朋友了！擁抱我吧，像我擁抱你一樣！」

那天夜裡，可怕的隆隆笑聲沈甸甸地回響在石灰工和他小兒子的睡夢中。他們不斷地夢見恐怖痛苦的鬼影。天亮時，他們睜開雙眼，似乎覺得簡陋小屋中的鬼影仍然窮追不捨。

「起來，孩子，快起來！」石灰工四處張望，叫道，「謝天謝地，黑夜終於過去了。我可不想再這麼睡過一夜了，寧可一年到頭睜大雙眼看管我的石灰窯。這個伊桑・布萊德，拿他所謂『難以寬恕之罪』的胡謅鬼話，替我代勞，卻沒有為我帶來什麼好處！」

他走出小屋，小喬牽著著父親的手，緊緊跟隨著。晨曦已將金色的光芒灑遍山頂，山谷仍然在陰影之中！卻欣然地微笑，預示燦爛的晴天即將來到。村莊完全在群山的環繞之下，山巒漸漸隆起而遠去，這座村莊彷彿寧靜地安歇在上帝巨大的手掌心中，平靜地休息了一夜。每一座村舍都清晰可見，兩間教堂的小尖頂刺向上天空，鍍上金粉的風信鴿已身染朝陽的一絲光暉。小酒館裡面也活動了起來，老驛站長叼著雪茄，被煙熏乾的身影出現在門廊下。古老的格雷洛克山頂之上，繚繞著一團金色的雲彩，使它光輝燦爛。又有一堆灰白晨靄瀰漫在四周山巒腰間，奇形怪狀，或者直落山谷底，或者高在山巔上，或者如煙霧一般，盤旋在高空的燦爛金色光芒中。踏步在歇息山間的片片雲朵之上，邁步向前，一步步走向飄得更高更遠的雲彩；彷彿如此，凡人就可以踏入天堂。大地與天空如此融合，宛若夢境成真。

為了增添這股親切而純真的魅力——大自然尤其樂意將這股魅力融入眼前的美

景——驛車在山路上行駛，嘎嘎作響，車夫吹響號角，山谷的回音追趕著號角的音調，把音符匯合成生動的和聲，最先的演奏者幾乎被淹沒了。群山奏起一首協奏曲，峰巒都獻上自己嬝嬝悅耳的曲調，蕩漾於群山之間。

小喬立刻面露愉快之色，叫道：「親愛的爸爸，那個陌生人已經不見啦，連天空和山林似乎都很高興呢！」

「沒錯兒，」石灰工埋怨地罵道，「但是他任由爐火熄滅。就算是五百蒲式耳[5]的石灰沒有糟蹋掉，我也不會感謝他。如果這個傢伙再次出現在這一帶，讓我給逮到了，真想把他扔進窯爐裡！」

操持著長桿，石灰工爬上窯頂，過了一會，才呼喊兒子：「喬，上來上來！」

於是小喬爬上窯頂，站在父親身旁。大理石全部都燒成了質地上乘的雪白石灰；但是，石灰表面，圓圈正中央間——也同樣呈現雪白，完全變成石灰的地方——卻還有一具人形的骨骸，它的姿勢就像是一個久經過長年辛勞的人，在此躺下長眠了。說也奇怪——在肋骨中間，有一顆心的形狀。

「難道這傢伙的心臟是大理石做成的？」巴特蘭姆對此大惑不解，驚叫道，「總之，它好像已經燒製成上乘的石灰了。再收集所有骨灰，我這座窯的石灰就因而多出半個蒲式耳嘍。」

說著說著，粗魯的石灰工舉起長桿，任憑它落在那架遺骸上，啪地把伊桑・布萊德的遺骸搗成碎片。

註：

1. 伊桑・布萊德——未完成故事之一章——*Ethan Brand*，霍桑於一八五〇年、一八五二年納入短篇小說集《雪影》(*The Snow-Image, and Other Twice-Told Tales*, 1852)。屬於「心之寓言」。

2. 格雷洛克山——Graylock，美國麻薩諸塞州境內最高的一座山。

3. 歡樂山——Delectable Mountains，見約翰・班揚(John Bunyan)的宗教寓言小說《天路歷程》(*The Pilgrim's Progress from This World to That Which Is to Come*，1678)。

4. 納爾遜的海戰納爾遜(Vice Admiral Horatio Nelson, 1758—1805)，第一代納爾遜子爵、英國著名海軍將領。在一八〇五年的特拉法加戰役中，擊潰法國及西班牙合縱成的聯合艦隊，但是在戰爭進行中，中彈而亡。

5. 蒲式耳——bushel，計量單位。一蒲式耳在英國相當於八加侖(約三十六公升)。

3

我親戚莫利紐克斯少校[1]

自從美洲殖民地的總督改由大不列顛的君王任命以後，殖民地的人民常常不滿意新受任總督的各項措施；因為這些措施不像前任特許狀所批准的那樣，由人民賦予的權利去執行，所以人們心懷猜疑，留心提防地監督總督們所執行的措施，對於統治者的作為絲毫沒有表示出遵從的意願。所以，歷屆總督們對於大海彼端所下達的旨意，私自大打折扣；結果，得罪了大不列顛的君王，也未能博取人們的好感。根據麻薩諸塞灣年鑑，我們得知英王詹姆斯二世[2]在位期間，自從舊時特許權狀失效以後的四十年間，六位總督之中，就有兩位因人民的叛亂而入獄；至於第三位，歷史學家赫金遜[3]寧願相信：他是被一顆忽嘯的毛瑟槍彈驅逐出麻州；赫金遜也認為：第四位總督因為總是不斷地與眾院議員爭論不休，而早早進了墳墓。剩下的其他兩位繼任者，直到革命[4]以前，也少有寧靜太平的日子。而在政局動蕩中，執政黨的低級官員的日子也很滲澹。這段話可以作為下面故事的開場白。讀者先生，為了使您避免那一長串殖民地事務枯燥無味的細節，也就在此省略了當時曾造成殖民地居民群情激奮、滿腔憤怒的一系列情況。故事發生在一百年前的一個夏夜……

夜晚的月光初上，將近九點鐘，一艘小船靠近渡口，載來唯一的一名乘客。由於時間太晚了，他答應多付一點渡船錢，否則，他休想能過渡。當他站上靠岸的地點，便猛掏兩邊衣袋裡的錢幣，好兌現先前說好的條件。此時，船夫舉起一盞燈，藉著燈光和初升月亮的光華，仔細地端詳這位陌生人：是個不過才十七、八歲年輕人，顯然是個初次進城的鄉下人。他身穿修補得整整齊齊、破舊粗陋的灰色外套；下半身是條耐穿的皮褲，緊繃的皮褲顯露出健美的腿部輪廓；藍色的襪子是由毛線織成，無疑是母親或姊妹的針黹；頭上戴的那頂三角帽，嶄新的時候也許是壓在他父親嚴峻的額頭上。小伙子左臂夾著一根沈重的橡樹棍子，材質屬於樹根較硬的那一部分。此外，他還隨身攜帶著一個行囊，掛在他肩上；錢袋乾癟癟的，幾乎毫無重量地壓在他健壯的肩膀上。褐色的鬈髮，勻稱的五官，明亮爽朗的眼睛，是上蒼賜予的禮物；值得所有藝術為他做裝飾，他的容貌本身就是個藝術品。

這個年輕人名叫羅賓。他終於從錢袋裡掏出半張五先令，只值本州最小的紙幣。這種鈔票正在貶值，不能滿足船夫的需求。於是他只好再掏出一張六角形的羊皮紙，面值三便士。隨後，小伙子邁步朝向城裡走去，步履輕盈，好像這一天趕路的路程沒有超過三十哩的樣子。他並且發出熱切的目光，彷彿認為自己進入了倫敦城，而不是新英格蘭殖民地一處不起眼的小城鎮。但是尚未走遠，羅賓忽然想起，自己並不知道應該往哪兒走，於是停下腳步，來來回回打量那條狹窄的街道，又細看兩旁又小又破舊的木頭房子。

「這棟簡陋的小屋子，才不會是我親戚的家。」他自忖道，「那邊的舊房子也不像是，月亮都照進破窗戶了。這一帶實在不像他住的地方。我應該問問那個船夫，他一定會願意替我帶路，一路走到少校家，從少校那兒得到幾先令的賞錢。但是，再遇見下一個人，我也可以照樣向他打聽。」

於是他繼續往前走，看見街道變得寬敞了，而兩旁的房屋也變得漂亮許多，感到十分高興。不久，便看見一個人不疾不徐的往前趕路，他連忙加快腳步趕上他，走上去後，才發現這個人是個老頭子；頭戴一頂灰色假髮，穿著一身寬襬的深黑色衣裳，絲襪一直卷過膝蓋。他手持一根又長又光滑的手杖，每走一步，就筆直地往地下敲一下，並且極有節奏地連續哼上兩聲，音調聽起來十分陰沈嚴肅。羅賓觀察清楚以後，就伸手拉住老人的外衣下襬，恰巧路旁一家理髮店門窗流瀉出來一縷燈光，照射在這兩個人的身上。

「尊敬的先生，晚安，」他一面鞠躬，一面拉著那人的衣襬，說道，「是否能請您告訴我，我的親戚莫利紐克斯少校住在哪兒嗎？」

年輕人的嗓門十分響亮，一個理髮師手握剃刀，正要刮一個塗滿肥皂的下巴，另一位則正在梳理一頂拉米伊假髮[5]的理髮師，都扔下手邊的工作，跑到門口湊熱鬧。同時，那個人轉過臉來，十分憤怒地對著羅賓大發脾氣，一面罵人，一面夾雜兩聲陰沈的哼哼聲，效果驚人，宛若滿腔怒火之時，突然間想到了冰冷的墳墓。

「快放手，你這個混蛋，不要抓我的衣服！聽著，鬼才認識你所打聽的那個人。我是個手握權力的人，我有——哼哼！——權力。如果你膽敢用這種態度對上等人說話，那麼明天一早，就讓你嘗嘗套上足枷是何等滋味！」

羅賓放開老人的衣裳，快步走開，後面傳來理髮師一陣惡意的大笑聲。年輕人起初對自己打聽的結果感到詫異，然而他是個聰敏的人，立刻就明白箇中的原因。

「這個老頭兒一定是個鄉下人，」他推論道，「一定從來沒有見識過我親戚的模樣，也沒有教養，不會禮貌地回答陌生人的問話。這個老傢伙年紀不小，否則我真想轉過頭去，在他鼻子上揮一拳。啊！羅賓，羅賓，甚至連理髮師也在嘲笑你，竟然挑選這種傢伙當嚮導！下回，你就要變得聰明一點了，羅賓。」

現在，他鑽進了若干彎彎曲曲的狹窄街道，這些街道彼此縱橫交錯，距離河邊不遠，羅賓陷在裡面走不出來。焦柏油的氣味撲鼻而來，一隻隻桅桿從房屋頂上伸出一截，他駐足觀望那數不清的招牌，它們告訴他：已經快到了商業中心。可是，街道上空無一人，商店的門都已經關閉，只有幾戶人家的第二層樓還透出些許燈光。終於，路過一條狹窄的巷子角落時，看到一幅不列顛英雄的頭像在一家酒館門前的招牌上晃動，酒館內傳出一片嘈雜人聲，最下層的一扇窗子敞開著，透過薄薄的窗簾，羅賓發現一群人正圍在一張擺設豐盛的桌子旁，享用晚飯。菜餚的香味飄向外面的空氣，提醒年輕人想起自己最後剩下的那一口乾糧，在早晨時就已經下肚了，自中午以後就一直沒有進餐。

「唉，有一張羊皮紙三便士，大約就能讓我坐在那邊的桌子上！」羅賓歎了口氣，自言自語，「但是，少校一定會招待我吃頓最好的一餐。乾脆硬著頭皮進去問問少校的住處。」

於是他走進酒館，一路順著人聲、煙草氣味，來到酒吧。是一間長而低矮的屋子，橡木牆板由於不斷的煙熏，已經染黑了，地板上鋪著厚厚的一層砂紙，但並不是很乾淨。一群人當中，多數像是水手，或是與大海有關的人，他們坐在木凳或幾把皮椅上，隨意地交談，偶爾也談談大家都感興趣的話題。三、四伙人正共享大缽大缽的潘趣酒，西印度群島的貿易早已將這種飲料傳到了美洲殖民地。又有一些人大概是操守本份、勤勞的手工藝匠，寧願獨自啜飲杯中的飲料，滿懷酒意卻越發沈默寡言。總而言之，幾乎所有的人都貪杯戀盞，不管灌下肚腸的飲料是哪一種杯中物；一百年以前，齋戒日的布道詞就能證明：這是項傳統悠久的罪惡。只有兩三個老實愚鈍的鄉下人，才能引起羅賓的同情心；他們把酒館當成土耳其式的旅舍，帶著車馬隊投宿，躲在酒館裡最陰暗的角落，完全不顧周圍煙霧迷濛，啃著自家火爐烤出來的麵包、自家炊煙燻製的火腿；羅賓對這幾個人心生同胞之情。然而，他的目光卻被站在門邊的一個人所吸引。此人正在跟衣衫怪異的一夥人竊竊私語。單獨看這個人的五官，會覺得極為猙獰恐怖，但整體而言，令人印象深刻：他的前額凸出兩個腫塊，厚度超過正常人的一倍，正中間有一條小溝紋；鼻子極為高聳，不勻稱的曲鉤形，鼻樑超過一根手指頭的寬度；眉毛又濃又密；一雙眼睛像極了洞穴裡的兩團光，在眉毛底下發亮。

當羅賓正在考慮應該向哪一個人問路時，酒館老板走上前來，向他打聲招呼；這個小個子男人腰間繫一條油漬斑斑的圍裙，職業性地歡迎眼前的陌生人。做為第二代的法國清教徒移民，似乎還承襲了祖國的禮貌，但是無論在怎樣的情況下，也改變不了他那尖聲尖氣的嗓門。此刻，他正用這樣的語氣招呼羅賓。

「先生，你是從鄉下來的吧！」他深深一鞠一躬，說道，「歡迎您大駕光臨敝店。相信您肯賞臉，願意在這兒多待一會兒？先生，這是個好城鎮，房子也漂亮，令陌生人感興趣的地方也很多。是否想來點什麼晚餐呢？」

「這個傢伙看出我和少校長得相似，猜到我們是親戚。」羅賓暗忖。到目前為止，他不曾受過如此特殊禮遇。

酒館所有人都轉過頭來，看看這個鄉下小伙子——他站在門口，頭上戴著破舊的三角帽，身穿灰哩灰嘰的衣裳、皮褲子、藍色毛線襪，背了一個行囊，還倚在一根橡木棍上。

羅賓擺出一派自命不凡的樣子，表現出少校親戚的自信，對這位禮貌的酒館老板回答：「朋友，以後我一定會光顧您這家店鋪，等──」說到這兒，他不得不低聲說道：「等我口袋裡再多一張便士以後。現在，」他又滿懷自信地提高門，說道，「我只想打聽我親戚莫利紐克斯上校的住處怎麼走。」

酒館內突然一陣騷動，羅賓還以為在場的這夥人都急著要幫他指路吶。但是，店主人卻抬頭去瞧牆上張貼的一張紙，開始唸起上面的內容，偶爾也回頭瞥一眼這位年輕人。「瞧瞧誰到這兒來啦？」他一個字一個字地唸道，「原來是『逃離雇主的契約僕人，名叫赫吉亞・馬奇默吉，身穿灰色外衣、皮褲，頭戴主人第三頂最好的帽子。凡能將其送交本州監獄者，懸賞一鎊！』孩子，趕快走吧，趕快走吧！」

羅賓伸手抓起橡木棍子較輕的那一端，準備敲碎了這個店主人的腦袋，但是一看到大夥兒的臉上充滿敵意，也就打消了念頭，放下棍子。轉身離開的時候，他瞥見先前注意過的那個凸額頭的傢伙投來鄙夷的一眼，似乎含有挖苦的意思。才剛踏出門，就聽見一片閧然的大笑聲。尤其是酒館老板尖尖的聲音清晰可聞，像朝水壺裡扔進小石子一樣。

「這豈不是怪事？」羅賓自作聰明，思忖道：「承認自己的口袋裡沒有錢，竟然比我親戚莫利紐克斯少校的名字還要厲害？哼，如果在跟我一塊兒長大的橡樹叢中，把這個呲牙咧嘴的傢伙堵在樹林裡，我一定會給他一個教訓，讓他嘗嘗我的厲害！雖然我的錢袋乾癟，我的胳膊卻夠粗壯！」

轉過窄巷的角落以後，羅賓發現一條寬敞的街道，兩側高大的房子摩肩擦踵，一棟接著一棟排列，盡頭矗立著一棟頂端有尖塔的房子，上面的鐘聲正敲響九點鐘了。月光和無數店鋪櫥窗內的燈火，照亮在街道上閒逛的行人們；羅賓希望可以從人群中認出那位謎一般的親戚。剛才頭一回的遭遇，使他不敢再冒險，眾目睽睽之下，他決定閉上嘴巴悄悄地往前走。他邊走邊伸長脖子，細細打量每一位上了年紀的紳士，想找到上校的面孔。一路走來，他遇見不少尋歡作樂的時髦人物，這些人身穿顏色俗麗的繡花衣裳，頭戴碩大的假髮和飾有金色流蘇的帽子，身佩銀鞘的寶劍，與他擦肩而過，令人覺得眼花撩亂。喜愛遊山玩水的年輕公子哥兒，擺出一副歐洲時髦紳士的派頭，一路哼著流行小調，配合曲調，以半走半舞的活潑步伐走過街道，使可憐的羅賓為自己安靜自然的步伐害臊。他多次停下來細看櫥窗中琳瑯滿目的商品，又因為鹵莽地細看行人的面孔，而挨了幾回叱責。這個少校的親戚發覺自己來到了鐘樓附近，卻還是一無所穫，尚未找到少校的家。不過，此時他才看完熙熙攘攘的一側街道，所以，他又越過了馬路，順著對面的人行道繼續搜尋。他滿懷希望，比哲學家尋找一位誠實者所懷抱的希望還要大，可是運氣卻同樣地遭糕。才朝向低矮的那端走了一半，忽然聽見有人用手杖敲著石板地，跟在後面走來，每隔一會兒便節奏性地哼上兩聲，聲音低沈陰森。

「老天爺，饒了我吧！」羅賓認出了這個聲音。

碰巧右手邊有條岔路，他趕緊轉了進去，到城裡別處去找尋運氣。此刻，他的耐心已經消磨殆盡。自從橫越渡口以來，這樣四處亂闖似乎比在河對岸一連數天的跋涉還要勞累，已是飢腸轆轆。羅賓開始揣度是否要掄起棍子，氣勢洶洶地攔截下一個遇見的落單行人，上前索取自己所需要的指引。這個主意一面在他腦袋裡占了上風，一面就走進一條淒涼的街道；街道兩側各是一排破爛的房子，零零落落地朝向港口蔓延。月光之下，街道上空蕩蕩地，空無一人。在路過第三間住宅時，發現一扇虛掩的大門，他銳利的瞥過一眼，看到一件女人的衣裙。

「也許，好運來了。」他暗自說道。走近那扇門，只見它已被關得更緊一些了，不過還留著一道縫隙，足夠讓裡面的女人打量外頭，而不暴露自己的行蹤。羅賓只能看到一眼緋紅色的裙子，以及一隻閃亮的眼睛，彷彿月光在什麼明亮的東西上閃動一樣。

「美麗的女主人，」——我可以客客氣氣的打聲招呼，聰明的小伙子心想；既然自己不清楚對方的情況——「美麗的女主人，打擾啦，是否能請您告訴我，到哪裡可以找到我的親戚莫利紐克斯少校的家？」

羅賓懇求的聲音令人動心，女人覺得在這個英俊的鄉下小伙子身上，沒有什麼需要回避的地方，就打開了大門，走到月光之下。她是個嬌小的女子，長著雪白的脖頸、渾圓的胳臂、纖細的腰身，襯裙的籐圓把紅裙撐得蓬蓬的，她好像站在一個氣球上。此外，她橢圓形的臉蛋非常美麗、小小的帽子底下傾瀉出一頭黑髮，滴溜溜流轉的眼眸透出狡黠的神采，霎那間迷惑住羅賓的目光。

「莫利紐克斯少校就住在這兒。」標緻的女人說道。

今天晚上，羅賓今天還不曾聽過如此甜美的聲音，它就像是一連串在風中搖曳的銀鈴；但是，他不禁懷疑這甜美的話語是否可信。他上下打量一番這條破陋的小街，又細看眼前這幢房子，是座黑魆魆的兩層小樓房，上層比下層凸出一截；門口的這間房子像是個出售零碎貨物的小店鋪。

「我的運氣還真不錯，」羅賓狡猾地說道，「我的少校親戚有這麼一位漂亮的女管家。是否可以麻煩妳，請他到門口來？我受人之托，替他的鄉下朋友捎來一個口信，辦完了事情之後，就回我的客棧去歇息。」

「不行，少校已經在床上睡覺好一陣子了，」紅裙女人說道，「去打擾他也沒有用，他今晚喝了很多烈酒。但是，他是個好心腸的人，若把他的親戚趕出這個家門口，我可擔當不起這條罪過。你和那個老紳士長得一模一樣，我敢打賭，你頭上的那頂帽子正是他雨天時所戴的帽子，而且，他也有件一模一樣的皮褲。請進來吧，我以他的名義，誠心誠意地歡迎你。」

說完這句話，標緻慇勤的女人就牽起我們這位男主角的手。雖然，她只是輕輕地碰觸他，所用的力道也很溫柔，然而，羅賓還是在她的眼神中揣摩出她的言外之意。沒想到，纖腰的紅衣女卻比這位喜好運動的鄉下青年強壯，她已經把猶豫的青年強拉到門口，此時，街坊鄰居的一扇門打開了，少校的女管家驚嚇了一跳，很快放開少校的親戚，逃回自己的家門。一聲響亮的呵欠之後，一個大漢現身，像極了皮拉穆斯與提絲蓓[6]故事中的「月光」，手上提了一盞燈，多此一舉地幫助他天上的姊妹增添光亮。此人昏昏欲睡地走在街上，一張愚蠢、傻里傻氣的寬臉龐轉向羅賓，手中還舉起一根鑲有釘子的長棍子。

「回家去，無賴漢，快回家！」守夜人睡眼惺忪地說道，「快回家，否則天一亮，就把你套在足枷裡！」

「這已是第二遍聽到這句話了。」羅賓自忖，「但願今晚就把我送到那兒去，也可解決我的麻煩了。」

話雖如此，年輕人還是直覺地厭惡這位守夜的傢伙，便不願向他打聽自己的老問題。但是，當守夜人拐彎，快消失在街角時，他又決心抓住機會，急忙用力對著守夜人的背影大聲喊叫：

「喂，朋友，幫幫忙，你是否能指引我去親戚莫利紐克斯少校的住處？」

守夜人不予理睬，轉過街角走了，但是寂靜荒涼的街道似乎傳來一陣昏昏欲睡的笑聲。就在這個時候，頭頂上敞開著的一扇窗戶也傳來一陣美妙的竊笑聲，抬頭一看，發現那雙慧黠的眼睛、一隻渾圓的手臂在招引他。須臾，又聽見一陣下樓梯的輕快腳步聲。但是，羅賓出身於新英格蘭牧師的家庭，是品行端正、聰敏機靈的好青年，於是他趕緊抗拒誘惑，逃之夭夭。

走投無路之下，他只好滿懷絕望之情，漫步在小城內，幾乎覺得自己被某種符咒鎮住。正像有一年隆冬，家鄉的巫師讓三個人在他們想找尋的農舍附近，來來回回盲目地轉來轉去，整整一夜，然而，那三個人距離農舍只有二十步之遙。大街小巷盡在眼底，陌生而淒涼，毫無人煙，幾乎每一戶人家的燈火都已熄滅了。然而，有一兩次遇見一小群男人，他們穿著外國人的服裝，行色匆忙，雖然他們停下來跟羅賓說話，卻不能消除他心中的困惑。他們嘰哩呱啦說了幾句羅賓聽不懂的外國話，看見他不能回答以後，便用幾句清晰的英語詛咒他一頓，快步離去。最後，年輕人決定去敲每一扇屋門——配得上他親戚居住的華麗大門，相信堅持不懈一定可以打敗今夜與他為敵的命運。打定主意以後，他走過一間教堂的牆下，這堵牆位在兩個街道的拐角。他剛剛轉進鐘樓下方的陰影時，就迎面碰到一個大塊頭，他裹在一襲斗篷中；這個人匆忙地跨步向前邁進，似乎要去辦妥什麼重要的事情。羅賓走上前，在他的前方牢牢站穩，雙手握住橡木棍子，擋住那個陌生人的去路。

「站住，誠實的先生，請回答我一個問題，」他勇敢地說道，「請立刻告訴我，我的親戚莫利紐克斯少校的家在哪兒？」

「你這個傻瓜，趕快住嘴，管好你的舌頭，讓我過去！」那人用深沈粗嘎的聲音回答，羅賓覺得這個聲音似曾相識。那人又說道：「讓我過去，否則就把你揍得趴倒在地！」

「不，不，伙計！」羅賓揮動棍子，用粗的那一端指向陌生人包裹住的面孔，「不，休想把我當成傻瓜，不答覆我，就休想過去。我親戚莫利紐克斯少校的家在哪兒？」

陌生人沒有向前衝，他倒退一步，暴露在月光下，掀開覆蓋在臉上的斗篷，直瞪著羅賓，說道：「在這兒等上一個鐘頭，便可看見莫利紐克斯少校從這裡路過。」

看見說話人前所未有的驚人相貌，羅賓不禁大吃一驚。他那超出常人的前額兩邊突起，寬鼻梁呈鷹鈎形，眉毛又粗又濃，眼睛火紅似地發怒；羅賓先前曾經在酒館瞥見過，但是，此人的臉色卻發生了奇特的變化，確切地說，是雙重的變化。臉龐的一側通紅似火，另一側則深如黑夜，兩側臉頰以寬鼻樑為界限；一張由這隻耳朵咧向另一隻耳朵的闊嘴巴，也是一半紅一半黑，與臉頰的顏色相匹配。這些特徵組合成陰間才有的怪異相貌：彷彿兩個魔鬼——一個夜神、一個火神，雙面一體形成這張駭人的臉龐。陌生人對羅賓呲牙一笑，裹上他那張雜色的臉，頃刻間消失得無影無蹤。

「我們這些旅人總是遇見怪事！」羅賓驚呼道。

他在教堂門前的台階上坐下來，決定等待他的親戚路過此處。他凝思片刻，針對剛剛離開的那個奇特陌生人，做一番哲學式的思考；這一點倒是頗為聰明、理智。滿心以為自己想通了以後，便不得不另外找尋別的事情取樂。先是沿著大街看去，這條街的外表比剛才多數轉過的許多巷道體面一些。月光彷彿魔術般，化平淡為神奇，替平淡無奇的尋常事物灑上一層美麗陌生的色彩，使得眼前的一切比白晝下的景象更為浪漫。兩旁房屋的形狀不規則，多數是古色古香的建築物；有的屋頂分裂成數不清的尖角閣，有的則陡峭狹窄，唯有一個朝向天空的尖頂。又有一些是平房，或潔淨如雪，或被歲月摧殘成烏黑色，另外還有無數閃閃發光的物體，在灰泥牆上反射出明亮的光點。羅賓注視了一會兒就厭倦了，便接著猜測想遠處物體的形狀，但是只要目光一捉住它們，那些東西就立刻彈開，簡直像模模糊糊的鬼魂。最後，他細細觀察教堂門口正對面的一幢房子，恰巧正對著他現在坐著的位置。那是一幢方形的宅邸，迴異於鄰近的房子，有一座由高聳的石柱所支撐的陽台，一扇哥德式的雕花落地窗通往陽台。

「也許，這便是我要尋找的那幢房子吶。」羅賓思忖。

為了排遣時間，他豎起耳朵，不斷傾聽沿街傳來的嗡嗡聲。這個聲音若斷若續，十分微弱，只有像他這樣沒有聽慣的陌生人，才能分辨出這個聲音。它是一種緩慢低沈、夢境一般的模糊聲音，含有許多雜音，這些雜音彼此間的距離遠遙，所以無法分辨這些嘈雜的聲音究竟都是些什麼。羅賓為這座城市沈睡中的鼾聲感到驚訝不已。偶爾，遠處傳來一聲吶喊，起先非常的嘹亮，打斷了朦朧的酣睡聲，這種情況令他更加地驚詫。無論如何，這聲音令人眼皮開開闔闔，就快要睡著了，為了驅趕睡意，羅賓站了起來，爬上一個窗框，想瞧瞧教堂裡面的陳設。月光微顫顫地照入，落在一排空蕩蕩的座位上，沿著靜悄悄的走道鋪開。布道的祭壇上方籠罩著一層暗淡又可怖的光芒，其中有一縷光線竟敢停駐在一部翻開的大開本聖經上，難道在這深更半夜中，大自然之神也進入人類建造的聖壇中，成為一名虔誠的信徒？或是，那道來自於天堂的光芒是這個地方唯一可見的神聖象徵——是否因為在教堂四壁之內毫無凡人污穢的蹤跡？此情此景令羅賓的心顫動，他感到不尋常的孤寂，比在家鄉樹林深處的寂寞感更加深切。於是，他又轉身，重新坐回到教堂門口前的台階。教堂四周是一堆墳墓，忽然間，羅賓深感惶恐；倘若自己苦心尋找的那個人早已在屍衣中腐爛，那該怎麼辦？如果他的親戚鑽過那邊的大門，邊走邊向他點頭微笑，朦朧間蹓躂過去，又該怎麼辦呢？

「啊，要是有什麼活的東西陪陪我，那該有多好！」羅賓歎口氣，自言自語。

於是，他停止不愉快的念頭，將思緒拉回到其他景象上——飛越森林、小山、溪流，去想像如果在父親家中度過這個令人厭倦、疲勞的夜晚，又將會是何種情景呢？他想念家門，想念家門前那棵大樹下；當成千的大樹遭到砍伐時，唯獨這棵老樹倖存下來。這顆樹的軀體龐大彎曲，樹蔭訴說著悠久的歷史。就在這顆大樹下，每當夏天的落日西沈，父親便舉行家庭禱告，鄰居們也會像兄弟一樣，加入這場禱告；過路的旅人也會在一旁駐足，啜飲一口這神聖的泉水，淨化自己的心靈，進而增添一份對故鄉的思念。羅賓分辨得出參與聽眾的每一個座位，看得見站在中間的那位好人，在西方天邊灑下的金色雲彩中，高高舉起聖經。他又看見父親闔起聖經，大家都站起來祈禱。他聽得見人們感謝上帝保佑、祈求上帝繼續恩賜福佑。往常只要一聽到這些，他就覺得厭煩，此刻，這一切卻都成為美好的回憶。他感到父親說到缺席的那個人時，聲音微顫；也注意到母親此時把臉轉向粗壯多節的樹幹；哥哥因為硬硬的髭鬚刺到上唇而不便動容，只好不屑地撇撇嘴唇，妹妹拉下眼前垂懸的一個樹枝；最小的妹妹不停嬉戲，一向因此破壞這種場合的肅穆氣氛，卻因為明白這場禱告是為了她的玩伴，突然嚎啕哭泣。接著，他看見一家人魚貫走進屋子，羅賓正想跟著進去的時候，門閂卻喀嗒一聲扣起來了，他被關在自己的家門外。

「我是在這裡，還是在那兒啊？」羅賓驚叫道，因為當他的心思正在看得見摸得著的夢境之時，突然之間，一場歷歷在目的美夢變成一條狹長寬闊的寂寞街道。

他站起來，努力喚醒自己，設法將注意力集中在已那幢先前觀察過的宅邸，然而他的腦筋仍然在想像和現實之間搖擺不定。那座陽台的柱子時而伸長為又高又禿的松樹幹，時而縮小成為人影，時而恢復為真實的形狀大小，時而又開始變幻無常。接著，有那麼短暫的一刻，他敢發誓自己十分清醒，看見一張臉孔——似曾相識，卻又無法肯定是他的親戚——從考究的哥德式窗戶往下看。更濃厚的睡意襲來，他幾乎陷於沈睡，但對面人行道上的腳步聲卻使他睡意全消。羅賓揉揉眼睛，發覺有個人影正從陽台下經過，便以憤怒又悲慘的聲音向他大聲喊道：

「喂，朋友！我非得整夜待在這兒，等待我的親戚莫利紐克斯少校嗎？」

昏沈的回音驚醒了，回應了這聲吶喊。那個過路人看不清楚教堂鐘樓躲躲閃閃的斜影下，是否坐著一個人，於是越過馬路，走近來看清楚。他是位瀟灑的紳士，面容開朗、聰明、愉悅，一副若有所思的模樣。看到鄉下青年顯然無家可歸，而且又沒有親友，便十分仁慈的走上前來打聲招呼；這樣的聲調聽在羅賓的耳朵裡，竟然十分地不習慣。

「喂，好孩子，你為什麼坐在這兒？」那人問道，「我能幫你什麼忙嗎？」

「先生，只怕是不行。」羅賓沮喪地回答道，「但是，倘若你能回答我一個問題，我便十分感激。我一直在尋找一位莫利紐克斯少校，他是我的親戚，我費了大半夜的時間去找他。先生，這一帶到底有沒有這麼一個人？還是我自己在做夢？」

「莫利紐克斯少校！這個名字對我而言並不完全陌生。」紳士含笑說道，「若是你不介意的話，是否能告訴我，你找他有什麼事嗎？」

於是，羅賓簡短的說一遍：他的父親是一位收入微薄的牧師，住在遙遠的鄉下。父親和少校莫利紐克斯是堂兄弟。少校繼承了一份家產，也取得文職和軍職的高位。一兩年前，他曾經威風地造訪堂兄弟，並且對羅賓兄弟兩人很有好感；由於少校膝下無子，便暗示將來願意替其中一位兄弟開闢前程。他們的父親在神職之暇也耕作一座農場，長兄注定將來繼承農場，所以，家人決定由羅賓去接受這位闊親戚的慷慨善意，尤其，少校似乎更加重視羅賓，認為他具備必要的天賦。

「因為大家都說我的腦筋聰明。」羅賓講到此處，補充說道。

「對於這樣的美名，我敢說你是當之無愧，」新朋友和氣地說道，「但是請接著說下去吧。」

「先生，我快十八歲啦，而且您瞧，身材也發育得很好，」羅賓於是站得畢挺，繼續說道，「這是我進入上流社會的好機會。所以，我母親和妹妹就親手為我打扮得整整齊齊，我父親又給我去年薪資所剩餘下來的錢。五天以前，我動身到這兒來拜訪少校。但是，先生，信不信由你，我在天色剛黑的時候，就渡河而來，四處打聽，沒有任何人指引我去少校家的路。只是一兩個鐘頭以前，有個人告訴我，莫利紐克斯少校會路過此處！」

「那個告訴你消息的人，你能形容他長得什麼模樣嗎？」紳士問道。

「哦，一臉凶相，先生，」羅賓回答，「前額鼓著兩個腫塊、鷹鈎鼻，火紅的眼睛。然而更奇怪的是，他的臉包含兩種不同的顏色。您認識這樣一個人嗎，先生？」

「不太熟，」陌生人回答，「但是，你叫住我之前，我恰巧遇見了他。我認為你可以相信他說的話，少校很快就會路過這條街道。而我十分好奇你和少校見面的情景，就坐在這台階上陪陪你吧。」

於是，他坐下來，高高興興地和羅賓聊天。才聊幾句，那不久前從遠處響起的吶喊聲漸漸逼近了。羅賓便打聽那是怎麼一回事。

「這個騷動是為了什麼？」他問道，「說老實話，如果這城鎮一直這麼吵鬧，我住在這兒，一定會睡不著覺。」

「朋友，今夜街上的確有三四位放縱的傢伙，」紳士回答說，「您不能希望這兒像你家鄉的樹林子一樣安靜。但是，守夜人不久便會跟在這群吵吵鬧鬧的人後面，而把——」

「而把他們關監牢、套上足枷。」羅賓插嘴說道，想起自己碰見的那個提著一盞燈、昏昏欲睡的守夜人，又說道，「但是，先生，如果我耳朵聽得不錯，喊得如此大聲，恐怕叫喊的聲音至少有一千個人，即使是一大隊守夜人，也抵制不了他們。」

「羅賓，難道一個人就不能有好幾種聲音、兩副嘴臉嗎？」他的朋友回答。

「一個男人也許能，但願上帝不允許一個女人那樣！」聰明的小伙子想起少校女管家的甜蜜勾魂的嗓音。

鄰近街道上的喇叭聲越來越響亮，羅賓的好奇心也更加強烈了。除了喊叫聲以外，他還聽見許多樂器發出的鳴奏聲，其間夾雜著一陣陣的狂野爆笑聲，好像有人群正急忙地朝向一個地方趕去，羅賓從台階上站了起來，引頸張望。

「看來有人正在尋歡作樂，」他說，「自從我離家以後，很少有機會高高興興地笑，先生，失去這個機會多麼可惜啊？我們到那棟屋子的角落，去分享一點樂趣，好嗎？」

「坐下，坐下，好羅賓，」紳士拉住羅賓灰色上衣的下襬，說道，「你忘記我們得在這兒等候你的親戚呀？再說，有足夠的理由相信，幾分鐘之後，他就會經過這兒。」

越來越近的喧囂聲驚動了鄰近的街坊，一扇扇窗戶都四面八方嘩地打開了，從睡夢中驚醒的人離開枕頭，從窗口探出腦袋，半夢半醒之間，任憑有閒暇的人觀察他們的面容。家家戶戶都在互相詢問：這個喧鬧聲是怎麼一回事？但是沒有人能夠回答。有些衣冠不整的男人急忙趕去湊熱鬧，一路跌跌撞撞奔下台階，踏上狹窄的人行道，朝向這個未可知的騷動地點跑去。叫喊聲、鬨笑聲、不成曲調的喇叭聲，這些難聽的聲音越來越近。忽然，一大群人繞過街角，出現在一百碼之外。

「羅賓，如果你的親戚出現在這堆人群裡面，你認得出來嗎？」紳士問道。

「先生，我可不敢保證。我必須站得近些，好好瞧瞧。」羅賓步下台階，走到人行道邊緣。

此時，一股巨大的人群湧入街道，緩緩移向教堂。其中有個騎馬人拐彎繞過街角，緊跟在他後面的是一支震天價響的管樂隊，任何房屋都無法擋住它的噪音，嘈雜之聲直逼教堂而來。接著，一片紅光干擾月亮的清輝，原來是密集的火炬沿街照來，刺目的強光照亮它們所觸及的一切。那唯一騎馬的人身穿軍服，腰間佩掛劍鞘，他拔出長劍，以領隊的身分向前走，那張凶猛又有斑點條紋的面容，使他像是戰爭的化身：紅面頰象徵火與劍，黑面頰象徵悲哀。跟在他背後的是一串印第安人裝扮的野蠻怪物，以及許多奇形怪狀的人，替整個行列增添一種幻覺，彷彿一場夢境從高燒時的狂熱頭腦中突然迸出，栩栩如生地橫掃午夜的街道。許多旁觀者拍手鼓掌，發出哼哼聲音，懶散地跟隊伍前進。幾位婦女沿著人行道奔跑，恐懼的尖叫聲刺穿了混亂的喧嘩聲。

「那個雙色面孔的傢伙盯著我看，」羅賓喃喃自語，不安地感到自己也是這列古怪隊伍的一份子，參與了這個壯觀的場面。

當駿馬緩緩前行時，那位領隊在馬鞍上轉過身來，雙目凝視這個鄉下青年。羅賓的目光剛剛離開那個凶神惡煞，樂隊又從他面前經過，接著，火炬也靠近了，但是火炬搖曳的光亮形成一層他無法看透的帳幔。車輪傾軋在石子路上的嘎嘎聲，不時地進入他的耳朵。火光搖曳中，混雜的人影紛紛閃過，隨即融合成一片強烈的亮光。片刻之後，領隊人雷鳴般的嗓門下令停止前進，喇叭吐出可怖的一口氣，然後安靜下來了。嘈雜的人聲漸漸消失，只剩下近似寂靜的一片嗡嗡聲，與暗夜作伴。橫在羅賓眼前的是一輛無篷蓋的二輪大車，車子周圍的火炬最明亮，那兒的月光也像白晝一樣燦爛；而且，端坐在車上、渾身塗滿焦油又裹滿上羽毛[7]的人，正是他的親戚莫利紐克斯少校！

少校是一個身材魁梧的老年人，五官粗獷強悍，一副穩健的模樣；儘管如此，他的敵人還是找到了顛覆他的手段。此刻，他的臉色蒼白如同死屍，比死屍更加駭人，寬闊的前額因為痛苦而緊緊皺起，以致雙眉擰成一道灰白色的直線。他的眼睛充血，布滿血絲而目光狂野，顫抖的唇邊掛著白色的口沫，全身激動得不斷顫抖；即使在這種巨大的羞辱中，也竭盡自身的驕傲，想鎮靜下來。但最令他痛苦的時刻，莫過於與羅賓四目交接，他顯然一眼便認出了羅賓。年輕人站在路旁，目擊這位白髮蒼蒼的長輩蒙受羞辱。他們兩人無言地相互凝視，羅賓雙膝顫抖，毛髮豎立，既是憐憫又是恐懼。然而，一陣令人迷亂的激動迅速攫住了他的心靈；這個夜晚的遭遇、這群意外出現的人潮、火炬、混亂的喧囂與接下來的沈寂，還有他的親戚當眾受人辱罵——所有的一切，以及整個荒謬的場面，都使他心煩意亂。就在這個時候，傳來一陣緩慢的笑聲。他直覺地回頭，發現那個提燈的守夜人正站在教堂的角落，一面揉眼睛，一面睡眼惺忪地欣賞年輕人的驚愕模樣。須臾，他又聽見一陣銀鈴般的笑聲，一個女人在他的胳膊上擰了一把，原來是那個穿紅衣裙的女人，她那雙慧黠淫蕩的眼睛正盯著他。刺耳的尖銳笑聲搖撼了羅賓的記憶；把白圍裙頂在頭上、踮起腳尖站在人群中的——正是那個十分禮貌的酒館老板。最後，回蕩於眾人頭頂的一陣狂笑，夾雜著兩聲陰森的「哼哼」，粗野的笑聲就像這個樣子：「呵，呵，呵——哼，哼——呵，呵，呵，呵！」

這股笑聲來自對面宅邸的陽台。羅賓循聲望去，在那扇哥德式窗戶下站著一位老頭子。身裹一件寬大的睡袍，灰色的假髮換成了睡帽，帽子由前額推到腦後，絲襪還掛在腿上。他不停地捧腹大笑，斜倚在那光滑的手杖上；這個歡快的笑容印在他嚴峻的蒼老面容，一如墓碑上刻著滑稽的銘文。接著，羅賓似乎又聽見理髮匠、酒館裡顧客的聲音，以及那夜嘲弄他的所有人的聲音。這聲音傳遍四處，也緊緊揪住了羅賓，他縱聲狂笑一場，聲音在街上回響——於是，眾人都捧腹大笑，聲嘶力竭地大聲叫喊，但是，羅賓的聲音最嘹亮。這群集體的狂笑聲直直地響徹雲霄，連精靈也從銀色的雲彩中伸頭窺探！月中人也聽見了凡間的喧鬧，驚呼道：「噢，凡間今夜真是熱鬧！」

風暴般的吼叫聲稍稍停歇下來之時，領隊舉個手勢，下令隊伍繼續前進。於是他們又向前走，像簇擁一位死去君王旁的魔鬼，滿懷嘲弄輕蔑；這位君王權勢不再，卻仍然在痛苦中保持著威儀。他們又向前走，用虛偽地裝腔作勢、愚蠢地大吼大叫以及瘋狂的嬉戲，踐踏一位老人的心房。

一場騷動掠過以後，街衢恢復平靜。

「喂，羅賓，你在做夢嗎？」紳士一手扶在年輕人的肩膀上，問道。

羅賓在人潮湧過之時，本能地緊抱住一根石柱，聽了這句話以後，他鬆開雙臂，臉色有點蒼白，眼神也不像先前那般靈活。

「您是否能告訴我，去渡口的路怎麼走嗎？」沈吟片刻後，他說道。

「那麼，你又想去探問別的事情囉？」紳士含笑問道。

「的確，先生，」羅賓冷漠地回答，「謝謝您和其他的朋友，我終於見到我的親戚了，恐怕他再也不想看到我了。城市裡的生活真是令人厭倦。先生，您是否能告我訴去，前往渡口的路該怎麼走？」

「不行，好朋友羅賓——至少今夜不行。」紳士說道，「如果再過幾天，你還想離開，我會助你一臂之力，盡快讓你上路。如果你願意留在這兒，與我們在一起，你是個聰明的年輕人，說不定，就算沒有親戚莫利紐克斯少校的幫助，你也能替自己創造前途。」

註：

1. 我親戚莫利克紐克斯少校——*My Kinsman, Major Molineux*，霍桑於一八三二年、一八五二年納入短篇小說集《雪影》（*The Snow-Image, and Other Twice-Told Tales*, 1852）。屬於「新英格蘭傳奇」。
2. 詹姆斯二世——James II（1633—1701）。
3. 赫金遜——Thomas Hutchinson（1711—1780）。
4. 革命——此處指美國獨立戰爭（American Revolution, 1775—1783），是大不列顛帝國與北美十三州殖民地之間的戰爭。英屬殖民地區為了反抗英國殖民統治、爭取主權獨立的革命戰爭。
5. 拉米伊假髮——Ramillies wig，名稱源自於比利時地名，是十八世紀流行於歐洲的一種假髮。
6. 皮拉穆斯與提絲蓓——出自羅馬詩人奧維德（Ovid）寫的《變形記》（*Metamorphoses*）第四卷《皮拉穆斯與提絲蓓的故事》（*The Story of Pyramus and Thisbe*），一對巴比倫戀人，因為受到雙方父母的阻撓，相約私奔，在曠野中的尼納斯（Ninus）墓旁的白桑樹下相會。先到的提絲蓓發現一頭剛剛吃過獵物，嘴角還在淌血的獅子，於是驚恐地逃跑了，獅子只抓住她那掉在地上的衣裳。等到皮拉穆斯到了桑樹下，只看到染血的衣裳和獅子的腳印，他以為提絲蓓慘死在獅子的利爪下。絕望之餘，他自殺了。提絲蓓返回樹下後，發現皮拉穆斯的屍體，便引頸自刎。這對戀人的鮮血染紅了桑樹，從此，桑樹白色的果實就變成了紅色。
7. 譯註——這是一種私刑及侮辱。這種私刑最早記錄於獅心王理查一世（Richard I, 1157—1199）執政時期。

經典|小說 07

霍桑短篇小說選集

Selected Short Stories of Nathaniel Hawthorne

作　　者：納旦尼爾・霍桑（Nathaniel Hawthorne）
譯　　者：賈士蘅
發 行 人：施嘉明
總 編 輯：方鵬程
叢書主編：葉幗英
責任編輯：王窈姿
美術設計：吳郁婷
校　　對：王窈姿
出 版 者：臺灣商務印書館股份有限公司
編輯部：10046 台北市中正區重慶南路一段三十七號
電話：(02)2371-3712　傳真：(02)2375-2201
營業部：10660 台北市大安區新生南路三段十九巷三號
電話：(02)2368-3616　傳真：(02)2368-3626
讀者服務專線：08000056196
郵政劃撥：0000165-1　E-mail：ecptw@cptw.com.tw
網路書店網址：www.cptw.com.tw
網路書店臉書：facebook.com.tw/ecptwdoing
臉書：facebook.com.tw/ecptw　部落格：blog.yam.com/ecptw

初版日期：2013 年 8 月
定　　價：新台幣 300 元
局版北市業第 993 號

ISBN 978-957-05-2852-7

霍桑短篇小說選集 / 納旦尼爾・霍桑 (Nathaniel Hawthorne),
賈士蘅 譯　　-- 初版. - 臺北市：臺灣商務,
2013.08
面；　公分. --
譯自： Wuthering Heights
ISBN 978-957-05-2852-7（平裝）

1. 美國文學　2. 短篇小說
874.57　　102012970